紀曉嵐智謀（上）

聞迅 編著

目錄

兒時聰慧

清雍正二年（一七二四年）六月十五日午時一刻，直隸河間府獻縣崔爾莊紀府中降生了個嬰兒，父親紀容舒給他取名爲紀昀，字曉嵐。

祖父紀天申對這第五個孫兒特別看重，因爲他夢見這第五個孫子紀曉嵐是猴精轉世，猴精聰慧靈巧，必將給紀府帶來無限風光。

雖然紀天申對此半信半疑，但是仍盼望這第五個孫兒能給紀府光宗耀祖。因爲紀家先祖父紀椒坡是明朝永樂二年（一四〇四年）從江蘇應天府上元縣奉永樂皇帝朱棣的「遷民實畿輔」的詔書遷徙來到這裏定居的。這裏的小鎮當時名叫景城，因此這一支遷徙而來的紀家一直叫做「景城紀氏」。可是自從遷徙來此之後，到現在歷經三百二十一年已繁衍至第十四代，卻還從來沒出過一個進士，紀天申的兒子、紀曉嵐的父親紀容舒，這個「景城紀氏」的第十三代子孫，也只是考中舉人爲止，雖然他貴爲京官，仍然遠比「進士」遜色。

紀天申於是把希望寄託在自己這個第五個孫子紀曉嵐身上，希望這個孫子將來能「進士及第」，光宗耀祖。自然，紀天申對這第五個孫子紀曉嵐「猴精轉世」的夢幻就信以爲眞。早早地就讓小孫子紀曉嵐進私塾發蒙就讀。

紀曉嵐果然不負祖父的盛望，還在四五歲的時候已表現出了極大的聰慧靈敏。塾師教他《三字經》、《千字文》等等，他總是幾遍就背熟了。於是很早就進入《四書》、《五經》的學習。

紀天申見孫子曉嵐進步特快，知道塾師已不堪教導之責，便叫自己的第四個兒子紀容端擔任紀曉嵐的老師。

紀容端是紀天申的第四個兒子，紀曉嵐叫他四叔。這位四叔是府學的廩生，精讀經史，工於讀詞聯對，且侄兒曉嵐天資如此聰穎，自是格外歡喜，悉心栽培，很早便教曉嵐侄兒吟詩對句。

紀容端在啓發侄兒認眞思考之時，常常教誨他說：

「世間沒有不能屬對的事物，只要認眞思考，總是能找得到對句，樣樣對得上的。」

隨即便以身邊所見的事物爲題，要紀曉嵐屬出對語，鳥木蟲魚，風花雪月，無不涉及。兩叔侄對答如流，常常出人意外，妙語天成，好不雅致。

這一天，才幾歲的紀曉嵐又去找四叔出題對句，他一路上蹦蹦跳跳，嘴裡還哼唱著四叔教他的「對韻」：

姐對妹，
弟對兄，
小兒對老翁。
三姑喚四嫂，
二老戲雙童。
家庭百十口，
世代四五重。
門前栽楊柳，
屋後長梧桐。
古宅秦磚覆漢瓦，
鄰寺鐵杵打銅鐘……

走著唱著，紀曉嵐不覺已經來到了四叔屋內。四叔說：

「曉嵐仔細看看，這屋裡還有什麼物件沒有對過？」

紀曉嵐一抬頭，看見四嬸母李氏正在裏間做針線，坐在炕台上，雙眼下垂，一雙小腳上穿兩隻緞子繡花軟鞋，十分惹眼，就衝著四叔容端擠眼一笑，指指四嬸母的鞋說：

「此物尚未對過。」

四叔容端淺淺一笑，馬上吟出了上聯：

三寸金蓮瘦

紀曉嵐眨一眨眼睛就對出了下句：

一雙繡緞鞋

紀曉嵐對罷，叔侄二人笑得前仰後合。

嬸母李氏一聽，兩叔侄拿自己在取笑對對子，於是停下手中的針線，嗔怒著拿起炕上的笤帚，罵道：

「小兔崽子，嬸母的繡鞋也能用來對對子麼？」

一邊說，一邊追著紀曉嵐要打。

丈夫容端制止妻子，結果不小心又說出的是一句上聯：

誰人不有足

紀曉嵐提起衣襟，向前對嬸母深施一禮說話，說出來又剛好是對句下聯：

何必動無名

李氏一聽樂了，這侄兒既對了句，又說明了大道理。噗哧一笑，說：

「哈哈哈，你們一對瘋癲叔侄，到外邊對對子去！」

紀容端與紀曉嵐雙雙被攆了出來，樂呵不已。

從此，紀曉嵐從小會對對子的聲名遠播。

轉眼到了紀曉嵐九歲的那一年，紀曉嵐到河間府獻縣參加童生試。

九歲的孩子貪玩，折了一枝樹枝綠葉，藏在袖筒裏。

考官就是教諭，教諭早就有意試一試紀曉嵐擅對對子是眞是假，於是出語成聯，對紀曉嵐說：

小童子暗藏春色

紀曉嵐凝思少頃，馬上對出了下聯：

老宗師明察秋毫

考官教諭一聽，心中高興，忙又繼續出聯再考：

十歲頑童，豈有登科大志

紀曉嵐毫不膽怯，竟反唇相譏，對出了一句下聯：

三年經歷，料無報國雄心

考官受此奚落，一時奈何不得，只好又出聯難他。

考官一指門上貼著的兩尊門神：神荼與鬱壘，給紀曉嵐出聯道：

門上將軍，兩腳未曾著地

紀曉嵐豈肯示弱，略一思索便對出了下聯：

朝中宰相，一手可以托天

考官沒有難倒紀曉嵐。

紀曉嵐不僅屬對佳妙，考試成績也是上等，他順利地過了童子試而成爲童生。

半年之後，這位考官教諭已經當了河間太守。

這一天，太守坐轎從崔爾莊莊前路過，看見紀曉嵐等一群小孩子在玩球。

「嘭」的一聲，誰個把球踢到太守的官轎裡去了。

太守把球抱在懷中。

紀曉嵐上前來討球，一看太守大人就是半年前的主考官，連忙深施一禮說：

「拜見宗師大人！」

太守坐在轎中，亮出那球說：

「這球是你的嗎？」

「正是晚生之物。」

「不在學中讀書，跑到道上來戲耍，竟將球打入我的轎中，實在太淘氣了。」

「學生知罪，請宗師大人責罰。」

太守稍微想了一想，說：

「也罷，我出個上聯考考你，對上了把球還給你，對不上本太守將球沒收。」隨即朗朗吟出了上聯：

童子六七人，獨汝狡

紀曉嵐一聽，想想就對出了下聯：

太守兩千石，獨公貪

太守挨了罵，一看對聯又對得好，只得把球一扔說：

「你屬對從字面上看對得好，從意思上看不行，本太守有何『貪』焚？」

紀曉嵐接過了球說：

「太守笑語，太守把球還來了，也就不『貪』了，我這下聯馬上就改！」隨即吟出了另一副下聯：

太守兩千石，獨公廉

「哈哈哈哈！」轎內轎外，到處是一片笑聲。

沈河護銀

還在紀曉嵐六歲的時候，一天和一群小朋友在小河邊遊戲。正玩得興高采烈的時候，一個過路的醉漢，踉踉蹌蹌奔過來，還沒靠近小朋友，就「哇」的一聲嘔吐出來，把褲腳弄得很髒很髒。他只得將肩上的一只小布袋放在地上，自己挽起褲腳管，脫了鞋子，赤腳下河洗滌。洗了好一會兒，他才上岸，穿上鞋子，又蹣跚地朝前趕路了。

不一會兒，紀曉嵐來到河邊，忽然看見灌木叢邊有一只小布袋，他恍然記起：「啊，這是醉漢忘記了的口袋！」想要追上前去喊他，可那人早就沒了影兒。紀曉嵐提著口袋掂了掂，嗨，好沈好沈哪！解開袋子一看，啊，竟是亮晃晃的幾十兩銀子！紀曉嵐想：失主酒醒後發現丟了銀子，一定會很難過的，他必定會從老路返回來尋找。對，我一定要在這裏守候他！

紀曉嵐想著，卻見幾個小朋友好像往這兒奔來，這處又有人過來，便慌忙將布袋口紮緊，順手拎起，丟入河岸邊的淺水裏，自己坐在岸邊等候。

果然沒多久，那個酒醒的醉漢哭哭啼啼地跑回來了。

紀曉嵐問道：「叔叔，您是不是丟了東西？」

那人慌忙問道：「小朋友，你看見我的口袋了嗎？」

紀曉嵐指指小河，說：「別急！東西好好地在那水裏哩。」

那人就下河將布袋撈了起來。上得岸來，他連聲道歉，還驚喜地拍著紀曉嵐的腦袋說：「小朋友，了不起！你不但心地好，還很有心計呢！」說著，他急忙解開袋口，取出一錠白銀作爲酬禮。紀曉嵐無論如何不肯接受。那人只好提著袋子走了。

過目不忘

紀曉嵐七歲的這一年夏季，有一天，父親紀容舒的好友海文和楊大浪來到他家做客。好友相會，飲酒談詩，好不痛快。他們遠望著金色的麥浪和蔚藍的晴空相接，賞心悅目，怡人萬分。於是就談到南朝著名文學家徐陵文章中的兩句話：「既取成周之禾，將刈琅邪之稻。」但他們左思右想都記不得出處在哪裏了。

這時，坐在旁邊正在研墨的紀曉嵐笑著插嘴說：「這兩句都是《左傳》上的典故，前一句出自《左傳．隱公三年》，後一句出自《左傳．昭公十八年》，合起來的意思是：『琅邪開陽人曾經到成周地方去借來禾苗種植，現在稻子已成熟，將要收割了。』」

海文感到驚奇，站起來追問：「何以見得？」

紀曉嵐道：「《左傳》記載，春秋時『禹人借稻』。」

楊大浪紅著臉，瞪著眼問：「何謂『禹人』？那『琅邪開陽』又在何處？」

小小的紀曉嵐推開硯臺，不假思索地朗聲答道：「西晉著名學者杜預解釋說：『禹人』

就是禹國人，禹國在今天『琅邪開陽』（山東）這個地方。」

大家一聽，都驚奇不已，齊誇紀曉嵐讀書認眞，記憶非凡，過目不忘，眞是個「奇童」。

題詩戲官

紀曉嵐七歲那年，有人給他家送來一隻兔子，掛在屋簷下的竹竿上，父親紀容舒要他以此爲題作詩，他隨口吟道：

兔子死彈丸，
將來掛竹竿。
試將明鏡照，
無異月中看。

紀曉嵐在後兩句中，暗用了月宮玉兔搗藥的神話傳說，在詩中說：如果拿一把明亮的鏡子來一照，那兔子倒映在圓圓的明鏡中，就像是在觀賞那天上一輪明月中美麗的玉兔了。全詩把神話傳說和現實結合得神妙至極。

後來紀曉嵐隨在朝做官的父親紀容舒來到京城。京城很快就盛傳神童紀曉嵐的才能，來訪者絡繹不斷，紀曉嵐應答自如，果然是聰明機警，詩文皆能。

消息傳到了京兆尹的耳中。京兆尹是京城的最高行政長官，三品大員，他也來到紀家，想會會紀曉嵐這個小才子。

紀曉嵐的父親紀容舒對兒子說：「京兆尹大人要考我兒，我兒應該向大人好好請教。」

紀曉嵐心裏犯疑，不知京兆尹要對自己如何考試。

京兆尹慢條斯理地說：「下官居京兆尹之職，就以『尹』爲題，請紀公子做詩一首。」

這個題出得很難，一個「尹」字非常生僻，無論從字義和官職來說，都很簡單，但要以此字爲題，做成一詩，談何容易？

誰知，紀曉嵐面無難色，略爲思索一下，就詠詩一首：

丑雖有足，
甲不全身，
見君無口，
知伊少人。

這是一首字謎詩：「丑」字有足，「甲」字不全，「君」字去掉口，「伊」字少了人都是「尹」字，但巧就巧在沒有直接提到「尹」字。

由此可見，紀曉嵐對字的形體變化多麼熟悉，更奇妙的是詩中的每一句都帶著貶義，實際是在戲弄出題刁難他的京兆尹大人。

京兆尹聽了感到既佩服又慚愧，連聲讚道：「紀公子名不虛傳，眞是聞名不如見面，見面勝過聞名，可喜可賀！」

戲弄官員

紀曉嵐五歲那年，父親背著他去應童子試，在場的都是成了年的秀才，還有幾個雙鬢染霜的老童生。他們看到紀曉嵐小小年紀也來應試，在驚奇之餘，想來考問一下這個孩子，其中有個秀才問他：「孩子，你將來想做什麼官？」

紀曉嵐聽了這個明顯帶有「瞧不起」的調侃式問話，很不高興，應口回答：「要做閣老。」

通俗的說法，閣老就是宰相，是一人之下、萬人之上最大的官員，那個秀才聽了這個乳臭未乾的孩子口氣竟這麼大，覺得很可笑。便出聯戲謔：

未老思閣老

紀曉嵐瞅著這個瞧不起人的秀才，立即加以還擊：

無才做秀才

搞得這個秀才面紅耳赤，眾人都哈哈大笑。

紀曉嵐雖然從小才學超群，但還是小孩子的脾氣：貪玩。

一次，一個官員前來串門，看見貪玩的紀曉嵐，覺得不做功課而只顧玩耍太可惜，便出了一道題想難難他，這題只有兩個字：

月圓

紀曉嵐見了那官員並不畏懼，坦然對出了兩個字：

風扁

官員聽了不禁發笑，他想：「這個紀曉嵐徒有虛名。」說：「風哪還有什麼圓的扁的形狀呢？」

誰知紀曉嵐解釋說：「風見縫就鑽，不扁怎麼能鑽進門縫呢？」

官員聽了無話可說，便又說了兩個字：

鳳鳴

紀曉嵐隨口應道：

牛舞

官員又失聲大笑說：「牛怎麼會舞呢？」

紀曉嵐回答：「古書有『百獸齊舞』的句子，牛也在百獸之列，怎麼不會舞呢？」

那官員又是無話可說。

七歲自詠

紀曉嵐從小就愛詠詩作對。七歲那年一天，家裏來了一位客人。知道他能詠詩，就對紀曉嵐說：「今天我來考考你，看你的詩詠得如何。」

紀曉嵐說：「考就考。請伯父出題吧！」

客人想了想，說：「這題還不大好出。我就出一個你想不到的題。你以你『自己』爲題做一首詩，怎麼樣？」

紀曉嵐點點頭，隨即高聲詠道：

昔時家住海三山，
日月宮中屢往還。
無事引來天女笑，
謫來爲吏在人間。

這首詩的大意是說：我過去住在東海中的三座仙山——蓬萊、方丈、瀛州上，經常在月宮來往遊玩。因爲我愛開玩笑，逗得仙女們發笑，犯了仙規，被貶到人間來做官。

紀曉嵐的天眞活潑、頑皮，在詩中都表現出來了。他把自己比作神仙，在說笑打趣中，把豐富的想像力和神話故事結合在一起，反映了小詩人開闊的思路和無拘無束的性格。

客人聽紀曉嵐詠完詩，哈哈大笑，說：「原來你是個『小神仙』啊！怪不得有這麼多的仙氣。」

七歲詠雪

紀曉嵐七歲那年的冬天，冷風刺骨，天空上彤雲密布，到了過午時分，風慢慢煞住了；不一會兒就紛紛揚揚飄起一天大雪來。

那雪花一團團，一片片，在空中飄然地舞著，很像是春日開得滿山遍野的玉蘭花的花蕊，又像是滿天翩躚起舞的白蝴蝶。

紀曉嵐憑窗遠眺雪景，看到片片雪花落在庭前的水池中，一會兒便倏然不見了。那雪花落在樹上、屋上、石凳上，一會兒就一片皆白了。

紀曉嵐又想起東晉謝道韞「未若柳絮因風起」的詠雪詩句來，也躍躍欲試，朗聲吟哦道：

瓊玉與玉蕊，
片片落前池。

問著花來處，
東君也不知。

這首小詩比喻貼切，聯想豐富，表現出紀昀驚人的才華。

少年詠日

紀曉嵐十歲時的一天，他登上郊外的高山，東方剛剛破曉，一開始滿天的星星還很璀璨，可是不久，星星就一個接一個隱遁去了。東方的魚肚白開始跳出一根紅線，紅線跳躍著漸漸變成了一抹朝霞，緊接著一輪朝日躍出了地平線。紀曉嵐看到這壯觀景象，情不自禁地心潮澎湃，隨口吟詠出《日將出》一首詩：

陰雲夜合乾坤失，
萬象不能分別得。
蒼涼海底浴重光，
卻與行人指南北。

意思是說：在那陰雲夜合的時候，乾坤混沌，什麼都分辨不清。就在這一片昏暗，一團漆黑的時候，有一樣東西在躁動，在振奮，它就要噴發而出了。等它躍出地平線普照萬物的時候，給人們帶來光明和溫暖，給人們指示東西南北。

這首詩寫得多麼宏大雄渾啊！它表達了作者對太陽的熱愛，對光明和理想的追求。

後人稱讚說：「紀曉嵐十歲吟歌做詩，下筆達到了隱微深奧的境界。」

少年聯對

紀曉嵐幼時酷好讀書，寫起文章來，動筆如飛。文章寫成以後，看到的人都佩服他寫得妙絕千古。

有一天，紀曉嵐家來了一位客人，兩個人便在客廳裡聯句遊戲。老人寫出一句：

老欲依僧

紀曉嵐對曰：

急則抱佛

老人說：「我只要在前面再加上一個字『投』，便可成爲一句古詩。」

投老欲依僧

紀曉嵐道：「我只須在後面加上一個字『腳』便可成爲一句俗諺。」

急則抱佛腳

兩人相對大笑。在樂趣中，顯示出少年紀曉嵐的才華。

少年斷案

紀曉嵐的父親紀容舒中了舉人入仕，曾長期在朝廷爲京官。一次，紀容舒帶了只有十來歲的兒子紀曉嵐到朝廷裏去玩，突然碰見京城裏發生了一件大案。

這是一樁兒子殺繼母的大案。事情的經過是這樣：有一個名叫杜月的少年，母親病故後，父親杜若可又娶了繼母。這婦人姓沈，凶悍妒忌。一天，杜月的父親杜若可在房裏讀書，讀到古詩裏描寫一位美女，不但多情而且賢慧，無意中說了一句愛慕的話：「娶妻倘能如此，三生有幸呵！」沈氏後妻竟然拿起裁衣剪刀，猛地朝丈夫頭上戳去，當場把丈夫杜若可殺死。杜月趕來，奪過凶器，怒不可遏，也把那沈氏婦人當即刺死。

因爲是在京城，這件大案即時報到刑部。刑部尚書葛存良好不爲難，他想，此案一爲殺夫，一爲弒母，均屬死罪；然而子報父仇，似乎又當別論。葛存良一時沒了主意。

紀曉嵐父親紀容舒與葛存良是好朋友，此時他正帶著紀曉嵐到葛存良家裏玩。紀曉嵐聽過這個案子後說：「沈姓婦人，到了夫家，成了丈夫前妻的孩子的繼母，那是她與丈夫的關係這一點上來論定的；現在，這個姓沈的婦人，下毒手殺害丈夫時，還有什麼夫妻關係呢？」

葛存良說：「你是說沈氏殺夫時已經沒有一點夫婦的倫理關係？」

紀曉嵐說：「既然沒有了夫婦關係，那麼，也就自然斷絕了母子關係。杜月之舉完全是爲父報仇，這也就談不上什麼大逆不道之類的罪名了。」

葛存良大喜，道：「對，杜月無罪。這也得多謝曉嵐你的明智呵！」

少年壯志

紀曉嵐的聰慧早熟超出常人的想像，他在七歲時已經學會了做詩。一次在朝為官的父親大會賓客，紀曉嵐儼然如大人一般端坐席間。有人想試試紀容舒的文才，就請他即席賦詩。於是大家都邊喝邊做詩，眾人的詩尚未做成，紀曉嵐卻已經做好了。只聽他朗聲誦道：

危樓高百尺，
手可摘星辰，
不敢高聲語，
恐驚天上人。

這首《登樓》詩氣勢磅礴，意境深遠，想像豐富，眾賓客羞於再吟自己的詩作了。一時間，紀曉嵐聲名大振。

後來，乾隆皇帝得知出了個神童紀曉嵐，就命一位高官當面試過紀曉嵐。通過面試，高官向乾隆報告紀曉嵐的奇才是實。乾隆便把小小的紀曉嵐召進宮來，讓他住在丞相府中。當時朝中的東閣大學士是劉統勛。

劉統勛問紀曉嵐「水底日爲天上日」怎麼對才合適？紀曉嵐以「眼中人是面前人」應對，在座者人人驚嘆，說對得絕妙。於是宰相府的官員都向皇帝朝賀。

乾隆便在皇宮親自面見紀曉嵐，問道：「你這麼小就遠離家鄉，可想念父母？」雖然這個問話帶有關切之意，但紀曉嵐卻感到很難回答。說是想家，就對皇帝不忠；說是不想家，就是對父母不孝。眞所謂忠孝不能兩全，他想到這個利害關係，脫口答道：「我見了皇上如同見了父母一般。」

乾隆聞言大喜，誇獎道：「你小小年紀，就有這麼好的文才，簡直是以一日千里的速度在成長，好自爲之吧！」

紀曉嵐果然不負眾望，成爲大清第一才子，主編《四庫全書》流傳千古。

拷打簸籮

初夏。

傍晚。

少年紀曉嵐從景城馮氏書鋪借書回來，要回自家的崔爾莊去。

當他走到景城東街口時，便被一群人擋住了去路。

人群之中，吵鬧之聲不絕於耳，雙方聲嘶力竭，互不相讓。

紀曉嵐擠到人群裏面，看是兩個大漢正爭得面紅耳赤。

爭吵之人，一個三十歲上下，另一個四十多歲。他倆中間放著一只簸籮。

那個三十來歲的漢子赤裸著臂膀，滿口污言穢語，眼珠子都快瞪出來了。

那個四十多歲的人也不示弱，袖管高挽，兩手叉腰，罵罵咧咧，一張嘴唾沫星子四濺。

看樣子，這兩人大有拚個你死我活的架勢。

紀曉嵐眨著兩隻烏黑的眼睛，東看西瞧地觀察起來。

從人們七嘴八舌的議論之中，紀曉嵐聽出了兩人爭吵的原因：這個三十來歲的漢子，是油坊裏的掌櫃，姓李；那個四十多歲的人，是麵坊裏的掌櫃，姓邱。

油坊與麵坊兩家作坊離得很近，常常互相借用工具。

前幾天，油坊裏少了一只簸籮，李掌櫃便到麵坊裏去找。

麵坊裏的人都說：「我們沒有借。」

李掌櫃只好悻悻然走了。

過了兩天，油坊的李掌櫃到邱掌櫃的麵坊裏來閒坐，看見麵坊邱掌櫃手中拿著的簸籮，正是自己失去的那一只，便想拿回去。

麵坊邱掌櫃說：「這是我的簸籮，你怎麼能拿走？」

油坊李掌櫃一驚，說：「什麼？我早兩天失了一只簸籮，還到你這裏來找過。今天這簸籮明明在你手裏，我也不講你是偷，你讓我拿回去總是合情合理吧？」

麵坊邱掌櫃說：「什麼什麼？你失了簸籮就來拿我的麼？眞是豈有此理！」

於是二人話不投機，相互爭執，你說是你的，我說是我的，無法決斷。

圍觀的鄉親們越聚越多，唧唧喳喳，說不出一個所以然來。因爲誰也不知道其中的具體細節，分不出這簸籮究竟是誰家的。看著聽著，紀曉嵐心生一計，竟然忘記了自己還是一個少年孩子，卻像個大人似地上前勸解，說道：「兩位掌櫃爲了一只簸籮，吵鬧得不可開交，實在太不應該了，豈不有損兩家的私交？快別吵啦！快別吵啦！」

油坊李掌櫃一看上來勸解的是個小孩，看樣子是個富貴人家的公子哥，就對他說：「少爺閃開些閃開些，這事你還管不了。後站後站，免得傷了少爺的身子骨！」

麵坊的邱掌櫃竟對紀曉嵐要開了脾氣，他說：「人家大人談事你插個什麼嘴？乾脆玩去吧，免得等一下動起手腳來你在這裏礙手礙腳！」

誰知紀曉嵐聽了二人的話不但不後退，反而兩手叉在腰間，扯起喉嚨高喊道：「豈有此理！一只簸籮你說是你的，他說是他的。我看你兩人的話都作不得數，還是讓這簸籮自己說話，說說誰是他的主人吧！」

眾人一聽，大笑起來，紛紛議論：「哈哈哈哈！誰見簸籮會說話？哈哈哈哈！」

「怕是神仙變成的簸籮吧，不然它怎麼說得了話呢？」

人群中有人認出了紀曉嵐，便說：「快別亂說了，你們知道這位少爺是誰嗎？他就是崔爾莊紀府的五公子！」

「喲！是紀曉嵐紀五公子！聽說他是猴精轉世，聰慧無比，他從小就沒有對不出來的對子呢！」

「可不是嘛，快別吵快別吵！紀五公子說不定眞的有辦法能叫簸籮說話呢！」

油坊與麵坊的兩個掌櫃一聽是紀曉嵐，也就不好再爭吵謾罵下去了。一來紀府在當地名望很高，誰也惹不起；二來聽說紀曉嵐從小就鬼靈精怪，有許多人想像不出的怪點子，或許他眞能斷這案子也未可知。

於是爭吵的雙方和眾多的圍觀群眾都漸漸往後退，騰出一大片空地方來，等著看紀曉嵐如何叫簸籮「開腔講話」，好斷清這一樁案。

紀曉嵐把借來的書往地上一放，把那只簸籮也扣放在空地的正中。回轉身來，紀曉嵐從一個圍觀者手裏拿來了一把鐵鍬，幾步走攏那倒扣著的簸籮旁邊，揮起鐵鍬朝簸籮的底部撲打過去，打一下，叫一聲：「簸籮簸籮說分明，誰是你的眞主人？」

打了好一陣兒，叫了好幾聲。

人眾沒有聽見簸籮說一句話。面面相覷，等待下文。

紀曉嵐不慌不忙，把挨打的簸籮移開了一個位置，一邊側起耳朵放在簸籮上邊，似乎在聽它說話；一邊在地上瞪眼搜尋，還像是不經意地從地上撿起了幾點什麼小東西。

不一會，紀曉嵐直起腰來，走攏李、邱兩位掌櫃說：「剛才簸籮已經說話了，油坊李掌櫃是它的『主人』！」

麵坊的邱掌櫃一聽就暴跳如雷，吼道：「胡說胡說！我們剛才這麼多人在場，誰也沒有聽見簸籮說話，紀五公子怎可亂說簸籮不是我邱家的？小可正就是這只簸籮的主人！」

紀曉嵐張開剛才在地上撿東西的那隻手，用另一隻手指著說：

「邱掌櫃不要爭了，你看這幾粒芝麻就是簸籮剛才說的話，他李掌櫃開的油坊，油坊簸籮裝東西就是芝麻。你邱掌櫃開的是麵坊，麵坊簸籮盛的應該是五穀雜糧，比如小米、麥子等等。可是剛才我一摸打，簸籮掉出來的卻是芝麻而不是小米、小麥，這簸籮的眞正主人是油坊李掌櫃，不是不言自明了麼？哈哈哈哈！」

麵坊邱掌櫃再也無話可說，臉上一紅一白，不好意思地不再多說什麼，灰溜溜地走了。

油坊李掌櫃取回了自己的簸籮，歡喜不迭地向紀曉嵐連聲道謝。

圍觀的人眾異口同聲說：「紀五公子審簸籮斷案，好智謀，好智謀！」

智辯貴人

紀曉嵐小時候隨他母親到外祖父家去探望親戚，聽說那裏有一個大財主名叫杜子秋。杜子秋家有良田千頃，房屋百間，廣有資產，雅號杜貴人。他家單是收養的食客就有上千人，隨時可供他使喚，為他服務。

這一天，杜貴人在家裏的大庭院裏舉行隆重的祭祖典禮。

紀曉嵐要去看個究竟，他母親不肯。他便偷偷地一個人跑去了。

參加盛典的客人紛紛獻送各種禮物。有一位客人送上一條罕見的大魚和一隻珍奇的大雁。杜貴人看了十分高興，不由得感慨地說：「蒼天對於人類可算是太優待了啊！它不但命令土地生長出五穀，供我們食用，還命令世界出產這些大魚珍禽供我們嚐鮮，啊，蒼天多麼仁慈和偉大啊！」

客人們聽了，異口同聲地奉承道：「杜貴人妙言妙語，眞是不同凡響！」

紀曉嵐這時忍不住站起來說道：「杜貴人，您的說法我不敢苟同。依我看，世界各種物類同我們是一起產生的，人也是一種物類。凡是物類，都沒有什麼高低和貴賤，只是因爲智力高低的不同，因而產生相互制約、迭相食用的現象，並不是蒼天有意安排的。我們人類無非是索取可吃的物類來享有，難道這些東西是蒼天有心爲我們生產出來的嗎？」

客人們聽了反應不一：有暗暗贊成的，有不以爲然的，有笑小孩口出狂言的，也有一個勁兒看著主人臉色的。

杜子秋倒也氣度恢弘，寬容地對著紀曉嵐道：「你說得有點道理，可是我要請教一點：如果這大魚和大雁不是蒼天有意爲人類製造的，爲什麼牠們的味道這麼鮮美呢？」

紀曉嵐霍地站起，從容地答道：「杜貴人，蚊子叮人吸血，吃得津津有味，虎狼撕咬人肉，也吃得津津有味，難道也是蒼天有意爲牠們享用美味而安排的嗎？按照您的邏輯，蒼天生出我們這些人類，原來都是給蚊子和虎狼做美食的啊！」

客人們不禁哄然大笑。

杜子秋滿面笑容，走下主桌，向僅僅十來歲的紀曉嵐敬了一杯酒，欣慰地說：「想不到我家食客門下有此聰穎過人的孩子。哎，要做到不埋沒天下任何一個人才，是很不容易的啊！」

巧妙分油

小時候的紀曉嵐和別的孩子一樣，也好玩。

一天，他到小街上去玩。看見街上圍著一群人，亂哄哄地在爭吵。

紀曉嵐走上前去，鑽到裏邊，見是兩個油販子正鬧得不可開交。一問，才知道他倆原來合夥做生意，爲了分利不均而翻了臉，決定散夥，準備將剩下的十斤油平分後各奔東西。

可是，他倆手頭沒有秤，器具就只有三樣：一是裝剩油的油缸，一是能裝三斤油的葫蘆，一是能裝七斤油的瓦罐。他們將器具倒來倒去，總是覺得分不均勻，你怪我怨沒有完。好管閒事的旁人也幫著出點子，折騰來折騰去，也沒個好辦法。

紀曉嵐見狀，情不自禁地大笑道：「這有啥麻煩，便當得很哩。」

人們聽了，紛紛起哄了：

「看你小不點兒，倒這麼狂妄！」

「乳臭未乾的小孩充什麼老？」

「小鬼的牛皮話，別聽他！」

油販子到底見過世面，他倆見紀曉嵐一副機靈相，便順水推舟地說：「小孩子，別說大話，你就來平分吧。」

紀曉嵐說：「先將那能裝三斤油的葫蘆當秤用。」

「怎麼當秤？」人群又起哄了。

「先兩次把葫蘆灌滿油，倒進空瓦罐；再第三次把葫蘆灌滿油，倒滿能裝七斤油的瓦罐為止。」

油販子如法炮製完成三步動作。

紀曉嵐問道：「現在葫蘆裡剩下幾斤油了？」

人們一掃原先鄙視紀曉嵐的氣氛，立刻活躍起來：「兩斤，兩斤！」

「請把瓦罐裏的七斤油，全部倒入缸內，再將葫蘆中剩下的兩斤油倒入空瓦罐。請問現在瓦罐和油罐各有幾斤油？」

油販子一邊動作，一邊興奮地答道：「瓦罐有兩斤油，油缸有八斤油。」

紀曉嵐笑了笑說：「現在最後一步棋大家總能走了吧？」

人群七嘴八舌嚷了起來：「將葫蘆灌滿油，剛好三斤，倒進瓦罐，瓦罐原有兩斤油，再加三斤，不是五斤是什麼？剩下的五斤就不用再倒來倒去了。」

其實不必別人吵嚷，油販子早就心領神會了。兩個油販子各分五斤油，很快就順利分成了。

巧辯保樹

紀曉嵐不僅聰明伶俐，而且他特別喜愛樹木。這當然與他的家庭很有關係。

紀曉嵐家住在河北河間府獻縣崔爾莊，是屬於鄉下的地帶。鄉下樹木特多，尤其是作為當地大戶人家的崔爾莊紀府，那樹就更不用說是到處都是了。因為從小和樹在一起，紀曉嵐最看不得有些人動不動就砍樹。

這一天，十來歲的紀曉嵐到崔爾莊附近一個老熟人家裏去玩。這家人家姓家，與家庭的家是一個字。老主人名叫家政寬，紀曉嵐叫他家大伯。

家大伯家政寬也特別喜歡聰明伶俐的紀曉嵐。

一天，紀曉嵐剛踏進家政寬家的庭院，見家政寬老先生正在吩咐家丁砍院中的一棵大槐樹。

出於愛樹的本能，紀曉嵐說：「家大伯，你瞧這樹長著圓形的枝蓋，掛滿了墨綠色的葉子，像一把巨大的華蓋，夏日遮掉驕陽，冬天擋住狂風，它顯得那樣生氣勃勃，得天獨厚的樣子，多麼可愛啊！您卻要除掉它，這不是太可惜、太殘忍了嗎？」

家政寬老先生搖頭晃腦地說：「不是我要砍這棵大槐樹，是我最近看了一本書……」

庭院天井四方方，
方方正正口字狀。
院子當中如有木，
木在口中不吉祥。

家政寬唸完四句詩又說：「你想，木在口中，不是一個『困』字嗎？誰願在困境之中生活呢？」

紀曉嵐覺得老先生的話實在太可笑了，就也一本正經地說：「先生，我最近也看了一本書，書中說……」

房屋造得四方方，
方方正正口字狀。

房屋當中如住人，
人在口中不吉祥。

唸完四句詩後，紀曉嵐說：「家大伯，你想，人在口中，不是一個『囚』字嗎？誰願囚禁在牢房之中呢？所以說，如果因爲『困』字不吉利，就要把庭院中的樹木鋸掉，那麼『囚』字就更不吉利了，房屋之中也就不能住啦！」

家政寬哈哈大笑起來，連連擺手，叫家丁不要砍樹了。

賽跑辨賊

十餘歲的紀曉嵐跟隨父親紀容舒到都城裏去之後，總想上街去玩。

這天，他又來到了街上，只見丁字街頭圍著一群人，聽見人群中有兩個人在大聲爭吵，一個叫嚷說：「你是賊！」另一個也嚷著說：「呸！你才是賊哩！」

紀曉嵐愛熱鬧，就往人群裏擠。

紀曉嵐進入圈子當中，見兩個壯漢在爭吵，旁邊地上還坐著個老婆婆。老婆婆的包袱，被兩個壯漢中的一個搶了，但馬上又被另一個人奪了回來。

老婆婆說這兩個壯漢都是從她身後過來的。她不知道是誰推倒她又搶了包袱。當她回頭看時，只見這二人都抓著包袱在爭吵。

那老婆婆眼睛不好，那兩人又在她背後，所以她實在不知道誰是好人誰是賊。

原來這兩個人中肯定有一個是竊賊，只是老媽媽分辨不出來而已。

紀曉嵐問了一會兒，無法判斷兩個壯漢誰說的是眞話，誰說的是假話。他就想出一個辦法故意對那兩個人說：「我已經知道你們誰是眞正的賊了。現在我要叫你們兩人賽跑一次，誰贏了誰就不是賊。」

兩個壯漢按照紀曉嵐所指定的目標，向北門外不遠處的長亭奔去。然後再跑回來。在他們的身後，看熱鬧的人中有一個騎馬的軍士看著他們跑。

賽跑結束了，騎馬的軍士說：「開始時是穿藍短衫的壯漢跑在前邊，但跑到一半，穿黑短衫的超過了他。」

紀曉嵐聽罷軍士的話，指著穿藍短衫的壯漢對人群大聲宣佈：「他就是賊！做了賊還說別人是賊，眞是作賊喊捉賊啊！」

「你一個小孩子，可不能是非不分，冤枉好人啊！」穿藍短衫的壯漢表示不服：「開頭我是跑在他前頭的……」

「對，你作賊心虛，因此一開始就拚命跑，所以你暫時跑在前邊。」紀曉嵐很有把握地說：「可是由於開頭跑得太急，跑了一半路程反而跑不動了，所以你落後了。而你的對手確實跑得快，因此你搶了老婆婆的包袱後逃跑時，他才會抓住你。怎麼，你還不認罪嗎？」

穿藍衫的壯漢知道自己無法抵賴，只得跪到地上，低頭認罪。

那個騎馬的軍士把這個竊賊押去報官，回頭對紀曉嵐說：「你小小年紀聰慧過人，將來必定是前途無量！」

神斷牛案

有一年，附近村上有顧家和方家都丟失了一頭牛，兩家都傾巢出動分頭尋找，找了好久也沒有找到。後來別人總算爲他們找到了一頭，兩家都搶著說那頭牛是自己的，雙方爭執不下，把官司打到州裏。

州官是崔爾莊紀家的老熟人，他早聽說過紀府小少爺紀曉嵐聰明過人，有意要試試紀曉嵐的眞本事，便提議叫他來斷這個案子。

一位武官不以爲然地說：「嘴上無毛，辦事不牢！此案大人都不行，何況少年？」州官說：「此言差矣。」說著，就向武官介紹了紀曉嵐九歲時跟著父親去覲見乾隆皇帝的軼事。

乾隆皇帝向紀曉嵐問道：「聽說你喜歡讀書，書裏記載著哪些事啊？」

紀曉嵐從容地回答道：「奉養父母，服務國君，千言萬語無非是『忠孝』兩字而已。」

乾隆驚異於紀曉嵐的概括能力之強，連連讚歎說：「說得好！說得好！」

武官說：「那就讓紀曉嵐這小子試一試處理此案吧！」

紀曉嵐應邀到達州府，問明前後情況，微笑道：「這個案子很容易判定。」說著，便叫顧、方兩家各將自己的牛群全數趕到州府前的大操場上。他便喝令道：「放牛！」

說完，那頭牛直往顧家牛群奔去。

場上人群歡呼起來：「是顧家的，是顧家的！」

紀曉嵐冷眼見方家不服，便叫聲：「慢，把那頭牛單獨趕出來。」

牛出來了，紀曉嵐命差役用鞭子狠命地抽打，顧家的人奔上前，拚命地抵擋，還將鞭子奪了下來。方家的人只是在旁邊喊道：「莫打了，莫打了。」那喊聲有氣無力，像在演戲。

紀曉嵐看了，便厲聲盤問顧家人：「如果查出這頭牛不是你家的，而你們硬要冒領，除了十倍罰款，還要承擔法律責任啊！」

方家人知道瞞不過紀曉嵐，只得承認自己有冒領之罪，諾諾連聲，告退而去。

紀曉嵐神斷牛案的名聲，從此傳了出去。

制服府尉

紀曉嵐還在讀私塾的時候，莊上發生了一件命案。死者和紀曉嵐同在一個私塾裏讀書。有一天，人們發現這孩子不明不白地死在村口的路邊，身上留有刀傷，於是報案。

州府裏主管緝捕兇手的府尉帶著十幾個人，騎著高頭大馬直奔莊裏去勘察案情。這時候，年過半百的老塾師正在給紀曉嵐等幾個學生講《論語》，其餘的學生也都在專心讀書。突然，一群凶神惡煞似的官兵闖進書屋時，學生們停止了朗讀，驚愕地看著站在他們面前的那個身穿官服的府尉。

府尉把塾屋掃視了一周，然後轉身朝兵丁做了個手勢說：「搜！」那些兵丁們就動手翻箱倒櫃地搜查起來。

「喂，老頭兒！」府尉揮舞手中的馬鞭子對村塾老先生吼道：「你們這裏死了童生，兇手是誰，你快指出來！」

可是不論府尉如何恐嚇，那老塾師也說不出什麼來。這時候那些兵丁也都搜查完了。一無所獲。於是，府尉開始審問學生們。

「你的同學被殺害的時候，你到哪裏去了？」府尉這樣開始一個一個地審問。學生們都被嚇得哭出聲來。

可就在這非常混亂的的時候，紀曉嵐端坐在靠牆角的一張方桌邊，全神貫注地看著手中的那冊《論語》。

府尉覺得這是對他的蔑視，就從坐著的椅子上跳了起來，衝到紀曉嵐的跟前，氣急敗壞地大聲吼叫道：「喂，這小子，你們這裏出了兇殺大案，你爲何不來受審？」

紀曉嵐頭也不抬地說：「我在讀聖賢書，休得打擾！」

府尉見紀曉嵐如此蔑視他，不由得惱羞成怒，叫嚷道：「你這小子好大膽，竟敢藐視官府，來人哪！」

府尉一聲吼叫，立即竄出幾個兵丁來到紀曉嵐身旁。紀曉嵐微微冷笑著站起身來說：「少府老爺，你憑什麼說我藐視官府？我讀的是孔聖人教誨後代的經典，當今的聖上曾三令五申，務必尊重，不得褻瀆。如今你膽敢闖入學宮無理取鬧，藉口勘察，侮辱聖賢，踐踏斯文。如此行爲，有損新朝威信，敗壞官府聲譽。我正要去覲見大清皇帝，我知道，當今聖上禮賢下士，讀書人他都肯見。我這就和你一起去覲見聖上吧！」

到這時候，被嚇昏了的府尉才回過神來。心裏說：「這小子好厲害！當今皇上倡導『以詩書治理天下』，如果他眞要告我一狀，我可擔當不起啊！」於是他急忙換上一副面孔，和顏悅色地對紀曉嵐說：「小哥兒，不要生氣，剛才是和你開玩笑，不必介意！」說完就走了，他帶來的那些兵丁也跟著灰溜溜地走了。

助人辦案

紀曉嵐十餘歲時，隨在朝廷當官的父親紀容舒到了京城。

京城負責審案的一個姓謝的按察使善於審案，得雅號爲「謝青天」。謝青天與紀曉嵐父親紀容舒是要好的朋友，紀曉嵐與他也很熟。

那天，紀曉嵐到謝青天家裏去玩，正好碰上謝青天因爲有難斷的公案牽掛在心上，因此跟紀曉嵐見面時心神不定，還常常嘆氣。

紀曉嵐關心地問：「謝大人，你有什麼疑難事嗎？」

「曉嵐，我正爲一件難辦的案子傷腦筋哩。」

「什麼案子叫你如此爲難呀？我聽人說，你辦案不是很有辦法的嗎？不然老百姓也不叫你謝青天了。」

謝青天苦笑了一下搖搖頭說：「正因爲這件案子看似一般，可是判起來卻很難把握。今天早晨坐堂時，我接到一張狀紙，是西門外一個家族的族長控告族裏的一個小輩後生不孝父母、大逆不道的事。」

「究竟是爲了什麼事呢？」紀曉嵐著急的問。

「唉，狀紙上寫的，是說那後生在修建家祠時毀壞了父母的遺像。其實那後生是個讀書人，知書識理，舉止斯文。他對我說，他最近修建家祠時，父母遺像因年深日久，又遭屋漏雨淋而損壞，不能再供奉堂上。於是他就請畫師重畫了兩張肖像，以新代舊……」

聽謝青天說到這裏，紀曉嵐插嘴說：「這後生如此做完全是孝敬父母的行爲嘛，那族長爲什麼反而告他不孝呢？」

「是啊，我也是這樣說的。」謝青天點點頭說：「可是那族長一定不依，他問我，如果燒掉父母的遺像還說不是大逆不道，那麼怎樣才算是呢？我說去舊換新是合情合理的事，不能治那後生大逆不道之罪；可那族長卻硬是咬定『以孝治天下』這個死理，硬說燒毀父母遺像是違背孔夫子教導的。我和司衙內十幾位幕僚商量多時，也拿不出一條理由來駁他。因此我心中煩悶呀！」

紀曉嵐聽罷謝青天的敘述，認眞地動起腦筋來。突然問道：「你說那告狀的人家住在西門外，是嗎？」

「是啊，怎麼？」謝青天奇怪地反問。

「我想出個辦法來對付那告狀的人了！」紀曉嵐興奮地跳起來說：「今天我到京城來，

在西門外看到一座寺廟內正在重塑如來佛金身。廟裏原來的舊佛像已經卸了下來，橫臥在寺外池塘邊。我想那族長可能知道此事。難道他能告和尚一狀，治他們不敬菩薩之罪嗎？」

「是嗎？」謝青天聽紀曉嵐如此一說，也高興地大聲說道，「妙，妙極了！」

審堂又開始了，原告和被告都在堂上跪下。謝青天問那族長：「本城西門外有個寺廟，寺廟裏和尚重塑如來佛金身像。你家居住西門外，知曉此事嗎？」

族長回答：「啓稟大人，那座寺廟叫普濟寺，我家就在那附近。」

謝青天又問：「你知道卸下的舊佛像現在何處放著？」

族長照實回答：「知道，就放倒在池塘邊。」

謝青天大聲說道：「和尚把佛像亂丟，落到如此不潔之處，還不是褻瀆佛聖嗎？你既然知道，爲何不告？」

「這個……」族長被問得張口結舌。

謝青天又說：「你族中小輩後生爲了尊敬父母，把舊的遺像焚了，使之免受褻瀆，比起和尚來不是做得很對嗎？」

「這個……」族長無話可說。

謝青天指著跪在一旁的後生對族長說：「你控告他實在是沒有道理。回去吧！」說罷，一甩袖子退下堂去。

這時堂內外一片歡騰，都說謝青天說得有理，斷得明白。可是謝青天說：「這個主意還是一個十來歲的孩子紀曉嵐想出來的呢！」

識辨僞鼎

紀曉嵐兒時隨父親紀容舒一起住在京城時。一次，有人在疏挖一口甜水井時，起出了一只古鼎。那鏽蝕斑駁的銅鼎上銘刻著一行篆字：「魏黃初元年春二月，匠吉千」。鼎的做工十分精細考究。左鄰右舍無不認爲這是稀世的文物。大家高興極了，好像已得了飛來的橫財。

可是，紀曉嵐望著古鼎一會兒，苦笑了笑，說：「眾鄉親啊！不是我說掃興話，這只『古鼎』是後人假造的，絕不是曹魏時代的珍品。」

眾人聽了都大驚失色。有個老學究卻不服氣，冷笑道：「唉！你這小子不過十二、三歲，怎曉得一千多年前一個古物的眞僞呢？」

紀曉嵐的父親紀容舒也有此感，怒聲責罵道：「你可要謙遜些！」

紀曉嵐也不氣惱，只是輕聲慢語地對老學究說：「老先生，晚輩斗膽說一下根據，請您指教。」

老學究笑笑，話內含刺地說：「願聽高見。」

紀曉嵐侃侃而談：「建安二十五年，曹操去世後，東漢年號就改爲延康了。這年十月，曹丕接受了漢獻帝劉協的禪讓，做了皇帝，建立了魏國，改年號爲黃初。這就是黃初元年，這時已是十月，請問哪來的二月呢？可見，古鼎上的篆文說什麼『魏黃初元年春二月』，豈不是太荒謬了嗎？」

老學究聽了，不再言語了。

眾人紛紛七嘴八舌地說：「老先生，你何不取出《三國志》來查對一下呢？」

《三國志》取來了，老學究翻開其中《魏書》一看，果然書中記載的與紀曉嵐的說法完全一樣。

老學究面色緋紅，連忙說：「紀公子眞是個博古通今的小奇才啊！」

皇宮獻詩

這是發生在紀曉嵐只有幾歲時的一個傳說。

那是在夏天，一位朝中的參政帶著幾個侍從正急慌慌趕路。忽然豆大的雨點從頭頂上落了下來。參政和部下連忙躲到了一座古廟裡。他們剛剛站定，只見從廟門外又跑進一個濕淋淋的孩子。他忽閃著大眼睛，看著眼前這一群人。參政一眼就看出這孩子不同一般，從他的話中，參政知道他叫紀曉嵐，雖然年僅幾歲，但已經能做詩寫文章。幾個人更爲吃驚，忙讓他即興吟一首「大雨詩」。紀曉嵐不加思索，脫口而出，參政和部下連連稱讚。

回到朝廷後，參政沒忘把紀曉嵐事報告給當時的皇帝雍正。他說，天降神童，這可是國家的祥瑞之兆啊。於是立即派人把紀曉嵐召來，要考考他。

紀曉嵐被帶進後宮跪見了皇帝。雍正皇帝說：「聽說你小小的年紀就能詩寫文，這很了不起。」說著他又指指旁邊的床榻，「你就以這爲題作一首詩吧！」這時，紀曉嵐才注意到那床榻上有一個宮女正在午睡，那睡相很美，恰如一朵午後的睡蓮。紀曉嵐看看皇上，又看看美麗的宮女，略一沉吟，便跪下唸道：

御手指嬋娟，
青春白晝眠。
粉勻香汗濕，
髻壓翠云偏。
柳妒眉間綠，
桃嫌臉上鮮。
夢魂何處是，
應繞帝王邊。

這首詩描寫宮女的美貌，把她的音容笑貌刻劃得十分生動，雍正聽了非常高興，撫摸著紀曉嵐的脊背誇獎他，感嘆說：「如此聰明的孩子，爲什麼不是朕的兒子呢？」

巧駁塾師

名士張若獻曾當過紀曉嵐的塾師。但他常借酒澆愁，聊以偷生，對那些拜讀於自己門下的紈絝子弟毫無栽培之意，漸漸地養成了懶散的習性。他經常在課桌上打瞌睡。一些無心習文的富家子弟自然樂不可支。但是紀曉嵐很有意見，他打聽到了張若獻過去博學多才，爲人師表，可現在爲什麼老愛打瞌睡，對學生不負責任呢？他決心解開這個謎。

有一天，上習字課，張若獻叫學生按字帖寫字，自己伏案便睡，這下課堂裡就亂了套。這些富家子弟自由慣了，有的拿出早已準備好的蟋蟀，進行逗玩；有的嬉笑追罵；有的在習字本上畫些烏龜王八什麼的。紀曉嵐趁眾學生鬧得起勁時，悄悄走進講台旁，搖醒正在打瞌睡的張若獻，低聲問道：「先生，您爲啥老是打瞌睡？」

張若獻正在做白日夢，朦朧中被紀曉嵐搖醒，眞有點丈二和尙摸不著頭腦，迷迷糊糊看了一下四周，又習慣地摸摸自己的腦殼，故作神秘地回答道：「我是到夢鄉去見古聖先賢去了，就像孔子夢見周公那樣，然後將古聖先賢的教訓傳授於你們。」說完便搖頭晃腦地吟起：「採菊西籬下，悠然見北山。」

「不對呀，應該是『採菊東籬下，悠然見南山』。」紀曉嵐糾正道。

張若獻嘆息道：「茫茫人世，芸芸眾生，人妖不分，何分東南西北。」

紀曉嵐知道張若獻所謂的夢中託言純屬謊詞，至於張若獻故作糊塗的緣由他也能領悟一二，他想讓張若獻改掉打瞌睡的壞毛病，左思右想，終於想出了一個好辦法。

第二天上課時，當張若獻正搖頭晃腦地讀著：「世間行樂亦如此，古來萬事東流水……」忽然發現紀曉嵐也在打瞌睡，便大聲呵斥道：「懶惰成性，眞是朽木不可雕啊！」可紀曉嵐卻不慌不忙地站起來說：「先生，您冤枉人了，我是在學習呀！」

張若獻更怒了：「明明是打瞌睡，還敢詭辯！」

「眞的，我到夢鄉去拜見古聖先賢去了，就像您夢見古聖先賢一樣。」

張若獻有意刁難紀曉嵐，問道：「古聖先賢給了你一些什麼教訓？」

紀曉嵐從容答道：「我呀，見到古聖先賢，就問他們：『我們的先生幾乎每天都來拜望你們，你們給了他些什麼教訓？』但他們回答：『從未見過這樣一位先生。』」

張若獻聽了，頓時瞠目結舌，繼而滿臉羞愧。沒想到一個身高齊腹的小孺子，竟能用以其人之道還治其人之身的辦法，揭穿了自己的謊言。從此，他改掉了打瞌睡的壞毛病，對紀曉嵐更是悉心栽培。

名畫挑錯

從小時候起，紀曉嵐就對書籍十分迷戀，終日手不釋卷。他更喜歡讀一些帶有插圖的書。有時，還把插圖描下來，小心翼翼地珍藏著。

在紀曉嵐八歲那年，父親邀請著名畫師鍾登高來家裡畫畫。沒幾天，鍾登高畫好一幅畫，題名《陶母剪髮圖》，掛在中堂。父親連聲誇好，紀曉嵐看了圖上題字，也立即知道了圖中的故事原意：晉朝大清官陶侃的母親爲人賢德。陶侃小時候家裡很窮，陶母總是省吃儉用，教子讀書。看到陶侃同別家孩子一起讀書、寫字，心裏就非常高興。一天，一位同學騎馬來陶家，找陶侃研究學問。快到吃中午飯時，陶侃心中暗暗叫苦：這個時候讓同學回家去吃飯是不近人情的，可自己家裏實在拿不出像樣的食物招待客人。怎麼辦呢？陶侃與母親悄悄商量著，陶母從房頂上抽下一些茅草餵客人的馬，用剪刀剪下自己的一綹長頭髮，拿到市集上換回米、酒、菜，招待客人。這件事很快傳揚開來，人們紛紛讚揚陶母的大賢大德。

紀曉嵐父親紀容舒又仔細看了看《陶母剪髮圖》，不禁再次誇讚畫得好，鍾登高面露沾沾自喜之色。

這時，紀曉嵐卻插言道：「這金釧是不該戴在陶母頭上的！」

「此話怎講？」鍾登高吃驚地質問道。

「陶母家裡窮得只能拿賣掉頭髮的錢買酒菜招待客人，哪還有金釧好戴啊？」紀曉嵐說，「如有金釧，就徑直去市上換錢，何必剪頭髮呢？」

父親紀容舒與鍾登高這才恍然大悟：原來只是爲了讓陶母戴上金釧好看一些，沒想到卻自相矛盾，出了紕漏！

鍾登高連聲歎服：「小少爺眞是觀察入微呀！」

詠雞之詩

紀曉嵐小時候，家裡來了一位姓印的名士，家裏設宴款待。小小的紀曉嵐正好從學塾回家，姓印的名士便關心地問起他的學業，知他已會作詩，非常高興，便以席上的雞爲題要紀曉嵐作詩一首。

紀曉嵐略加思索，當即吟道：

宋宗窗下對談高，
五德名聲五彩毛。
自是范張情義重，
割烹何必用牛刀。

紀曉嵐在這首詩裏分別使用了四個關於雞的典故。他在詩中表達的意思是：晉代人宋宗能友好地與雞交談。但即使雞與主人的友誼像東漢的范武、張劭一樣深重，然而到頭來，仍逃脫不了被割烹的命運。小詩人在詩裏反映了世態炎涼、人情淡漠的世風，表示他正直的品格，也反映他的知識面廣，文學功底深厚。

印名士聽了，擊節讚賞，要來筆墨，當場作了一幅《桂畫圖》贈給紀曉嵐作爲獎賞，並在上面題了一首詩：

紀君有子早能詩，
風采英英蘭玉資。
天上麒麟原有種，
定應高折廣寒枝。

詩中高度評價了紀曉嵐，並對他寄於深切的期望。

紀曉嵐的父親很是得意，特地造了一座傳桂堂，將印名士的畫置於堂中，寓有「望子攀桂」之意。

後來紀曉嵐果然官居一品，主編了《四庫全書》。

大膽識妖

紀曉嵐家鄉山上有個虎泉山，虎泉山上有個虎泉寺。還在紀曉嵐少年時代，傳出一個驚人的消息，說是虎泉寺裏出了妖怪，每天深夜在寺裏到處亂竄，還會吃人。寺廟的和尚還說那妖怪能變化，常以各種容貌在夜晚出現。

消息傳進紀曉嵐耳朵裏，他非但不怕，反而笑了起來。

一天早晨，紀曉嵐挑著行李和書籍來到虎泉寺，向廟裏的知客和尚要求借房讀書。和尚說：「小廟裏多時鬧妖怪，現在廟裏除了僧人，已無一個俗家弟子了。」

紀曉嵐問：「那麼廟裏的僧人爲何不走呢？難道他們就不怕被妖怪吃了嗎？」

知客和尚耐心地解釋：「我佛如來弟子，自有佛法護佑，那是不同於俗家子弟的，所以都不怕妖怪。」

紀曉嵐笑著說：「我雖是俗家子弟，可我臨來之前已經背誦過《金剛經》，足可以驅妖避魔，所以我也就不怕妖怪了。如果那妖怪敢來吃我，豈不是說《金剛經》不靈了嗎？」

知客和尚無可奈何，只得讓紀曉嵐進廟住下。

轉眼間天已黑了，紀曉嵐點上燈開始讀書，當讀到二更天吋，就聽到室外傳來陣陣怪叫聲。聲音凄厲，令人聽了心中發怵。可是紀曉嵐只當沒聽見，若無其事地看著書。過了一些時候，他隱隱聽見有腳步聲向他的窗口靠近。不一會兒，果然有石塊瓦片從窗口飛進室內，差點兒打著他的腦袋。

「哼！」紀曉嵐輕輕地哼了一聲，熄燈睡覺了。如此連續鬧了三夜，紀曉嵐只是把門關得緊緊的，從不開門出去看。第四天傍晚，知客和尚見紀曉嵐神態自若地在院子裏散步，就走了過來問：「小施主，這幾天夜裏你看見過那個青面獠牙的妖怪嗎？他可兇惡哩！不管是誰觸犯了它，它就要報復。你眞的什麼都沒看見嗎？」

「我看見了！」紀曉嵐說著，忍不住哈哈大笑起來，「我看見幾和和尚臉上塗著油彩，伸出長舌在嚎叫哩！」

「那大概是我們死去師兄的鬼魂在作祟吧！」知客和尚不知道紀曉嵐是在詐他，還認爲眞的看出了破綻，於是說起話來支支吾吾。

紀曉嵐見知客和尚露了馬腳，就笑著搖頭說：「恐怕不是死了的師兄作祟，而是活著的師弟在裝怪吧。哈哈哈哈……」

「小施主，請勿聲張。」知客和尚見紀曉嵐如此一說，知道關於鬧妖怪的事已經敗露，只得老實交代了這件事的前因後果。

原來，虎泉寺面對余姚江，風景秀麗，氣候宜人。因此，從宋朝時起，幾百年來經常不斷地有讀書人到寺裡來租屋就讀。可是寺廟裡的和尚們討厭俗客在廟內讀書。但又不能公開逐客，那樣做會壞了虎泉寺的名聲，斷了虎泉寺的香火。於是幾個和尚就想出了一個扮妖怪的辦法。從此，廟裡的僧房再也無人敢來租借了，和尚們都暗暗高興。

可是，他們萬萬沒想到少年紀曉嵐卻不相信人間眞會有什麼妖怪，並且親自到寺裡來揭穿這個鬼把戲。

大難不死

紀曉嵐家鄉有一座光華塔，是一座七層八角形木塔。紀曉嵐小時候常和他的小夥伴們爬到光華塔上玩。

一天，教紀曉嵐讀書的私塾先生給學生們講授漢朝司馬遷所著《史記》裏的一篇文章〈五帝本記〉。這篇文章中記載的是傳說中五位古代帝王的故事。先生講了許多能說明五帝聰明智慧的故事後，想試一試他的學生們的智力，就提出一個問題說：「虞帝從高高的稻垛頂上跳下來，竟然一點也沒有受傷。你們說說，這是什麼原因？」

幾個學生都說是由於老天保佑，先生並不滿意，他把目光轉向牆角座位上的紀曉嵐。

「紀曉嵐，你是怎麼想的？說說看。」

紀曉嵐答：「我想，虞帝從那高的稻垛上跳下來不受傷，身邊總得帶點什麼東西，要不然，他是會跌傷的。前幾天我從很低的窗台上往下跳時，還把腳踝扭痛了呢！」

先生問大家對紀曉嵐的回答有什麼不同意見。經過小小的討論後，有幾個不同意紀曉嵐的看法，有幾個認爲紀曉嵐說得有道理。雙方勢均力敵，相持不下，誰也說服不了誰。

先生說：「我認爲紀曉嵐雖然沒有把話說得清楚，但他所說的道理是對的。你們想，虞帝是聰明人，知道他的弟弟不懷好意後，他是必然會有所準備的。因此，當他見到稻垛起火時，就搧動著事先帶上稻垛的兩把大蒲扇，飄飄蕩蕩地降落到地面，因此才沒有受傷。」

誰知一會兒後，紀曉嵐也遇上了一件險事。

放學後，紀曉嵐和幾個調皮的同學爬上了光華塔。

「咕咕咕咕！」幾聲鴿子叫吸引了紀曉嵐和他的夥伴。他們探頭出去，看見窗欄外的木檐下有個鴿子巢。一個小夥伴就建議比賽捉鴿子。

「好，看誰能捉住鴿子，誰的本領就大！」生性好勝的紀曉嵐訂下了比賽的辦法。

比賽開始了。幾個小夥伴輪流伸手去摸鴿子巢。可是都因爲手臂太短，捉不到鴿子。輪到紀曉嵐的時候，他想：同學們的手臂達不到鴿子巢，我比他們人小，手臂比他們短，更達不到。要想取得勝利，我必須爬到窗外去。於是他一縱身爬上窗欄，腳踏檐瓦，俯下身去，將右手探進鴿巢，很快就捉到一隻鴿子，塞進寬大的衣襟裏。然後轉過身得意地看著那幾個爲他的勝利拍手叫好的小夥伴。誰知，就在他轉身的時候，腳一滑，竟從塔檐上跌下去了。

在紀曉嵐滑出塔的一剎那，他想起剛才先生講過的虞帝撲蒲扇從稻草垛頂上落下的故事。急中生智，張開他那件藍衫的寬袖也撲了幾撲，像鳥雀那樣飛了下來，跌在塔基旁的爛泥地上，結果只是屁股因撞著地面而有點疼，身體其他部位一點也沒有傷著。

當小夥伴們哭喊著來到塔下的時候，紀曉嵐已經從地上站了起來。大家見了驚喜萬分。他們聽紀曉嵐講述了自己怎麼倖免於難的經過後，都很佩服。紀曉嵐卻搖手說：「這種後果嚴重的事，今後千萬做不得。」並從懷裡摸出鴿子，把它給放了。

紀曉嵐憑著自己的聰明才智而大難不死，但他卻勸別人千萬不要再去冒險了。他這種友愛、謙虛的精神深深地感動了小夥伴們。

神童題詩

紀曉嵐自幼聰敏異常，五歲能對對子，七歲能作詩，十歲能作八股文，大家都說他是個神童。當時有個宋姓鹽商想附庸風雅，凡是外出飲宴之時都帶小紀曉嵐同往。實際上紀曉嵐主要是陪這個鹽商遊山玩水，飲宴享樂，等於是做了這個鹽商的高等侍從。有一次鹽商大集會，這個姓宋的也帶著紀曉嵐一同去參加。這些鹽商本來都是一些市儈，靠經營鹽業致富，文化水平低下，但酒宴中間偏偏要故作風雅，自命風流，學那些文人們一樣行起酒令來了。酒令當然很簡單，只要每個人唸一句詩詞或曲子，最後一個字只要是個「紅」字就行了。但即使這樣，這些市儈們也背不出幾句古詩詞來，不過這也不要緊，他們每個人都帶有一個清客，輪到自己要行令了，他們的清客就偷偷地遞上一張小紙條，寫上詩句。於是酒令似乎行得很熱鬧，這些市儈們也似乎個個滿腹經綸，出口成章。有的唸：「萬綠叢中一點紅。」有的唸：「花落水流紅。」有的唸：「當筵拼卻醉顏紅。」輪到這個姓宋的了，這時偏偏紀曉嵐離席方便去了，姓宋的急得就像熱鍋上的螞蟻，搔頭挖耳，苦思冥想，其他鹽商又一個勁地催。這時正是春天，園中落英繽紛，柳絮飄舞，他想反正最後只要是個「紅」字，於是冒出一句：「柳絮飛來片片紅。」眾鹽商聽了，不覺大笑，都說：「不通，不通，柳絮是白的，怎麼變成紅的了呢？」大家吵著鬧著，要罰酒，要罰他下次作東。

這時紀曉嵐來了，他一拱手對眾人說：「諸位且聽在下講幾句。柳絮怎麼不可以由白變紅呢？敝東家這句詩不是杜撰，而是古人的一首七言絕句中的最末一句，諸位若不相信，我可以將全詩背出來。」於是他背出了這首詩：

浪迹天涯西復東，
青山綠水畫圖中。
夕陽返照桃林岸，
柳絮飛來片片紅。

姓宋的鹽商大喜，說道：「你們自己不知出處，卻還要罰我，我一時記不起了，幸虧我這位神童朋友。」於是大家盡歡而散。姓宋的回到家裏，對紀曉嵐感激不盡，爲他解了圍，挽回了面子。又問紀曉嵐這是哪一位古人的詩句。

紀曉嵐笑著說：「東家，這哪裏是什麼古人的詩，是我臨時湊幾句罷了。」

知府汪軍久聞紀曉嵐的才名，經常召他到官署裏去，與他談詩論文。有一次汪軍大宴賓客，紀曉嵐被召作陪。汪軍有意要試他的才學，向客人們鄭重介紹，誇他是神童才子。於是大家都向他拱手請教，希望他露一手。汪軍說：「好，今天不要他做詩，也不要他作文，要他做副對聯，對聯不命題，如何做法，由我來定。」說完取過一本書，隨便翻一頁，要一客人隨手指兩個字，這個客人先指了一個「兩」字，再指了一個「空」字。汪軍要紀曉嵐在對聯中把這兩個字嵌進去。上聯嵌個「兩」字，下聯嵌個「空」字。並且還指定要嵌在七字句第六字的位置上。然後汪軍又命侍從們斟酒，並對紀曉嵐說：「酒過三巡，我希望能看到你的佳作。」紀曉嵐神態安詳，毫不在意。待眾人酒過三巡之後，紀曉嵐說聲：「獻醜了，望諸位大人指教。」於是提筆寫出一聯：

忽聽猿聲啼兩岸，

又聞人語響空山。

大家一看，頓時一片沸騰，個個叫好。紀曉嵐的這副對聯，確實做得好。上聯他化用了李白「兩岸猿聲啼不住」這句詩，下聯他化用了王維「空山不見人，但聞人語響」這句詩，用語現成，對仗工整，意境高超。大家讚頌一翻，還未盡興，又要他再來一個。紀曉嵐深深一揖，說道：「汪大人出這麼個難題，我才能淺薄，險些擱筆，一次就犯難啦，哪裏還能再來呢！」汪軍說：「你滿腹學問文章，就像是源頭活水，潺潺不斷，再來一次，又有何妨？」紀曉嵐不好再推卻，只好說，「各位大人美意，情不可卻，如果我做不出來，望各位大人不要見笑。」於是客人們又按照剛才的辦法，隨意在一頁書上指了兩個字，一個「蛟」字，一個「斷」字。並指定嵌在七字句第四個字的位置上。紀曉嵐一看犯難了，這兩個字不好做，「蛟」是名詞，「斷」是動詞，對不上，而且意思也很難貫穿起來，他想了一陣，還沒有找到適當詞語和表達方式。汪軍離座想來親自爲他斟酒，紀曉嵐看見汪軍坐的是一張墊著虎皮的交椅，突然靈機一動，妙思湧出，他提筆又寫下一聯：

射虎斬蛟三害盡，
房謀杜斷兩心同。

大家一看，都佩服得五體投地，也無暇稱讚了，紛紛找禮品送給他，有的送玉珮，有的送如意，有的送荷包，汪軍則吩咐侍從奉上紋銀百兩。紀曉嵐這副對聯又做得好，上聯他用的是晉朝周處除三害的歷史典故，下聯的「房」和「杜」，是指唐太宗李世民貞觀時期的兩個賢相房玄齡和杜如晦。房玄齡善於謀劃，杜如晦善於決斷，所以「房謀杜斷」成了一句歷史成語。

汪軍心裏想：不知紀曉嵐作八股文怎麼樣。有一次紀曉嵐來晉見。汪軍官署中有兩個木匠正在庭前鋸木板，汪軍與紀曉嵐談話之間，想試一試紀曉嵐做八股文的功力，對他說：「我出個題目『鋸板』，你做一句破題如何？」八股文分八段，頭一段叫破題，用一兩句話來點明題目的意旨，爲下文開路。紀曉嵐略一思索，應聲說：

送往迎來，所厚者亦薄矣！

汪軍不禁叫絕。鋸木板一推一送，所以是「送往迎來」，一棵樹鋸成許多板子，所以是「厚者亦薄」。但這句破題還有一層更深刻的意思，他是在說一個人如果只知道送往迎來，應酬敷衍，他對人一定不會有什麼深厚的感情。

神童紀曉嵐才思敏捷，出口成章的名聲更加傳播開來。

餐桌諷客

紀曉嵐從小會對對聯的事情遠近皆知。

一次，紀曉嵐的父親會客，紀曉嵐到桌邊竊食。見此，客人靈機一動，就對紀曉嵐的父親說：「聽說令郎捷對，讓我試一試。」隨即說出上聯：

小兒不識道理，上來偷食

紀曉嵐應聲答對：

村人有甚文章，中場出對

客人一聽，自覺很窘，紅著臉說：

細頸壺兒，敢向腰間出嘴

這聯影射紀曉嵐不講禮貌。紀曉嵐來個針鋒相對，竟將對方譏爲不學無術的村人：

平頭鎖子，卻從肚裏生銹

客人無言以對，只好認輸折服。

詠水溝詩

紀曉嵐很小的時候就學會了吟詩作對。但在六歲時，他寫詩主要是模仿，但是，不久就能自己構思創作了。他勤奮地寫作，平時，很注意留心各方面的事物，爲吟詩積累素材。

八歲時，他在家門口，看到水溝裏的水嘩嘩地流著，便吟了一首《溝水詩》：

門前一溝水，
日夜向東流。
借問歸何處？
滄溟是住頭。

一溝流水，沒有動人的景致，沒有廣闊的場面，平常又平常，實在難以下筆。但是，紀曉嵐從時間、空間上給予展開，由當時聯想到溝水的日日夜夜；從眼下聯想到溝水的千里歸宿，把一溝流水同「千里細流歸大海」這樣的道理聯繫起來，使一溝流水閃爍出哲理的光輝，耐人尋味。全詩流暢自然，沒有一點兒雕琢的痕迹，可以看出紀曉嵐高超的創作技巧。

這首《溝水詩》傳出去以後，當時人都認爲紀曉嵐是一個奇異的「聖童」。「聖童」之名，在紀曉嵐家鄉傳開了。

詠像題詩

一天，紀曉嵐的父親紀容舒給他看一幅唐代大文學家韓愈的畫像，並要他爲此畫像題詩。紀曉嵐知道父親要考考自己，便提起了筆，落筆寫下了《題韓文公像》詩：

獨立藍關雪，
回看秦嶺雲。
非干馬不進，
步步戀明君。

這首詩中提到了藍關、秦嶺，涉及到韓愈一生中的一件大事：在唐憲宗元和（西元八〇六至八二〇年）年間，崇信佛教的唐憲宗，準備興師動眾地把法門寺（在今陝西扶風縣境內）的佛骨迎到宮中供奉，韓愈爲此上了〈諫迎佛骨表〉進行勸諫。唐憲宗大怒，貶韓愈到潮州

（今廣東省潮安縣）。韓愈赴任時，途經藍關（今陝西省藍田縣東南），這是古代從長安到南方去的必經之路，遠望雲霧迷漫的秦嶺，馬兒在積雪中踟躕不前，韓愈感慨萬分，賦詩抒懷，其中有這樣幾句：

本爲聖朝除弊政，
敢將衰朽惜殘年！
雲橫秦嶺家何在，
雪擁藍關馬不前。

小紀曉嵐在詩中，便依據這一事實，生動地表現了韓愈忠心報國的品質。

紀曉嵐寫詩，選擇抒發感情的題材很巧妙。韓愈一生，可記、可敘的事太多了，可以說他的文章蓋世，也可以說他的詩作，可以講他參加對藩鎮的平定，也可以講他提攜後進、爲國選拔人才。但是，這些人們矚目的成就和業績，紀曉嵐都不用，只選擇了韓愈貶潮州路上立馬回首這個細節，寫得極爲生動，寓意十分深刻。「立馬回首」之中，把韓愈一腔忠君報國的熱情淋漓盡致地烘托出來了，詩的意境大大超出一般的稱讚和敘述。

父親紀容舒看了紀曉嵐的詩後，讚賞不已。

童年稚趣

由於紀曉嵐聰慧過人，在他家鄉流傳著他許多的童年趣事。

一天清早，不到十歲的紀曉嵐去私塾讀書，走近村外那座石橋，遠遠看見橋堍圍觀了好些閑人，還聽得河道裏大大咧咧的爭吵聲，便急步朝石橋奔去。

擠進人群，鑽出來站到橋堍邊，吵罵聲就清晰了：

「前面的鳥船快讓道，我們要趕路！」

「我過不了橋洞。」

「笨蛋，把稻草搬掉幾層嘛。」

「搬上河岸，過了橋又要搬上船，這樣要耽擱多少功夫啊！」

「誰叫你裝這麼多？你曉得耽擱自己的功夫，就不怕耽擱旁人的功夫？」

吵到後來，罵娘的話也出來了，越罵越難聽。

紀曉嵐見那艘擋道的小船滿載著稻草，恰好高出橋洞半尺光景，小船橫豎過不了橋。後邊大小船隻排成了長蛇陣，船老大們高聲怨怪，叫罵不絕。

岸上圍觀者見這麼僵持下去不是辦法，便有幾個好心的青年自告奮勇地跳下岸，對稻草船主人說：「哎，你不要怕麻煩不麻煩了，我們都來幫你搬上搬下就是了。」

船主也不好再硬撐下去，只得同意搬草。

可是當船主剛剛搬了兩捆稻草甩給岸邊的青年時，紀曉嵐大聲呼叫道：「不用搬，不用搬，我有好辦法——往船艙裏舀水，船重了吃水就深，稻草頂就會低於橋頂的嘛！」

眾人異口同聲說：「好辦法，好辦法。」

稻草主人按照紀曉嵐的辦法去做，果然很快順利地通過橋洞。阻礙消除了，一長串大小船隻逶迤地划過橋洞。

又有一天，紀曉嵐的伯父把兩隻小木桶裝滿水，然後領著紀曉嵐同一群孩子走到一座又矮又小的竹橋邊，對大家說：「誰能把這兩桶水提過橋，我就送他一包禮物。」伯父嘴裏對小朋友說，眼睛卻望著紀曉嵐。

紀曉嵐心裏明白，說是考大家，其實是難難自己。因爲這座竹橋橋身很軟，有彈性，又貼近水面，人一走上去，橋身就會彎下去碰到水面。如若一手提著一個水桶走過橋，水不潑翻才怪呢。

好久好久，小朋友沒有一個吭聲的。

紀曉嵐說：「那我來試試吧。」說著，他脫去鞋子，用兩根繩子繫著小桶，將小桶置入竹橋旁邊的水裏，便走上竹橋，拖著小桶毫不費力地過了橋。

小朋友們齊聲喝彩。伯父不得不暗暗叫聲「好」字，腦子裏忽地又跳出一個主意，便說：「曉嵐啊，我說話要算數，喏，這包禮物來拿吧。」

紀曉嵐一看，只見伯父將那包禮物吊在一根長長的竹竿梢上，便笑嘻嘻地走上前去解開。

「慢！」伯父叫了一聲，「你要拿禮物，必須遵守兩個條件：第一，不能把竹竿橫躺下來；第二，不能墊凳站高去拿。」

小朋友們頓時起了一陣小哄：「伯伯存心刁難人嘛。」

紀曉嵐那對滴溜溜的眼珠子轉了轉，便笑道：「我一定遵守伯父的條件。」說著，他就捏住竹竿，舉著它走到一口水井旁邊，再把竹竿慢慢從井口放下去，當竹竿梢放到和他齊身時，便順手從竹竿梢上解下那包禮物。

「好！」小朋友們和紀曉嵐的伯父禁不住都高聲誇讚起來。

童稚答問

紀曉嵐還在很小的時候，便表現出了超乎常人的智慧，他常常能難倒大人。

當地有一個自命爲聰明絕頂的老者，名叫方秦，他不相信只有四、五歲的紀曉嵐能夠難倒自己。

爲了考考紀曉嵐，這一天，方秦乘著一輛馬車前來。他不認識紀曉嵐，見有一孩子用土圍成一座「城」，自己坐在裏面。方秦就問：「你看見馬車爲什麼不躲開呀？」

那孩子眨了眨眼睛回答：「聽說您方老先生上曉天文，下知地理，中通人情。可是，今天我見您卻並不怎麼樣。因爲自古到今，只聽說車子躲避城，哪有城躲避車子的道理呢？」

方秦愣了一下，問：「你叫什麼名字？」

孩子答道：「我叫紀昀，字曉嵐。」

方秦心想：我正是來考你的，不想一開始就受到了你的輕視。爲了挽回面子，方秦就想出了一連串問題來難紀曉嵐：「你的嘴很厲害，我想考考你——什麼山上沒有石頭？什麼水裏沒有魚兒？什麼門沒有門閂？什麼車沒有輪子？什麼牛不生犢兒？什麼刀沒有環？什麼火沒有煙？什麼男人沒有妻子？什麼女人沒有丈夫？什麼天太短？什麼天太長？什麼樹沒有樹枝？什麼城裏沒有官員？什麼人沒有別名？」問完，方秦盯著紀曉嵐露出微笑。

紀曉嵐想了想說：「您聽著——土山上沒有石頭，井水中沒有魚兒，無門扇的門沒有門閂，用人抬的轎子沒有輪子，泥牛不生犢兒，砍刀上沒有環，螢火蟲的火沒有煙，神仙沒有妻子，仙女沒有丈夫，冬天白日短，夏天白日長，枯死的樹木沒有樹枝，空城裏沒有官員，小孩子沒有別名。」

方秦大驚，這孩子果然智慧過人！

紀曉嵐這時不容方秦多想，反問他說：「現在輪到我考您了——鵝和鴨為什麼能浮在水面上？鴻雁和仙鶴為什麼善於鳴叫？松柏為什麼冬夏常青？」

方秦答道：「鵝和鴨能浮在水面上，是因為腳是方的；鴻雁和仙鶴善於鳴叫，是因為牠們的脖子長；松柏冬夏常青，是因為它們的樹心堅實。」

「不對！」紀曉嵐大聲說，「龜鼈能浮在水面上，難道是因為牠們的腳方嗎？青蛙善於鳴叫，難道是因為牠們的脖子長嗎？胡竹冬夏常青，難道是因為它們的莖心堅實嗎？」

方秦覺得這孩子知識淵博，智識過人，連自己也辯不過他，只得拱拱手連聲道：「後生可畏，後生可畏！」駕著車繞道走了。

止母念佛

紀曉嵐的母親篤信佛教，對佛祖釋迦牟尼可說是虔誠之至。別說逢年過節，她總要沐香湯，戒葷腥，設香案，燒錢紙，頂禮膜拜一番；即使平日，她總是抓住一切空餘時間，整日「阿彌陀佛，阿彌陀佛」，唸得家人很是煩惱。

紀曉嵐決心說服母親不要再唸佛唸個不停。這一天，大聲呼喚道：「娘，娘。」母親不理他，依然一邊在設香案，一邊「阿彌陀佛，阿彌陀佛」地唸個不停。

紀曉嵐又高聲喊道：「娘，娘。」

母親一邊「嗯，嗯」了兩聲，一邊依然唸「阿彌陀佛，阿彌陀佛」。

紀曉嵐窮追不捨，不停地喊道：「娘，娘。」

母親怒聲責罵道：「煩死了，我又不是聾子！你這麼大聲喊，有什麼事啊？」

紀曉嵐說：「娘，娘，我只不過叫了您五六聲，您就不耐煩，可您自己對釋迦牟尼整天整天地唸了不知有幾千遍的『阿彌陀佛』，佛祖聽了豈非要厭煩死了！這樣下去，可不得了啊！」

母親看著兒子滿臉驚慌的神情，也驚慌地問：「怎麼不得了啊？」

紀曉嵐說：「我聽一個有道行的雲遊老和尚說，佛經上講的，如果教徒得罪了佛祖，活著要遭殃，死了不得升入極樂世界！」

「啊！」母親大吃一驚，從此再也不敢「阿彌陀佛」地唸個不歇了。

巧對得魚

一天，紀曉嵐獨自到河邊去遊玩。灘上有幾個漁民正在補漁網，遠遠看見神童來了，便悄悄議論道：「難得他到這兒來，今兒倒要難難他！」說話間，紀曉嵐已到漁民近旁。有個叫陳三的漁民馬上笑著打招呼：「小嵐嵐，來來來。你若能對我們的上聯，送你一條大鮮魚。」

紀曉嵐高興地說：「好！」

陳三朗聲唸道：

沙馬鑽山洞，沙生沙馬目。

「沙馬」是一種魚名，所以下聯也必須有一種動物的名稱與之相對才行。漁民欺紀曉嵐不識「沙馬」，故而出了這個難對來刁難他。

誰知紀曉嵐略一沈吟，即刻就應對道：

水牛食水草，水浸水牛頭。

漁民們頓時嘖嘖稱奇。陳三覺得再搜索肚腸出對子，也難不倒紀曉嵐了，就從擱在沙灘上的木船上拖出一條十來斤的大魚來，對紀曉嵐說：「曉嵐，我們說話要算數。喏，這條魚送給你，讓爸爸媽媽高興高興。」

漁民們一起眼睜睜望著紀曉嵐，看他怎麼拿回家，心裏都不禁暗暗得意。

紀曉嵐裝著沒看見漁民們看好戲的神情，只在一個漁民腳下撿起一根斷頭繩，穿過魚腮將大魚拴住了，他就用小手扣住繩圈兒，將魚拖到近旁一條小水溝裏，那魚見了水，頓時沃潑潑地遊起來。

紀曉嵐嘴裏喊著：「謝謝，再會！」小手卻緊緊扣住麻繩，毫不費力地拖著大魚往家裏跑去。

漁民連連說：「眞是神童！眞是神童！」

巧對得粽

紀曉嵐七歲那年的一天，午飯時間還未到，他就迫不及待地向嫂嫂要粽子吃。嫂嫂不讓，喝斥道：「五弟，粽子還未煮熟。」紀曉嵐看到粽子旁邊還有已做好的糍粑就改口說：「三嫂，那糍粑已經做好，讓我吃點吧！」

三嫂笑著說：「那更不行，你只知道吃，那曉得這糍粑是我連夜做的，多麼辛苦。」

不一會，灶上的粽子已經煮熟，紀曉嵐央求說：「三嫂，快拿個粽子讓我嚐嚐吧！」

三嫂見小叔子糾纏不休，就故意難難他：「要吃粽子可以，但必須對出一聯。」

紀曉嵐吃粽子心切，急忙道：「請出上聯。」三嫂即景出了一個上聯：

五月五日，五叔討粽子。

這上聯看來平易，實際上很難，難就難在九個字中有三個「五」字，而且即景而出，非常貼切。紀曉嵐思索了一下，聯想到嫂嫂深夜做糍粑的情景，便對道：

三更三點，三嫂偷糍粑。

三嫂道：「三個『三』字倒難爲你了，不過『偷』字很不妥當，我何曾偷過糍粑？」

紀曉嵐調皮地眨著眼睛：「你用了一個『討』字，我只好以『偷』來對，否則就對不工整了，嫂嫂，你就委屈些吧！」這話說得三嫂無言可答，知道紀曉嵐的用意是：既要吃到粽子，又要去掉「求討」的模樣，便將上聯改成：

五月五日，五叔吃粽子。

紀曉嵐馬上接口：

三更三點，三嫂做糍粑。

紀曉嵐終於吃到了粽子，而且留下了一副叔嫂佳聯，傳爲趣聞。

賦瓜子皮

紀曉嵐十歲時，有一位姓馮的老先生到紀家作客，在閒談的時候，紀家拿出瓜子讓客人吃，馮老先生嗑著瓜子，見站在一旁的紀曉嵐一副機靈模樣，很是喜歡，聽說他能寫詩，就要他以瓜子皮爲題，賦詩一首。

這是一個少見的題目。瓜子皮，有什麼詩情畫意呢？馮老先生出了題目，便看著小曉嵐，只見小曉嵐答應了一聲，隨即吟成一首《賦瓜子皮》：

玉芽已褪空餘殼，
纖手初拋乍有聲。
莫道東陵無託意，
中間黑白盡分明。

全詩文句清晰明確，詩中的「東陵」是一個典故，相傳漢朝初年，在秦朝做過東陵侯的召平，在長安城東定居，以種瓜維生，他種的瓜，味道甜美，人稱「東陵瓜」。

紀曉嵐由嗑瓜子的褪殼、拋殼這極爲平常的事情，聯想到東陵種瓜的典故，從中引申出做人的道理：瓜子皮是裏外黑白分明的，做人也要善惡分明、是非清楚，寓意極爲深刻。這也是紀曉嵐給自己提出的做人的基本道理。

馮老先生聽了這首題目極平常而內容那麼富有哲理的詩後，連聲驚歎：「曉嵐於淺顯處見道理，不易啊！日後一定會成爲有名的詩人！」

以後的事實證明，紀曉嵐不僅僅是一個傑出的詩人，更是一代文宗，是清朝第一才子。

巧治神婆

紀曉嵐住的村上有個神婆子，一天到晚裝神弄鬼，設壇作法，把虔誠的善男信女們騙得團團轉，乖乖地把錢財和供物白白送給她。不消多久，那神婆便發了財。紀曉嵐的母親也對她崇拜得不得了。

一天，紀曉嵐不去上學，只是將雙手緊緊捂住腮幫子，蹲在地上，哭叫起來：「痛死我啦，痛死我啦。」

母親聽了，慌忙上前將兒子扶起來，掰開他的雙手，不由得嚇了一大跳，「哎呀，這是怎麼搞的呀？」

紀曉嵐的右臉上鼓起了一個大疙瘩。

「我也不知道，昨兒晚上睡覺還是好好的，誰知今早一起來就腫脹成這樣。」

「乖孩子，別哭，」母親就要撬開兒子的嘴，看個仔細，「讓娘看看裏邊長了啥子東西？」

「莫動莫動，痛啊，痛啊。」紀曉嵐咬緊牙齒，話兒從齒縫間透出。

母親覺得兒子病得不輕，便心急慌忙地去請神婆來。

神婆子邁著小腳，顫顫巍巍地跨進紀家門。見了紀曉嵐，便上下左右地朝他全身端詳了一番，然後舞動雙手，閉著眼睛，朝著天空唸唸有詞地胡謅了一遍。好一會兒，才說：「哎呀，這是天上神仙在發火呢，病情危險呀！」

母親忙道：「有啥法子消災祛病？」

神婆一本正經地說：「不難，只須我在神龕前求願一番，神仙附靈在我身上，自會唱出經文。妳只要照唱詞的要求去辦，沒有不逢凶化吉的！」

母親說：「只要病好，隨您什麼要求都可照辦。」

神婆子便端坐到神龕前的椅子上，合掌於胸，緊閉雙目，微微翕動嘴唇。看她神情，好似已經升天，正同神仙們對話呢。

不一會兒，神婆子深深打了幾個呵欠，悠悠飄飄地唱了起來：「王母娘娘下凡來，單治造孽小奴才。巴掌打在兒臉上，長個疙瘩遭災禍。要想好了兒的病，全豬全羊擺神台。十斤香油點燈用，丈二紅綾搭彩棚……」

母親聽了連伸舌頭，暗暗想：「乖乖，要這許多東西？」可又不敢多說什麼，便想吩咐家人去照辦。

這時，紀曉嵐實在憋不住了，「呸」地把嘴裏的一顆大紅棗子朝神婆子的臉上啐去，頓時，臉上的疙瘩消散了。神婆子倏地滿臉通紅，灰溜溜地逃出了紀家。

從此，附近地方再也沒有人去找神婆消災祛病了。

替師改詩

在一個風和日麗的日子裏，有位老塾師帶著一群學生到郊外踏青遊春，其中有年方十歲的紀曉嵐。

剛剛抽枝發綠的柳條，隨風飄拂，河水滾滾東流，四月的景色如畫。這時突然從上游飄來一具女屍，卡在橋下。那是位年輕姑娘，上穿紅襖，下著綠裙，青絲散亂，雙目緊閉，但面容如生，唇紅頰白，顯然是剛死不久。老塾師見此情景，頓生憐惜之情，口誦一詩：

二八女多嬌，
風吹落小橋；
三魂隨浪轉，
七魄滙波濤。

紀曉嵐聽了老師的這首詩，直率地指出：「老師，你作的這首詩不對！」

老塾師望著紀曉嵐，他深知這個學生平時學習刻苦，思路敏捷，素有「怪才」之稱，便不恥下問：「如何不對？」

「死者年紀很輕，但老師並不認識她，如何能直指她爲二八年齡？老師不知她是如何死的，怎麼就判斷她是被風吹落的呢？魂魄是虛無縹緲的，老師又如何得知她的魂魄在隨波逐流，在浪裏打轉呢？」

寫詩是需要想像力的，塾師的即景之作，這種寫法也還說得過去，但他聽了紀曉嵐的意見，覺得自己的想像和判斷太武斷了，就再問道：「依你之見，應該如何？」

紀曉嵐當仁不讓，便將老師的詩作改成：

誰家女多嬌，
何故落水橋？
青絲隨浪轉，
粉面滙波濤。

死者姑娘誰都不認識，也不知她因何而死，所以自然會產生「誰家」和「何故」的疑問，「青絲」、「粉面」是看得見的東西，比虛無縹紗的「三魂」、「七魄」要實在得多，因而感情也要眞摯得多。那位老塾師聽了紀曉嵐改的詩連聲稱讚，認爲比自己作的原詩好得多。

榨坊對聯

有一年，紀曉嵐所在的村子裏，新開了一所油坊。開張之日，老闆請了許多秀才爲油坊寫副對聯，以示慶賀之意。那些秀才平日裏弄文舞墨，夸夸其談，寫出來的對聯，也不過是些「生意興隆通四海，財源茂盛達三江」和「日進千金」、「招財進寶」之類的泛泛之作，老闆看了搖搖頭，表示不滿意，秀才們冥思苦想也想不出什麼佳句新聯。

年小的紀曉嵐也雜在人群中看熱鬧，他見老闆著急的樣子和那些秀才搔耳托腮的窘態，便天眞地說道：「讓我來寫一副對聯可否？」

老闆見是一個孩子發問，頗有些看他不起，就不予理睬。那夥秀才心想自己飽讀詩書，尚且想不出什麼妙聯佳對，一個小小的鄉間孩子又有什麼能耐，便對紀曉嵐嗤之以鼻。倒是圍觀的村民，鼓勵紀曉嵐將對聯寫出來。

紀曉嵐研墨揮筆，寫下這麼一副對聯：「榨響如雷，驚動滿天星斗；油光如月，照亮萬里乾坤。」

在場者看到了這副對聯都連聲叫好，幾位秀才也目瞪口呆，那個老闆更喜得眉開眼笑，不僅當場給了紀曉嵐重金獎賞，面且還當著他家人的面連聲誇讚：「少爺小小年紀，有此文才，將來必定大有出息。」

對聯斥責

紀曉嵐九歲那年，參加本縣的童子試。縣令端杯喝茶，杯上有太極圖案，就出了一個上聯：

杯中含太極

紀曉嵐懷中正揣著兩個當午飯的麥餅，便應道：

腹內孕乾坤

並解釋說：「乾坤就是天地，這兩個麥餅，一個是天，一個是地，我吃到腹中，就可想天下大事了。」

縣令見他應對正確，出言不俗，志向遠大，不由連聲贊好。

鄉間有個姓涂的舉人，中舉之後不求上進，拿了別人的文章，冒充是自己的作品，招搖撞騙。少年紀曉嵐讀書甚多，曾當面加以揭穿。涂舉人不由老羞成怒，想當面顯示一下自己的文才，並對紀曉嵐進行報復。他指著燈籠裏的蠟燭借題發揮，說道：

油蘸蠟燭，燭內一心，心中有火。

紀曉嵐知道這是一個「頂針聯」，即兩「燭」兩「心」相頂，便針鋒相對地回了一聯：

紙糊燈籠，籠邊多眼，眼裏無珠。

此聯中的燈籠，同蠟燭相對很工整，而且以兩「籠」兩「眼」相頂，來對兩「燭」兩「心」，並借機痛斥涂舉人「眼裏無珠」。

涂舉人沒有占到便宜，反被一個孩子奚落一頓，怎肯善罷干休，又氣呼呼地出了一聯：

眉小欺大乃為尖

這是個「拆字對」，「小大」爲尖，意思是說紀曉嵐是個小無賴，以小欺大太尖刻了。

紀曉嵐當然也不示弱，立即回敬：

愚犬稱王即是狂

同樣也是拆字對，犬旁加王爲「狂」，對得非常貼切，而且以牙還牙。你說我是「屑小」，我反罵你是「愚犬」；你說我尖刻，我反說你狂妄。寸步不讓，使涂舉人反受其辱，無地自容。

古廟識凶

紀曉嵐小時候有一天，跟著叔父出去遊春。走到一座古廟前，忽見男男女女圍著寺廟議論紛紛，路上還不斷有人趕到古廟那裏去，好像裏邊發生了什麼稀奇事情似的。叔父拉著紀曉嵐的手就往廟裏擠。

到達大雄寶殿，他們看見了一個奇異的情景：幾個縣衙裏的差役，嚴肅而憤怒，一字長蛇陣地坐在殿邊的凳子上。幾個和尚正同一個差役的頭頭講話。

叔父悄悄地問了問旁邊的看客：「先生，發生了什麼事情？」

那人輕聲說：「附近一座寺廟裏死了一個和尚，差役正在追查兇手呢。」

紀曉嵐聽罷也不言語，只是在人群中鑽進鑽出，往大殿周圍走了一遭。回到叔父身邊，紀曉嵐便說：「我看殺人兇犯就是那個坐在大殿右邊角落唸經的老和尚。」

叔父慌忙捂住侄兒的嘴，連聲說：「不要瞎說！這可是人命關天的大案，可不能隨便冤枉人啊。」

紀曉嵐堅持說：「我可以斷定老和尚是兇手！」

叔父問：「你有什麼根據？」

紀曉嵐說：「你看他唸經的樣子！」

叔父朝大殿右角望去，果然，那個老和尚手裏捧著一本佛經，低眉垂眼地唸著，卻心神不定，不時拿眼角東張西瞟，根本不像專心唸經的樣子，叔父覺得侄兒說得有道理，便悄悄地將情況報告了旁邊的一個差役。

差役傳遞了消息，那頭頭忙將那個老和尚叫來，只不過一袋煙功夫，作賊心虛的老和尚，就交代了殺人的罪行。

妙語應試

紀曉嵐十三歲那年，到縣城應試，主考官辛大樽一看是個毛孩子，開玩笑說：

黃毛娃娃，敢來應試？

紀曉嵐應聲答曰：

鵠飛有待，此振先聲。

辛大樽一聽，十分驚奇。考試時，辛大樽讓考生以「春蠶作繭」為題作詩。

只見紀曉嵐眉頭一皺，提筆寫首：

經綸猶有待，吐屬已非凡。

毛遂自薦，大膽表明自己有滿腹學問，等待器重使用的非凡抱負。辛大樽看後不禁叫絕，斷定這孩子將來必成大器。這次考試，十三歲的紀曉嵐名列榜首。

後來的事實證明主考官辛大樽判斷十分準確，紀曉嵐成了清朝第一大才子，主編了《四庫全書》。

縱火擒賊

在紀曉嵐小時候的一個深夜，一夥蒙面強盜闖入了他家，大人們從床上被拖了起來，嚇得渾身篩糠似地發抖。

「快，快把櫃門、箱籠的鑰匙交出來！」強盜們揚著刀劍，直逼大人的喉嚨。那劍刃兀自閃著死亡的寒光。

大人不敢怠慢，畏畏縮縮地到梳粧檯上尋出一串鑰匙。強盜們立即分散奔入各個房間，翻箱倒櫃。頓時，臥室、廳堂、書房……全給攪得一片狼藉。

此時，小紀曉嵐猛生一計。他裝出十分害怕的樣子，對放哨的強盜哭哭啼啼地說：「叔叔，我冷，我冷，讓我到廚房裏去暖和暖和。」

那強盜見小傢伙不滿十歲，又不是要求出門，就不以爲意，很不耐煩地說：「去吧！」

小曉嵐獲得允諾，馬上跑進廚房，將門兒拴上。拿著點火石，點著了油燈，並往灶間塞進幾大把稻柴，將火點著了……然後，他推開窗子，越窗跳入後院，再將窗子關好。

放哨的強盜走到廚房門前，朝門縫裏窺探了一下，只見油燈閃亮，灶膛間透出紅光，估計那小孩子蹲在灶前取暖，便重新回到廳堂門前放起風來。

且說小曉嵐來到後院，即刻點火石引火，將靠近圍牆的一垛稻草堆點燃。頓時，火苗呼呼地往上竄。火藉風勢，風助火威，那後院小半個天空就變紅了。

村上的人們紛紛給驚醒了。一下子，人群包圍了紀家：拎著桶的，擎著扁擔的……埋頭搜索財物的強盜們聽見外面人聲喧鬧，猛然驚覺，要想往外逃，可是爲時已晚，他們全給村民們活捉了。

村民們無不欽佩小紀曉嵐隨機應變的智慧。

井底撈簪

紀曉嵐很小的時候，一天他嬸嬸在井邊急得直跳腳，原來她去打水時，頭上戴的粉紅色的玉簪掉到井裏了。這簪子可是值錢的東西呀，難怪嬸嬸快急死了。

紀曉嵐忙跑到井邊安慰嬸嬸說：「嬸嬸，別急啦，我們把它撈上來！」

嬸嬸問：「用什麼撈呀？」

紀曉嵐去找了根竹竿，在竹竿的一端綁上一個小鐵鉤兒。嬸嬸接過來，就把竹竿伸到井裏去。

井好深呀，裏面很暗，那玉簪又小，怎麼也看不清呀。撈了一會兒沒撈上來，嬸嬸甩一把汗，抬起頭望著太陽說：「要是太陽公公幫幫忙，照到井裏就好啦！」

紀曉嵐一聽，說：「對！我們來請太陽公公幫幫忙。」說完轉身回家拿了一面大鏡子。

紀曉嵐把鏡子對準太陽，那鏡子立即反射出一條十分強烈的陽光，可怎麼也反射不到井裏去。

嬸嬸歎了口氣說：「太陽公公不肯幫忙。」

紀曉嵐看看太陽，又望望井口和手中的鏡子，歪著腦袋想了一會說：「太陽公公肯來幫忙的。嬸嬸，您等著瞧。」他說完，又「騰騰騰」地跑回家。

一會兒，紀曉嵐又抱來一面大鏡子，把它斜著豎在井臺邊，鏡面斜著向上，立即反射出耀眼的陽光。這反射出的陽光正好照在紀曉嵐手中的那面向下的鏡子。就這樣，陽光拐了兩個彎，反射到井裏去了。

井中被照亮了，呀，看見了，清澄的井水能一眼望到底，井底下安安靜靜地躺著那只粉紅色的玉簪，嬸嬸把竹竿重新伸下去，小鐵鉤兒一鉤，就把那玉簪鉤上來啦。

夜半懲巫

紀曉嵐少年時候，村裏有個男巫，喜歡裝神弄鬼，自稱擁有法術，能夠驅妖祛病。如果有人生病向他求醫，他就一本正經地沐浴戒葷，虔誠唸佛，然後設置祭壇，吹響螺角，搖動銅鈴，又是上蹦下跳，又是大呼小叫，瘋狂地追逐奔跑，彷彿在與妖魔鬼怪搏鬥似的。要是病人僥倖痊癒了，男巫就大肆自吹自擂一通，害得病家破費鉅款酬謝招待他。要是病人死了，他就說：「這是天命如此，佛法巫術已經無法挽救了。」總之，他渾身都是本事，平時常常向人誇下海口：「我最擅長驅治鬼妖，任何鬼怪休想在我面前逞能作惡。」地方上受他愚弄給騙去不少錢物，他很快富了起來。

紀曉嵐早已對男巫欺世盜名的詐騙行為十分憎恨，便同幾位小朋友商量了一個懲罰他的妙計。

一天夜裏，男巫從外地做了巫術「生意」回家。走到一個樹林邊上，忽然，「刷拉拉」一團砂子朝他頭上擲來，甩得他臉面生疼。男巫望著黑幽幽的林子，以爲眞有鬼來跟他作對了，心裏害怕得不得了，便從腋下拔出螺角，「嗚嗚」地吹起來爲自己壯膽。誰知走了幾十步路，又聽見一棵樹上「刷拉拉」地響，幾團砂子石粒直往他的身上擲落下來，他更嚇得渾身發抖，以爲鬼怪肯定要置自己於死地了，便丟下螺角，搖起銅鈴，慌不擇路地奔逃起來，哪曉得跑了幾十步路，又兜頭給擲下幾團砂子石粒，他越發以爲鬼怪這下一定不會放過他了，嚇得將銅鈴掉在地上，拼命地奔跑著。聽到自己的腳步聲和樹葉的沙沙聲，都認爲是鬼叫聲，只能一路跑，一路大喊「救命」。

直到半夜，他才摸到家門口，連忙嚎啕大哭，「砰砰」敲門。妻子起床爲他開門，他結結巴巴氣喘吁吁叫道：「快，快，扶我上床。今兒，我見到鬼了，快，快，活不成了。」妻子大吃一驚，慌忙攙扶他上床。哪知他剛躺下去，就兩眼翻白，雙腳一挺，滾到床下，死了。臉面和身上的肌膚全是一片青紫。

事情傳開後，引起了少年們一派哄笑。紀曉嵐委託一個大人對鄉親們說：「那是鄰村一個淘氣孩子玩的鬼把戲。可笑啊，男巫直到死還認爲自己是遇到了眞鬼吶！」從此，附近地方的人們，再也不相信佛法巫術能夠驅鬼治病的騙人說法了。

巧斷輸贏

紀曉嵐從小聰慧的名聲傳得很響。村子裏兩個地痞想要難倒他。

這一天，甲乙兩個地痞神秘兮兮地將他叫到跟前，斜著眼睛對他講：「大家都說你挺聰明的，你能猜得出我們下的這盤棋誰輸誰贏嗎？猜對了，我們賞你一個蘋果；猜錯了，你讓我們兩個各打十下屁股。怎麼樣？敢嗎？」兩個地痞說完捧出一堆蘋果放在石桌上。

紀曉嵐猛吃一驚：我猜甲贏，甲有意輸給乙；我猜乙贏，乙有意輸給甲。今天要是和他們打賭，不是要白白挨這兩個混蛋一頓打？

他想了一下，靈機一動，馬上答應：「好吧。」當場鋪開紙，一邊寫一邊唸唸有詞：「甲贏乙輸。」說完，笑眯眯地瞅著甲、乙兩人。

果然不出紀曉嵐所料，剛開局不久，甲就連續不斷地把車、馬、炮送給乙白白吃掉，甲兵敗如山倒，給乙「將」住了，甲輸了。甲回頭一瞥：「看清了嗎？快去弄塊竹板，讓我們打你的小屁股吧！」

紀曉嵐不慌不忙回答：「別忙，我猜準的呀。」他攤開紙，指著上面四個字唸道：「甲贏乙？輸！」說完調皮地揀了個大大的紅蘋果。

甲和乙氣得目瞪口呆，下第三盤要紀曉嵐再猜。紀曉嵐嘻笑著，仍舊寫上「甲贏乙輸」四個字。

這一回棋，甲假裝下得很認真，一會兒，乙便認輸。甲洋洋得意地開口：「紀曉嵐，這回該服輸了吧？」

「不，你們輸啦。」紀曉嵐指著那張紙，大聲唸道：「甲贏，乙輸。」唸完甜甜地又吃了一個蘋果。

甲和乙氣得高聲嚷嚷：「好，咱們再下最後一盤。不過，這次你要是猜錯了，要讓我們每人打五十大板，不許叫痛！」

紀曉嵐將那張紙一揚：「好啊，我還是這四個字。」

一會兒，甲乙兩人成了和局，馬上推開棋盤，一同站起來高喊：「小傢伙，乖乖地貢獻出你的屁股吧！」

不料，紀曉嵐爆發出一串銀鈴般的脆笑：「這個結局，我沒猜錯啊。不信你們看這四個字：甲贏？乙輸？這就是，甲也不會贏，乙也不會輸，你們兩人下了一局不分輸贏的和棋。看來，我還要謝謝你們貢獻的第三個蘋果了。」

智擒人販

紀曉嵐從小聰慧，他父母爲了鍛鍊他的應變能力，常常派他一個人單獨出去闖一闖。

在紀曉嵐十一歲那年，父母派他一個人到相距十多里的正棋鄉一個朋友家裏去送禮。爲了抄近路，紀曉嵐不走大路而穿越海拔不高的小山。這條路線雖然荒僻一些，但紀曉嵐一點也不害怕。因爲他對這裏的地理比較熟悉。

大約走了十里地，紀曉嵐來到一個叫清風坳的冷僻地帶。這裏雜草叢生，又沒有人煙，除了他一人之外，路上不見一個行人。

突然，紀曉嵐聽見旁邊樹叢裏有腳步聲。他扭頭一瞧，只見從拐彎處閃出一個三十多歲的人來。聽紀曉嵐說去正棋鄉，他熱心地說是同路。

紀曉嵐看那人的裝束，好像不是本地人，心中就警覺起來。但表面上仍保持原來那種毫不在乎的樣子，隨口問道：「你是正棋鄉人嗎？」

「是的。」那人點點頭回答：「我在正棋鄉住後山，你不識路，我還可以給你帶路呢。」

紀曉嵐一聽此人的回答，就知道他說的是假話，因爲紀曉嵐對正棋鄉的情況非常熟悉。在只有四五十戶人家的正棋鄉，紀曉嵐從未見過這個人。由此他估計這個人是個壞蛋。另外，最近正棋鄉附近已經發生過小孩失蹤的案件，據說是被壞人拐走的。紀曉嵐聯想到眼前這個人的神態，更認定他必是拐匪。於是他心中暗暗說道：「我一定要想辦法抓住這個拐騙咱們小朋友的壞蛋，不能讓他溜掉再去拐騙其他小朋友！」

「好的，咱倆一道走吧。」紀曉嵐心裏雖然恨透了那傢伙，但表面上顯得若無其事。

那人見紀曉嵐對自己毫無警惕，心中非常高興。

紀曉嵐和那人說著走著，已經走了兩三里路。這時，紀曉嵐看見前邊不遠處有個小山村，就裝著跟那人非常親熱的樣子說：「我要把禮物中的一部分送給這村子裏的一個親戚，然後再到正棋鄉去。現在我把一部分禮物留在這裏，請你在這裏等我一下，我馬上就回來。」

那個人見紀曉嵐一副天眞的樣子，就毫不懷疑，他說：「好，你去吧，快點回來，我就在這村口等你。」

紀曉嵐衝那人笑了笑，提著一份禮物匆匆走進了村裏。他看見有幾個鄉民正坐在大樹蔭下談家常，就急忙跑過去，把自己在路上如何遇到一個壞人的事敘述了一遍，請那些人跟他一起到村口去把那人捉住。

「你這孩子也太疑心了。」一個中年人笑著說，「人家正好跟你同路，又好心要幫助你，你怎麼反懷疑人家是什麼拐子、綁匪呢？」

另一個年輕人說：「是啊，如果那人眞是個壞人，一定是很狡猾的，他怎麼會上你這麼個小毛孩子的當呢？如果咱們聽你的話去捉住那人，而那人若不是壞人，不是很麻煩嗎？」

「眞的，我說的都是眞話。」紀曉嵐終於說服了那些鄉民們。幾個中年人懷著對拐賣小孩子的綁匪的仇恨，就跟著紀曉嵐從村裏跑了出來。

「就是他！」紀曉嵐邊跑邊叫道。

那人見紀曉嵐帶人來捉他，心中非常懊惱，當他想拔腳逃跑時，已經晚了，幾雙有力的大手已將他緊緊地抓住了。他想說自己不是壞人，可是他拐賣小孩的幾張單據，被人們從口袋裏搜了出來。在人們的逼問下，他不得不老實交待：他正是前段時間拐賣小孩的拐匪。

這個拐匪自然受到了應有的懲罰。

店鋪應對

紀曉嵐才思敏捷，志向不凡，不足七歲就有點名氣了。

有一次，他到店鋪去買筆墨，店老闆見他沒有櫃檯高，長得卻聰明伶俐，心裏十分喜愛，便打趣地對他說：「看樣子你一定是個讀書人。敝店素來有個規定，凡讀書人進店買貨，必先答對，答得好，買貨不要錢，答不好，貨不得買。」

紀曉嵐一聽可樂了，滿口答應道：「請老闆出對。」

店老闆沈思片刻，想出了上聯，隨口唸道：

小相公三元及第

紀曉嵐應聲答道：

大老闆四季發財

店老闆一聽，涵義吉利，不覺更爲歡喜。再試試他的才學如何。於是又笑嘻嘻地說：「對得很好！不過，對聯太簡單，如能指物成詩，我一定加倍重賞！」

紀曉嵐答應道：「請老闆指物出題，讓晚生再試一試。」

店老闆興致勃勃地走出店門，舉目望去，只見門前翠竹叢生，很有些詩情畫意，便指著竹叢對小曉嵐說：「就以竹叢爲題，吟詩一首，不拘泥格律。」

紀曉嵐望著那修直挺拔的千竿翠竹，聽到了清風吹動竹葉發出的蕭瑟聲響，那聲音彷彿是民間百姓痛苦的呻吟，想著想著，不覺一陣心酸，詩興湧起，隨口吟道：

門前千竿竹，
國破萬民聲，
他日乘風去，
誓還送關情。

店老闆聽了，連聲道好詩，心想，如此抱負不凡，將來必成大器！

避免凶災

紀曉嵐家附近有一個窮苦的農民名叫畢凡治，他和妻子靠編席子賣維持生活。

這一天，畢凡治在路上撿到了一袋金子，足有三十兩。畢凡志興沖沖地回到家中，妻子是個深明事理的婦女，覺得應該將錢交給官府。畢凡治雖然覺得這是不義之財，但他窮困已極，還是將金子留了下來。

妻子總覺不妥，她自己想不出好主意，就去向小紀曉嵐討主意。她先要紀曉嵐對此事保守秘密，然後商量怎樣處理爲好。紀曉嵐思索了一下，就告訴了她一個辦法。她回家後就依計行事。

畢凡治自從撿到金子後，人像換了個樣子似的，閉戶不出，整天在家裏編席子。原來妻子告訴他，他們是人人都知道的窮人，如果立即使用金子，勢必要招人懷疑。不如先將金子裝入罐子藏在屋子的地裏。同時勤奮編織席子，等賺到一筆錢後，再逐漸將金子拿出來使用，這樣就不會引人注目了。

幾天之後，畢凡治將編織的席子賣得了錢，覺得可又拿出一塊金子，同賺的錢混在一起使用了。但他的妻子認爲還不到時機，需要再多攢一些錢才行，於是兩人爲此爭執起來。

誰知，他倆的爭執被追尋這筆金子的差官施丙動聽到。施丙動把畢凡治找去直截了當地說：「快把撿到的金子交出來吧！」

「這個……」畢凡治如同五雷劈頂，頓時呆了，但他還是矢口否認撿到金子的事。因爲撿到這麼一筆錢不上報官府是犯罪的，說不定還要被斬首呢！

然而躲過了初一，躲不過十五，這筆意外之財竟成了畢凡治的一塊心病。於是，他也找紀曉嵐和盤托出了事實，要紀曉嵐設法幫忙。

紀曉嵐安慰道：「不用怕，你不是已將金子藏好了嗎？施丙動是找不到的。」

畢凡治想想也對。回到家中仍舊日夜閉門編織席子，藉以平靜忐忑不安的心情。

一天，施丙動帶了幾個衙役來到畢凡治的家中，說道：「看來你是不肯交出金子嘍，我們只好動手搜查了。」

畢凡治無法拒絕，只好聽憑他們搜查。當他們從屋裏的地下找到那個裝金子的罐子時，畢凡治頓時覺得全身軟癱無力，坐在地洞邊上，恨不能鑽進地洞去。

然而奇蹟出現了，那個原先裝著金子的罐子，這時卻空無一物。畢凡治似乎不相信似的還用手去探了一下，結果摸出一張字條來。這張字條實際上是州官開給畢凡治的一張收據，上面寫明：畢凡治拾得金子三十兩，已交給州府收訖。待州府進行查訪，如查到失主，將由失主付給畢凡治一筆酬金。

這一收據的出現，大大出乎畢凡治的意外，但上面蓋著州府的鮮紅大印，顯然是真的，役頭只得領了差丁悻悻走了。這時，也使畢凡治感到十分驚訝。

守候在一旁的小紀曉嵐開口了：「叔叔，這事全是嬸嬸做的，她在你將金子藏入地下後，悄悄地拿出來交給州官了。所以州官開了這張收據。」

畢凡治深情地望著妻子：「你眞明事理，使我家避免了一場災難。」

妻子忙解釋說：「一切都是小曉嵐告訴我這麼辦的。」

畢凡治這才明白，小曉嵐在這件事上起了多大的作用。他感歎地說：「你眞是個聰明的孩子，我們夫妻沒找錯人啊！」

後來那金子被失主認領去了，按規定要給畢凡治一筆不少的酬金，但畢凡治沒有去領取。這一時期，他整天整夜地編席子，同妻子一起憑著勤勞的雙手，終於擺脫了困境。

制服武士

一天，少年紀曉嵐在一家茶館喝茶休息。遇見一個流浪武士向老闆要了許多酒食，在那裏狼吞虎嚥，吃到酒酣面熱之間，那武士抽出佩刀，對著茶館裏的食客大肆吹噓，說他一次能打退十幾個壞蛋，一刀就可砍斷一棵大樹，他的本領簡直是無可匹敵的。

紀曉嵐聽了，不由對武士也很佩服，但他想，這裏並無壞蛋搗亂，這個武士為何要如此渲染自己的武力呢？旁邊有幾個食客也在輕聲議論這個問題。有個小販模樣的人說：「這個武士我已碰到多次了，他每次都是要吃要喝，接著就炫耀自己的武力，最後就賴了帳一走了事。」

另一個農民模樣的人說：「難道就沒人來主持公道了嗎？」

那小販說：「誰肯幹雞蛋碰石頭的蠢事呢？」

果然不出所料，那流浪武士吃足喝飽後，開始向老闆吹毛求疵地挑著酒食的毛病，看來就要賴帳走了。

小紀曉嵐對武士這種無賴行徑非常厭惡，他跑到武士的面前問道：「剛才聽到你講了許多了不起的話，你眞的那麼了不起嗎？」

流浪武士一聽此話吼道：「你不相信嗎？我一刀就能把你的脖子砍下來！」

紀曉嵐從容不迫地說：「憑著你那鋒利的刀，砍斷一個人的脖子有什麼了不起，我也能夠做到，不信拿你的脖子試試。」

武士更加氣惱了：「那你說，怎樣才算有本領？」

「我這裏有一種非常堅硬的紙，名叫鐵紙，你倘能一刀把它砍斷，我才佩服你的本領。」

紀曉嵐說著從懷裏掏出一張白紙來。

那是一張極普通的白紙，武士見了不禁嗤之以鼻：「這算什麼難事？我立即當衆表演給你看。」

「且慢，我們先要講好條件。」紀曉嵐說：「倘若你能將白紙砍斷，你的酒菜由我來付；如果砍不斷，你只好自付酒飯錢了！」

「好小子，你把我看作那種吃飯不付錢的人了嗎？既然你願意給我付錢，那我也就不客氣了。」武士已將那把鋒利的佩刀從桌上拿到了手裏。

紀曉嵐把那張白紙平鋪在一塊光滑的石頭上：「請吧！」

這時，圍觀的人越來越多了，連街上的行人也走進茶館來看熱鬧。

武士不知這「鐵紙」究竟何等堅硬，運了運氣，掄起佩刀向紙砍去。但當他一刀砍下後，才發現上了當。原來這是一張普通的紙，放在光滑的石頭上，不管怎樣用力，是砍不斷的，他吼道：「你這個壞孩子，叫我上當，我要把你的腦袋砍下來！」

在圍觀的人中有三個正派的武士，見流浪武士要耍賴，就都挺身而出，流浪武士馬上收回了凶相，向老闆付了酒食錢，灰溜溜地走了。

紀曉嵐收起那張白紙，在人們的誇獎聲中走出了茶鋪。

奇特殺人

有一位退休的王爺住在紀曉嵐家附近。在王爺的家臣中，有個名叫谷正輪的老武士，性格倔強，說一不二，甚至到了古怪的程度。他酷愛花卉，誰要把他栽養的花卉碰壞一點，他就要誰的命。谷正輪家的鄰居羊如若武士，也是王爺的家臣，爲人比較正直、懦弱。這一天，他派僕人爬到屋頂去修繕房屋。那僕人在屋頂一失腳，便骨碌碌跌下來，正好跌在谷正輪安放花盆的擱板上。

羊如若得知消息急忙跑來察看，幸好那個僕人沒有跌傷，連皮肉都沒破碎。

正當主僕兩人要離開時，忽然身後傳來炸雷般的聲音：「不許走，壓壞了我的花盆就此一走了事嗎？」來人正是谷正輪老武士，他一把抓住了那個僕人，「你弄壞了我的松樹盆景，我要你的命！」

羊如若忙上前賠禮說：「你放了我的僕人吧！我一定照價賠你的松樹盆景。」

谷正輪毫不買同事的面子：「我那寶貝的松樹是錢能賠得了的嗎？我非要他的命相抵不

可！」

這事傳到了王爺那裏，他趕到現場進行調解：「谷正輪，我知道你很喜愛花卉，但那僕人無意傷害你的松樹，我將我珍藏的盆景送你如何？」

誰知谷正輪的倔強脾氣越發厲害了。他執意不要王爺的盆景，請求王爺讓他把那個僕人殺了。如果王爺不允許的話，他將在王爺面前剖腹自殺。

正在這時，小小的紀曉嵐來了，王爺頓時喜出望外，他知道紀曉嵐非常聰明，認為他是最聰明的孩子，他就對紀曉嵐講了面臨的難題，並委託說：「現在你就作爲我的代理人，合理地處理這個花盆事件。」

紀曉嵐答應了王爺的請求，他對谷正輪說：「這個僕人將你的松樹搞壞了，眞是可惡之極，該殺！」

此話一出，那僕人嚇得軟癱在地上，懦弱的羊如若出顯得忿忿不平的樣子，只有谷正輪武士得意非凡，他怕紀曉嵐開玩笑，進一步問道：「你說的話算數嗎？」

「王爺委託我代理他來處理這件事，說話會不算數嗎？」紀曉嵐說道：「我答應你殺死僕人，不過殺人的方法應該按我的條件來辦。」

谷正輪立即應允：「我雖老了，但自信，殺死一個人不管用什麼方式都行。」

「僕人是在高高的屋頂上摔下來壓壞你的盆景，你也就從高高的屋頂上摔下來壓死那僕人，這叫以牙還牙，用這個辦法來殺人最爲合理。」

「對，這個殺人辦法很痛快，最能解我心頭之恨。」谷正輪快人快語，立即答應這個殺人的方法，但他望了一下那高高的屋頂，不免猶豫了，「我從那麼高的屋頂上摔下來，豈不要摔死嗎？」

紀曉嵐反駁說：「胡說，那僕人不是沒有摔死嗎！而且連皮肉都沒有傷著。」

「那是他命大，摔得巧，我就未必有這麼好的運氣。」谷正輪更顯得躊躇不前，進退兩難。

紀曉嵐趁機給谷正輪一個下場的臺階：「既然你不想用這個方法來殺死那個僕人，那你就接受王爺的那盆盆景吧！」

「看來也只有這麼辦了。」谷正輪武士並不想死。於是一場看來無法平息的風波被紀曉嵐很快就平息了。

聰慧辨貓

紀曉嵐所住的村裏有個叫熊有皮的人。他家裏養了一隻貓，花貓生下了六隻小貓，其中五隻被人家要走了。只留下一隻雌貓。一年後，雌貓長大了，長得和母貓一模一樣，除了熊有皮，任何人都分辨不出這兩隻貓中，哪隻是母貓，哪隻是小貓。

一天，熊有皮和幾個朋友在家中喝酒，正喝到興頭上時，酒卻沒有了，可是誰也不高興老遠跑到鎮上去打酒，熊有皮就把鄰家的小孩子紀曉嵐喊了來說：「曉嵐，大家都稱你是個聰明的孩子，現在，正是發揮你聰明才智的時候，你把這兩隻貓來辨認一下，如果能辨認出哪隻是母貓，哪隻是小貓，我獎賞你糕餅；如果分辨不出，就替我們到鎮上去打酒。」

熊有皮這個題目看似簡單，實際上很難。到他家來過的客人都分辨不出哪是母貓哪是小貓，紀曉嵐又沒有特殊功能，怎麼就能分辨呢？這樣，就可差使他去鎮上買酒了。

然而，紀曉嵐卻滿口答應了熊有皮的要求，他從餐桌上抓起一塊魚骨頭，扔給那兩隻貓，開始兩隻貓看見了魚骨頭都跑了上來，但兩隻貓是無法分食一塊魚骨頭的，於是只有一隻貓津津有味地啃著魚骨頭，而另一隻貓則守在旁邊，不爭不搶，安穩地望著那隻正在吃魚骨的貓。

紀曉嵐說：「這隻吃魚骨的小貓，在旁邊看的是母貓，我分辨得對嗎？」

熊有皮在事實面前，只得承認紀曉嵐的分辨是正確的。

紀曉嵐的根據在哪裏呢？因爲他瞭解到動物和人一樣都有「母性」的，母貓愛護小貓是一種天性，所以牠甘心自己餓著肚子，也要讓小貓吃個痛快。他把這個道理說出來後，熊有皮和他的朋友都誇獎說：「其實，這個道理我們都明白，只是沒有紀曉嵐想得這麼快，而且應用到實際生活中來。」

撤退策略

一天，少年紀曉嵐和村裏的人在閒談。剛從外地遊覽回來的村民邢齊再，談起他在各地的見聞，眾人聽得津津有味。邢齊再忽然建議道：「光我一個人談沒意思，最好大家一起來談，我特別希望紀曉嵐也來談談，曉嵐不是最聰明的孩子麼？」

紀曉嵐見邢齊再直指其名，當然不甘示弱，隨口問道：「要我談什麼呢？」

「在城裏，我曾經遇到過一個難題，被一個流浪武士難住了。」邢齊再說，流浪武士的難題是這樣的：一年秋天，有一隊士兵在一片樹林裏被敵軍圍困住了，敵軍的兵力大大超過這一隊士兵，從南北兩面合圍過來。如果雙方一交手，這隊士兵要不了多久就會被敵軍全部消滅。在這種情況下，這隊士兵如何才能逃脫被殲的厄運？

紀曉嵐想了一下，問道：「這隊士兵身邊是否帶有火種？」

邢齊再回答道：「火種是作戰的士兵必備之物，是隨時帶在身邊的。」

紀曉嵐說：「那就好辦了。這隊士兵只要排開一字橫隊，用火種點燃腳下的灌木枯草，就會引起森林大火。」

邢齊再反問：「這樣豈不要使這隊士兵葬身火海？」

「不會的，」紀曉嵐解釋說：「一般地說，秋天就開始刮起北風，這樣就會使火勢向南蔓延，阻止了南面的敵軍進攻，敵軍再兇猛，也擋不住森林大火的襲擊。」

「那北面的敵軍很快也就追上來了。」邢齊再又說。

紀曉嵐繼續說道：「大火燃燒著森林，隨著火勢向南推進，就會留下一片灰燼之地，這一隊士兵可沿著灰燼地逃跑。」

「那麼北面包圍上來的敵軍不能沿著灰燼地追趕嗎？」邢齊再繼續追問道。

「當然會追趕的。」紀曉嵐說道：「但這片越變越大的灰燼地，儘管火勢已退，然而濃煙還在。這陣陣濃煙就像迷魂陣一般，使敵軍無法看清逃遁的這隊士兵，他們完全有機會鑽空子逃掉的。」

邢齊再若有所悟地說：「這果然是個突圍的好辦法。」

暗室尋刀

在紀曉嵐家鄉居住的那個退休王爺新近僱得了一個聰明的童僕，名叫舒坦。王爺總想著要舒坦和紀曉嵐比一下誰更聰明。

突然便有了這麼個好機會。王爺的刮臉刀不慎在洗澡的時候丟在浴室裏了。他要紀曉嵐和舒坦同時去找，但是王爺說：「今天我要考核一下新來的侍童舒坦，讓他去取。紀曉嵐你可以同他一起去，如果他找不到，你就幫他的忙。」

舒坦來到王府才一天，也是個極其機靈的孩子，這時正是晚間，浴室裏連個燈都沒有，漆黑一團，而且王爺吩咐去找刮臉刀不許點火照明，這事看來比較難辦。

舒坦和紀曉嵐兩個孩子一同去了浴室，過了大約十分鐘的樣子，就回到了王爺那裏。舒坦手裏拿著把刮臉刀說：「找到了。」

王爺滿心高興，認爲新來的侍童舒坦不錯，就問舒坦：「你是怎麼找到的？」

舒坦得意洋洋地說：「浴室裏漆黑一團，我進門後，就一點一點地用手向前摸……」

王爺打斷了舒坦的話：「這樣太危險了，如果刮臉刀朝上的話，即使碰巧給你摸到了也會割破手的。」

舒坦顯得更加得意了：「這一點，我很快就察覺到了，所以我就改用別的辦法……」

「什麼辦法？」王爺急不可待地問道。

「我走進浴室，立即感到地板很薄，是長條形的，我就用腳使勁蹬著地板，地板立即彈動起來，這樣刮臉刀就會發出響聲，我根據響聲，找到了刮臉刀。」

「這個辦法眞不錯。」王爺轉身問紀曉嵐：「你覺得這個辦法可好？」

「能在短時間內想到這辦法確實不錯。」紀曉嵐評判道：「不過，這也太危險了，因爲我看見了那刮臉刀就在舒坦的腳跟前，要是稍不留心，他的腳就會踩在刮臉刀上了。」

王爺驚奇地問：「怎麼，你居然看到了那把刮臉刀？」

「是的，我進屋不久就看到了。」紀曉嵐解釋說：「房子再暗，總會有些光亮的，再說刮臉刀是金屬做成的，反光力比較強。」

舒坦不服氣：「我在屋子裏怎麼沒看到呢？難道你的眼睛是特殊的嗎？」

紀曉嵐繼續解釋：「因爲你在光亮的地方走進黑暗中，眼睛一時間內還沒有習慣，自然什麼也看不到的。」

這時王爺也覺得奇怪了：「難道你的眼睛就能很快適應黑暗的環境嗎？」

「我的眼睛並不比舒坦好。」紀曉嵐說：「只不過我在去浴室的路上一直閉著眼睛，所以進了浴室後，比舒坦早一些習慣黑暗的環境，也就看到了刮臉刀。」

王爺說：「還是紀曉嵐比舒坦聰明。」

智力測驗

王爺家十歲的幼主是個很機靈的孩子，他聽到了紀曉嵐很多的機智故事，又是羨慕，又是不服氣，所以要對紀曉嵐進行一次智力測驗。

那天，幼主就把紀曉嵐叫來，對他說：「耳聞不如目睹，今天我要出幾個題，請你解答，解答得出，我就佩服你，還要給你獎勵，解答不出，我也不難爲你，只是以後請你稍微收斂一些，不要以聰明自居，世界上聰明的人多著哩。」

紀曉嵐見幼主的口氣很自信，覺得今天要解答他的問題，並非易事，但他是從來不曾被難倒過的，所以也很自信地說：「小王爺，請出題吧！」

幼主顯然已設置了難題，但他卻說：「剛才我隨便想到了一個問題。你來解答吧，離得越遠顯得越大的東西是什麼？」

紀曉嵐說：「我想那是人映在牆上的影子吧，離牆越遠，人影就越大。」

幼主認爲紀曉嵐回答得很正確，就又出了一個題目：「火使東西熱，水使東西涼，有一樣東西能起這兩種作用，你說那是什麼？」

「那個麼？」紀曉嵐回答道：「那是人的氣息，冷的時候，人們哈著氣，藉此暖和一下手；但吃熱的東西，人們就呼呼地吹氣，使熱物涼一涼，它確實共有兩種作用。」

幼主覺得難不倒紀曉嵐，不免發起愁來。這時，正好他豢養的一隻黑狗跑了進來，他靈機一動，將桌上的一隻皮球拋給了狗，那狗訓練有素，一張口就將皮球銜在嘴裏，幼主說：「紀曉嵐，你有什麼辦法，可讓球從狗嘴裏掉下來。」

紀曉嵐提醒自己，切勿魯莽行事，那狗是完全聽命於幼主的，沒有幼主的吩咐，即使打死牠，牠也不會鬆口的，要取到皮球必須有巧妙的辦法。他沈思了一下，從口袋裏，拿出一面小鏡子，冷不防地走到狗的面前，將鏡子對狗照了起來。那狗看到鏡子裏自己口銜皮球張牙舞爪的可笑形象，立即下意識地發出一陣「汪汪汪」的狂叫，正當牠張嘴狂叫的時候，那皮球就從嘴上滾落下來。紀曉嵐立即撿起了皮球交給幼主：「小王爺，皮球還給你。」

幼主見狀大驚，但仍不服氣，繼續說：「紀曉嵐，你能使狗張口，但我不相信你還能讓狗笑。」

狗是不會笑的，怎樣才能使狗笑呢？但紀曉嵐能夠做到，他跑到院子裏拿起一根竹子，手腳麻利地將竹子挽成一個籠子，他將籠子套在那隻狗的頭上，說：「小王爺，狗笑了。」

幼主感到莫名其妙，反詰道：「狗給弄得氣惱了，哪在笑呢？」

紀曉嵐說：「竹在犬的頭上，不是『笑』字嗎？」雖然「笑」字下部是一個「夭」字，但那字在古字中也作一個「犬」字。

幼主始終沒有難倒紀曉嵐，他自愧弗如，不僅給了獎品，還同他結交成爲好朋友。

杯酒灌溉

除夕晚上，王爺設宴犒賞眾家臣。王爺很喜歡機靈的紀曉嵐，也把他叫來參加。

王爺興致很高，他舉起一隻酒杯，笑嘻嘻地說：「諸位，爲了酬謝大家的功勞，每人都可提出一個要求，但要是這個酒杯能裝的東西。不過每人提出的要求不能相同。」

王爺是個富有幽默感的人，他的這個提議與其說是獎勵，不如說是一個餘興節目。大家並不指望能如願以償得到高額獎勵，但也都願意來湊湊趣，使宴會更加氣氛熱烈。

一個家臣舉起了酒杯：「我要這一杯金沙。」

王爺笑呵呵地說：「這個要求可以滿足，但我府中只有金錠，沒有金沙，恐怕無法裝進杯子。」

另一個家臣說：「我要一杯外國的香水。」

「可以滿足。」王爺說：「不過要從外國進口後才能兌現。」

還有一個家臣提出了要求：「我要一杯龍的眼淚。」

「這個要求提得好，」王爺笑著說：「但我從沒見過龍，更沒見過龍的眼淚，倘若你能把龍捉到，而且積滿一杯淚水，化多少代價我都願意。」

儘管大家提出了不同的要求，而且王爺也滿口答應這些要求，但實際上卻是無法實現的。然而，宴會進行得更加愉快和熱烈了。

爲了使宴會推向新的高潮，王爺便問紀曉嵐：「孩子，你有什麼要求嗎？」

紀曉嵐說：「我提出的要求，恐怕王爺不肯許諾。」

「怎麼會呢？」王爺微笑道，「只要我辦得到的，你儘管提。」

紀曉嵐舉起了滿滿的一杯酒說：「我要這杯酒能夠灌溉的所有土地。」

王爺慷慨地說：「這完全可以辦到，一杯酒能灌溉多少土地？恐怕還沒有我座位下面的毯子那麼大哩。」

宴會大廳外面有一個水池，而水池通向府外的河流，河流連著縱橫交錯的水渠，水渠裏的水灌溉著王府的數千畝土地。紀曉嵐說：「我將這杯酒倒入水池中，於是水池中的水都有了這杯酒的成份，就像我在水池裏投放一點毒藥，整個水池的水就變成毒水那樣，我的酒混在水池裏流到了河渠裏，豈不能使數千畝土地都受到了我那杯酒的滋潤了嗎？王爺，請實現諾言，將幾千畝土地都賞給我。」

王爺沒想到紀曉嵐會使出這個計謀，只得認輸：「紀曉嵐，我將這幾千畝土地給了你，我就不成其為王爺了，我就獎賞你其他的東西吧。」

紀曉嵐說：「那就請王爺減免幾千畝土地一年的租稅吧，這樣也可以幫一幫窮苦人。」

王爺沒法，只好滿足了紀曉嵐的要求。

智獲金佛

少年紀曉嵐陪同村長等人到神廟後，在回家的途中，經過一個茶館。他們便在茶館裏喝茶歇息。

這座茶館倚傍在一條山道邊上，這天正適雨後放晴，空氣新鮮，風景優美，紀曉嵐便坐在靠近門口的座位上，觀看山道上的景色。

「老爺爺，」紀曉嵐對茶館老闆扯著閒話：「早晨，這裏經過一輛獨輪車，拉車的是個粗壯的漢子，車上載著的是竹子。」

茶館老闆驚異地反問：「你怎麼知道的？」

「從腳印中可看出來，路上有很深的車輪印，前面的腳印又大又深，說明拉車的人的形態，還留下了竹梢劃地的印跡。」

「確實如此。」老闆贊同地說。

「後來又有一個男人經過，」紀曉嵐繼續說道：「這人左腿有傷，還拄著一根粗大的竹子當拐杖。」

「怎麼我沒看到這個人呢？」老闆說。

「從腳印上看，這個人肯定有的，你看獨輪車轍旁有一對男子的腳印，右腳大，左腳小，說明他左腳有傷，只能足尖著地，旁邊還有竹節的印跡，更說明他是負了傷，以竹子支撐著身體。」

「怎麼我沒看見這個人呢？」老闆還是這句話。

「因為他看到了你，怕你發現他，所以又回到樹林裏去了，這一點從腳印中也可以看出來。」

正在這時，茶館裏來了兩個衙役，向老闆問道：「有一個強盜，偷了廟裏的小金佛，逃經這裏，你們看見嗎？」

紀曉嵐插言道：「你們到樹林裏去找吧！」

兩個衙役果然在樹林裏找到了一個左腳負傷的漢子，就把他帶進了茶館。那漢子矢口否認自己是強盜，更沒有盜竊廟裏的小金佛。衙役因無證據，對他也無可奈何。

紀曉嵐突然問那漢子：「你的左腳怎麼受傷了？」

漢子回答說：「我走山道時，不小心摔了一跤，跌傷了腳。」

「胡說。」紀曉嵐當場揭穿說：「你的褲腿上還沾有香爐灰，是你在廟裏作案後，被和尚發現，擲出香爐打傷了腿。」

「這又怎麼樣呢？」那漢子在驚慌過後，反而顯得鎮靜了，「反正我沒偷金佛，不信你可來搜查。」

站在一旁的村長和茶館老闆這時也對這個漢子產生了懷疑，說道：「你可能把金佛丟進河裏去了。」衙役聽了覺得有理，便走向河邊，要去搜尋。

「慢，他好不容易把金佛搶到手，不會隨便丟掉的，一定是藏在一個隱蔽的地方。」紀曉嵐說。

衙役覺得紀曉嵐講得更加有理，但金佛藏匿在什麼地方呢？

紀曉嵐拿過漢子當作拐杖的那根粗大的竹子，在石頭上磕了一下，一尊金燦燦的小佛像就應聲落地。從粗大的竹拐棍裏掉下了小金佛。

人贓俱全，那漢子再也無話可說。

盜金賊受到了嚴厲的懲處。

聽懂鳥語

聰明的紀曉嵐不僅辦事足智多謀，居然還能辨別鳥類的行動，懂得牠們的語言。可是這一次他卻因爲聽懂了烏鴉的叫聲而遭受了災難。

紀曉嵐替村上的一個年邁老奶奶外出參拜神廟。他經過一個荒僻的山道後，來到一個鎭上。鎭上正爲失蹤了一個名叫沈朋的中年人而議論紛紛。這個沈朋是個生意人，按約定前幾天就應該回家，可是至今仍人影不見，杳無音訊，家裏人擔心他在路上遇到了山賊，出了事故，他們向遠道而來的紀曉嵐打聽道：「孩子，你在山道上可看見過這麼一個人？」

「人沒有看見。」紀曉嵐回憶著，「倒是看到大群烏鴉在山澗上空盤旋、聒噪，據此推測，那個生意人可能已經遇難了。」

紀曉嵐的推測是：沈朋在山道上遇到了山賊，山賊謀財害命，將他的屍體扔到山澗，烏鴉聞到了腐肉的氣息，便結隊而來。事實證明了紀曉嵐的推測是正確的，鎭上的人果然在那深不可測的山澗裏找到了沈朋的屍體。他胸上挨了致命一刀，身上的錢包被劫走了，顯然是山賊作的案。

由於紀曉嵐的提示，鎮上的人才得以找到了沈朋的屍體，否則，屍體在無人知曉的山澗裏腐爛殆盡也不能發現，所以人們很感激紀曉嵐，還送了不少糕餅給他作爲禮品。

可是，紀曉嵐離開鎮子沒有多遠，就被追蹤而來的官府差役抓住了，他們的理由是：這件事被紀曉嵐撞到絕非偶然，紀曉嵐不是殺人兇手也定是山賊的爪牙，於是就不由分說將紀曉嵐關進鎮邊的牢房裏。

紀曉嵐想不到自己的好心卻遭來劫難，但他並不慌亂，準備找機會來搞清是非。他從獄卒的談話中得知，這一帶田地貧脊，糧食需從外地運進，於是搶劫糧食的山賊越來越多。他們殺害沈朋只不過是「順手牽羊」罷了。最近又將有糧食車隊來鎮，官府正嚴陣以待，防止山賊打劫。

紀曉嵐一聽到後，暗暗記在心裏。第二天，他發現牢房外院子裏的麻雀吱吱亂叫，紛紛拍翅向不遠處的山上飛去，他大聲叫喊獄卒：「快去報告官長，糧食已被劫了，快派人向山上去追。」

事關重大，獄卒火速向長官作了報告，嚴陣以待的士兵即向山上追去，果見運糧的差役被綁在樹上，糧車已被搶走，山道上殘留著一堆堆糧食。他們便沿著山道追捕，依仗著人多勢眾，終於將一股山賊悉數擒獲。

官長開堂，審訊山賊，紀曉嵐作爲同案犯也被押在堂前，他未等開審就問那夥山賊：「你們將我害得好苦啊！」

山賊聞言大吃一驚：「毛孩子，我們都不認識你，如何害你？」

紀曉嵐抓住話頭忙向官長辯白：「我不是他們的同夥，這回該相信了吧！」

官長點著頭說：「我相信你不是山賊同夥，但你在牢中，怎麼得知糧食已被搶走了呢？」

「我看到院子裏的麻雀都向山頭飛去。」紀曉嵐解釋說：「糧車被搶，必有糧食殘留在地，麻雀非常機敏，很快就會來覓食，先是近處的麻雀，再波及遠處的麻雀，連院子裏的麻雀都蜂擁而去，由此得知糧車已在山上遇劫。」

官長聽了連連點頭。紀曉嵐爲聽烏鴉的叫聲而蒙難，又因瞭解麻雀的習性而獲釋，並由此抓獲了十惡不赦的山賊，他的名聲一下子傳播到很遠的地方，都說他能聽懂鳥類的語言。

其實他是根據鳥雀的活動規律猜知事情的來龍去脈。

誰的錢袋

一次，紀曉嵐在路上撿到了一袋錢。從跡象上判斷錢袋是從馬背上掉落下來的。袋子不小，但裝的卻是小錢，總數在一兩千枚的樣子，一時也無法數清。紀曉嵐就提著錢袋去找這個村的村長。請村長查明失主，前來認領。

村長到村裏轉了一圈，不一會就帶來了兩個人，一個叫鍾遠，一個叫傅明，都是這個村子的村民，都說這袋錢是自己的。紀曉嵐就讓他們講一講錢袋丟失的情況。

鍾遠說：「我家裏很窮，但我懂得越窮越要節儉，所以每天總積下一兩文錢放在罐子裏，積少成多，以備不時之需。昨天得知嫁到鄰村的妹妹遭了火災，我就將罐子裏的錢裝進袋裏，用馬馱著去妹妹家中給予接濟。由於心急慌忙，錢袋丟在路上了。」

傅明說：「錢袋是鍾遠丟失的不假，但他家裏很窮，根本不可能有這麼多錢，這個錢是我平時攢在罐子裏的，被他偷走的，所以應該歸還給我。」

兩個人中誰是眞的失主呢？紀曉嵐犯了猜疑，他向兩人問道：「既然你們都說錢是你們的，那你們知道有多少錢呢？」鍾遠說：「我沒有點過。」

傅明也說：「我也不很清楚。」

「這個錢袋裏的錢，我已經數了，是一千枚。」紀曉嵐說道：「準確的錢數你們不知道，但你們總知道錢裝在罐子裏深淺的程度吧？」

這時傅明立即回答：「我記得裝在罐子口那裏。」

鍾遠想了一想也說道：「我似乎也感到那罐子快要裝滿了。」

紀曉嵐提議說：「這樣吧，你們把那裝錢的罐子取來，檢驗一下，我能知道錢是誰丟的了。」

兩人走後，村長問紀曉嵐：「孩子，你真的點過那錢了嗎?是一千枚嗎?我看好像有兩千枚的樣子。」

紀曉嵐說：「我沒有點過，一千枚的數字是我估計的，或許你的眼光準確，說不定是兩千枚呢！」

不一會兒，鍾遠和傅明各帶來了一只舊罐子。紀曉嵐先把錢袋裏的錢倒入鍾遠的罐子裏，他的罐子很大，所有的錢倒下去，只裝了罐子的一半。

紀曉嵐判斷道：「這錢不是你的。」

鍾遠臉色一下子變了，竟然連話都說不出了，傅明顯得得意洋洋，說：「這錢是我的。」

紀曉嵐說：「那就來試試你的罐子吧。」他把所有的錢倒入傅明帶來的小罐子，但倒了一半，罐子就滿了，再倒下去的錢就溢了出來。

這下輪到傅明的臉色變了。

紀曉嵐解釋道：「其實，這錢我並沒有數過，但我說了一千枚這個數字，眞正的失主，當然會將裝錢的罐子拿來；而假失主，並不存在裝錢的罐子，所以要找一只正好裝一千枚錢的罐子，而事實上錢有兩千枚。根據剛才的試驗，失主是誰的應該清楚了。因爲我倒在鍾遠罐子裏的是一千枚，而倒在傅明罐子裏的卻是錢袋裏的所有的錢，也就是兩千枚。」

傅明滿臉羞愧地走了。鍾遠千恩萬謝，領了錢去接濟那遭火災的妹妹。

一個巧妙的主意，使兩千枚錢回到了主人的手中，同時還揭破了傅明冒認錢袋的詐騙嘴臉。

奪產兄弟

紀曉嵐居住的村上一個財主暴斃身亡，沒有留下遺囑，兩個兒子爲分財產各不相讓，以致弄得爭吵、相打，一直告到官府。

州官對財產作出了均分的判決，但兩個兒子都不服氣。

大兒子說：「土地雖然一人一半，但是他分得的土地比我的好。」

小兒子說：「房屋雖然一人一半，但是他分得的房屋比我的好。」

州官說：「那麼對調一下可好？」

兩人仍爭執不休，弄得州官也一籌莫展。這個州官久聞小紀曉嵐的大名，便把紀曉嵐請來，向他討教辦法。

紀曉嵐向州官獻上計謀。州官聽了頻頻頷首，依計行事。

第二天，州官又將兩兄弟找來，判決說：「現在，你們到屋子裏去分別將自己對土地房產的要求寫在紙上。誰先寫好，就按誰的要求辦。如果到時候寫不出來，就將財產充公。」

州官的判決雖然過於武斷，但在當時的情況下，確實沒別的更好的辦法，對兩兄弟來說，他們都有著良好的機會，只要將要求儘快寫出，就能如願得到財產了。所以兩人都同意了。

州官將兩兄弟關在一間小屋子裏，給了哥哥一支筆，給了弟弟一張紙，而將墨水放在桌子上，結果兩兄弟都無法把自己對財產的要求寫出來。哥哥向弟弟借紙，弟弟不肯；弟弟向哥哥借筆，哥哥也不肯；時間很快就過去，眼看天亮前再寫不出，財產就要充公了。於是兄弟兩人爲了不使財產充公，而一反平時怒目相對的神態，平心靜氣地商議起來。他們對財產是熟悉的，透過不斷的爭執和平衡、不斷的商量，兩人合起來用哥哥的筆、弟弟的紙和桌上的墨水，共同寫出一份兩人都能接受、比較合理的財產分配辦法。

天亮之後，他們把兩人合寫的要求呈給州官，州官說：「既然你們透過協商得到了結果，就按你們的要求辦吧！」

這一切都是在紀曉嵐的意料之中的，他巧妙地運用了州官的權威和充分相信兩兄弟不願將財產充公的心態，果然達到了目的。

從此，兩兄弟接受了這次爭奪家產的教訓，反而親密起來，互相幫助，互相提攜，使家道更加興旺了。

奇異箱子

住在紀曉嵐家不遠處的退休王爺家裏有個侍童叫左遠明，左遠明的父親是城裏財寶倉庫的管理員。一天早晨，發現珍藏在這個庫裏的一個香爐被打得粉碎，那是將軍家賞賜的貴重器皿，所以問題很嚴重，除看守外，誰也沒進倉庫，所以管理員把五個看守都叫來調查，但誰都一口咬定說不知道。因此，負責人左遠明的父親責任就最大了。不得已，由王爺親自來調查，如果找不出犯人的話，左遠明的父親只好剖腹自殺。聽到這個消息，紀曉嵐非常擔憂，陷入了沈思。

過了幾天，左遠明的父親和五個看守都被叫到王爺面前，但還是沒有一個人出來招認。王爺也無可奈何，就只好到此結束調查。正在這時，侍童左遠明慌忙地在王爺面前叩個頭，小聲說了些什麼。

王爺笑著說：「剛剛來了個人，說是一定能查出犯人。」

家臣們瞪大眼睛等著，可不久出現在他們面前的，是聰明的小孩紀曉嵐與一個和尚。紀曉嵐繃著臉，指著和尚抱著的古色古香的箱子說：「這個箱子是神社留下來的奇異的箱子。往箱子裏裝進各自寫自己名字的紙條，然後由和尚誦讀咒文，眞是奇異非凡，只留下犯人寫的字，而別人寫的字全部都消失，成爲白紙。」古時候人們篤信神佛，所以沒有一個人懷疑紀曉嵐的話。

「噢，這可是稀奇的箱子，趕快試一試吧！」

「那麼，你們五位！在這個紙上寫上自己的名字，但不要讓別人瞧見，然後揉成小團。」

按紀曉嵐的吩咐，五個倉庫看守在紙片上寫了名字，裝進箱裏，和尚嚴肅地讀了咒文。讀完，紀曉嵐取出紙團，一個個加以檢查。可這是怎麼一回事？消失字跡的只有白河一人的一張，剩下的四人都是白紙黑字，沒有變化。

「紀曉嵐！無罪的是白河一個人，其餘都是犯人嗎？」王爺生氣地問。

紀曉嵐笑著搖搖頭說：「不，錯了。那位白河才是犯人！」

「你，你說什麼？」

「哈哈哈！王爺，這個箱子什麼也不是，是農民裝燧石的箱子。說什麼消失字跡之類，純屬我的杜撰。清白的人無所畏懼，所以堂堂正正寫了自己的名字裝進箱裏；而那犯人做賊心虛，當初就沒寫名字，裝進了白紙。」

「嗯……是這樣！怎麼樣！還有什麼可辯白的嗎？」

在無可辨駁的確鑿證據面前，白河完全坦白了罪行。他為了陷害早就和他關係不好的左遠明的父親，自己故意打碎香爐，以圖嫁禍於人。沒想到這一招沒有逃脫紀曉嵐聰明的圈套。

農民為大

紀曉嵐的聰慧過人很使村長感動。村長到哪裏去都想帶著紀曉嵐同行。

這一天，村長又要少年紀曉嵐陪同去參觀嚴嶺的神宮。晚上，村長就帶著紀曉嵐住進了嚴嶺的一家客棧。

這個客棧裏住的都是參拜者，有高官巨商，也有普通百姓，人聲嘈雜，熱鬧非凡，害得村長連覺都睡不著。雖然客棧裏的夥計讓大家安靜一些，但吵鬧的人中不少是有錢有勢者，誰肯買他的賬？

村長便對紀曉嵐說：「你能否想想辦法，讓這些人安靜一些。」

紀曉嵐說：「我來試試吧！」他當即寫了一張字條交給客棧的夥計，要他去向大家宣讀。

說也奇怪，夥計出去了一會兒，吵鬧的人都紛紛回房熄燈睡覺了，整個客棧鴉雀無聲，安靜得如同空寂的廟宇一般。

村長好奇地問：「紀曉嵐，你在紙上寫了些什麼？爲何有如此神通？」

紀曉嵐說：「我只是寫『天下的某某大人在此住宿，請大家安靜。』」

村長覺得紀曉嵐所寫的雖有模糊之處，但並無違法行爲，也就安心睡覺了。

第二天，村長和紀曉嵐一起身開門，只見門外密密層層地跪著一群人，都是住在這裏的旅客，他們連頭都不抬，只紛紛虔誠地說道：

「尊貴的大人物，我等無知，昨晚有擾尊駕的地方，萬望海涵。」

「爲表示我等對尊駕的謝罪之忱，特獻上薄禮，略表寸心。」

「望尊駕留下大名，不勝榮幸！」

村長早把昨晚的事忘了，見了這場面，不由目瞪口呆，紀曉嵐一本正經地代表村長說：

「你們想知道我們的名字嗎？」

「是的，尊駕隱姓埋名，可能是地方州府的官員吧！」一個官吏老於世故地探問。

「大人前面冠之天下兩字，定是中央官員。」一位巨商洞察世情地探問。

於是一群人也跟著起哄：「是京都大臣。」「是宮廷內官。」官階越抬越高。

紀曉嵐故弄玄虛地說：「比你們說的還要大。」

「那麼，一定是將軍。」

紀曉嵐見了這些人恭維殷勤的神態，捧腹大笑，然後說：「你們想得太淺陋了。將軍固然是尊貴的人，可還有更尊貴的人，那就是種了糧食給大家食用的農民。諸位，最尊貴的天下的大人，就是天下的農民！」

紀曉嵐說完，催促著驚惶不安的村長，迅速離開了這家客棧。那些商人和官吏愣了一下，但覺得紀曉嵐的話並無虛假，就相顧一笑，紛紛爬起，各奔前程。

哪有這事

紀曉嵐所住的村裏有個名叫任疑的老頭很有錢。因爲有錢，這個老頭很空閒。因爲空閒，他就愛聽故事。然而他既愛聽故事，又不相信故事裏的內容。每逢人家講到節骨眼時，他就會脫口而出：「哪有這事！」這已成了他聽故事的口頭禪。

村裏最會講故事的人要數紀曉嵐，可是紀曉嵐從不講故事給老頭聽。一次，任疑老頭向紀曉嵐要求道：「孩子，給我講個故事聽聽吧！」

「要我講故事可以，」紀曉嵐說，「但要答應一個條件，就是你不准講『哪有這事』的口頭禪，如果講了這句話，就要輸給我一袋大米。」

「好！」任疑老頭爽快地說。

紀曉嵐開始講故事了：「以前有位王爺，坐轎子去訪親戚，路上有只老鷹在空中盤旋，不一會兒拉下一泡屎，正好掉在王爺的褲子上。」紀曉嵐講到這裏頓了一下，望著任疑老頭，老頭臉上露出不相信的神情，但嘴巴只是牽動了一下，沒吐出一個字。

紀曉嵐繼續講道：「王爺命隨從給他換去褲子繼續趕路，可那老鷹仍在上空盤旋，不一會兒又拉下了一泡屎，不偏不倚落在王爺佩刀的刀把上。」

這下子，任疑老頭更不相信了，剛想說出「哪能有這種事呢」時，他驚覺到自己將要輸掉一袋米，所以還是忍住了，把一句說慣了的口頭禪變成了一個「唉——」的長嘆。

紀曉嵐繼續講故事：「王爺命隨從換去佩刀，繼續趕路，誰知那隻老鷹卻盯住不放。不一會兒又拉下了一泡屎，這一下更巧了，正好落在王爺的腦袋上。」

紀曉嵐不指望老頭在這節骨眼上會開口講出那句口頭禪，所以自顧自繼續講下去：「王爺命隨從將腦袋換了。隨從一刀砍下了自己的腦袋，調換了拉上老鷹屎的王爺腦袋，繼續趕路去訪親戚了……」

聽到這裏，任疑老頭再也忍不住了：「哪有這事！」

紀曉嵐仍舊講下去：「來到朋友家裏，朋友把隨從當作王爺，而把王爺當作了隨從。」

「哪有這事！」

紀曉嵐還是講著：「那隻老鷹也跟蹤而來又拉了一泡屎……」

「哪有這事呢？」老頭就像被洪水衝開閘門一樣，口頭禪一句一句不停地噴出口來。

紀曉嵐接過老人的話茬：「是啊！是啊！哪有這事呢？老爺爺你一連講了十句『哪有這事』，就請你把事先約好的十袋大米給我吧！」

任疑老頭哪能捨得出十袋大米，不過一袋大米他是賴不掉的。紀曉嵐就拿這一袋大米救濟了窮人。

移山燒屋

紀曉嵐的超常才智，常常使財主吃虧上當。財主懷恨在心，總想找機會來難住紀曉嵐，出出他的洋相。

一天，財主對紀曉嵐說：「我佩服你的聰明才智，但你總不是天神下凡，無所不能吧！」

紀曉嵐知道財主在向他挑釁，便應戰道：「你什麼問題需要我解決嗎？」

財主趾高氣揚地說：「我的宅子前是場子，場子前面是田地，顯得很空曠，一到冬天，寒風直吹進宅子，所以請你將遠處的那座山給我移到場子上來。給我的宅子擋擋風，這事怕你辦不到吧？」

誰知紀曉嵐說：「這事很容易辦到。」他接辦了移山的事後，就找來一些菜油，向垛在場上小山般高的稻穀走去。將菜油倒在稻穀堆上，從口袋裏摸出火石，要引火燒那堆稻穀。

密切注視著紀曉嵐動向的財主見了大吃一驚，忙問道：「你要幹什麼？」

「我按照你的吩咐，將那座山移過來，可是那堆稻穀占了地方，擋了道，所以必須先將它燒掉。」

「啊！」財主大驚失色。

紀曉嵐繼續說道：「而且前面那一排房子，還有那片果樹，都是在我移山的必經之路上，也應該燒掉。」

「啊！」財主更加驚慌了。

「那山很大，搬到這裏，可能要壓住你那宅子，與其被它壓掉，不如讓我燒掉爲好。」

說著紀曉嵐已敲打著火石，引出火來，眼看就要燒著那堆稻穀了。

「慢！」財主氣急敗壞地說，「我認輸啦，不要你搬山了。」

一個看似無法解決的問題，紀曉嵐卻聰明地很快解決了。

財主再也不敢拿紀曉嵐來出氣了。

教訓武士

紀曉嵐很小的時候，家鄉來了一個高傲的武士。

這武士自以爲武藝超群，無人能敵，便看不起其他的人。紀曉嵐總想要治一治他。一次，那個武士在河邊釣魚。紀曉嵐便帶著自己心愛的小狗出來了。小狗出來的時間長了，需要撒尿，紀曉嵐暗暗指使小狗跑到武士跟前，以武士的大腿作爲依傍，抬起後邊的一條腿，「刷」地撒了一泡尿。

武士大發雷霆，把手按到了刀把上：「不懂規矩的傢伙，你不想活了嗎？」

「請原諒，這隻小狗把你的腿誤認爲是棵樹了，我要好好教訓牠！」紀曉嵐說著就悄悄地向狗「說話」，算是在「教訓」狗。

武士哪肯善罷甘休：「狗既然能聽懂你的話，你就讓牠來向我賠禮道歉！」

於是，紀曉嵐裝樣裝到底，他又同狗「講」了幾句「話」，回過頭來，對武士說：「小狗說了，牠不肯向你道歉！」

「豈有此理！為什麼？」武士吼道。

「小狗說，是神靈命令它不許道歉！」紀曉嵐編排出了這樣的一則故事：很早之前，狗只有三條腿，走路很困難，神靈覺得太可憐了，就又給狗安上了第四條腿，狗為了感激神靈，所以在撒尿時總是抬起那條神靈給它的腿，以免濺上尿，尊敬的武士，你看小狗多麼明理呀！」

武士聽了不服氣地說：「如此說來，我的腿還不如狗的腿？難道我的一切不是神靈所賞賜的嗎？」

紀曉嵐指著武士釣魚時弄魚食、抓魚而弄髒的雙手，又指著他被河水濺滿了泥點子的雙腿，說道：「尊敬的武士，既然你的一切都是神靈所賜，那你為什麼如此不珍重呢？弄得手腳都髒兮兮的。尤其你動不動就要拔刀殺人，雙手沾滿鮮血，這是神靈允許的嗎？」

「這個——」武士被紀曉嵐說得回答不出一個字來。

紀曉嵐繼續說道：「不忘別人的恩德，是應該做到的，連小便時都不忘神靈恩德的小狗，真是我們做人的榜樣啊！」

四肢發達、頭腦簡單的武士，聽了紀曉嵐的一番道理，覺得茅塞頓開，不僅不再懲罰小狗，反覺得自己的所作所為有負神靈的教誨，便一聲不響地又去坐在河邊釣他的魚了。

兩隻鼠雕

紀曉嵐家鄉有個富翁，名叫商天覺。商天覺有許多古董，天上飛的、地上爬的、河裏游的、洞裏鑽的；各種古玩，各具情態，應有盡有。於是，他經常向人們炫耀自己的豪富。

聰明機智的童年紀曉嵐總想著要治一治商天覺。

這一天，富翁正得意地玩著一個剛收到的陳木鼠雕，鼠雕跟眞的沒有兩樣，尖尖的嘴，賊溜溜的小眼珠，細長的尾巴，一副精靈相，一副狡黠樣，放在大街上，准會讓人喊打。富翁情不自禁地吻了鼠雕一下：「嘿，寶貝！」這時，紀曉嵐進來了，用天眞的眼神盯著鼠雕，富翁逗趣他：「怎麼樣，看呆了？」

紀曉嵐微笑地搖搖頭，說：「我家也有個名師雕刻的老鼠！」

富翁哪裏肯信，要與他打賭比寶，說：「我輸了，鼠雕歸你，你輸了，你那老鼠歸我。」

「一言爲定！」紀曉嵐和富翁勾了個小指頭。

紀曉嵐回家後連夜雕刻了一隻老鼠。第二天與那富翁的擺在一起。富翁一見小孩雕的老鼠，鼻子裏哼了一聲，這怎能與自己的鼠雕比呢，粗粗糙糙，一點靈氣也沒有。孩子捉來一隻貓，那貓眼珠子一轉，「喵」的一聲猛撲向紀曉嵐雕的老鼠，溜走了。孩子一把拿過富翁的鼠雕，高興地說：「貓撲我的鼠雕，說明它逼眞！我贏了，你的鼠雕歸我。」

富翁見自己花三百兩銀子買來的鼠雕輸掉了，傻了眼，懊悔不已。其實，紀曉嵐的鼠雕確實不如富翁的好，只是他的鼠雕是用乾魚削製而成的，香噴噴腥溜溜，貓兒能不發饞嗎？

智止鬥毆

有一天，紀曉嵐正在家裏做功課，突然隔壁的爭吵聲把他的心思嚇跑了，他埋怨著出來看眞相。說實在的，他家隔壁有了這家兄弟合開的點心鋪後，叫賣聲、爭吵聲常攪得他情緒不好。眞是不看不知道，一看嚇死人：兄弟兩人手裏各拿著刀子，寒光晃來晃去，眼睛裏透出仇恨的光，像兩頭鬥紅了眼的公牛。在這種失去理智的情況下，任何不可想像的事都會發生。

紀曉嵐對他們兄弟倆同室操戈十分鄙夷，但爲了免除一場流血事件，決定管管閒事。他跑進店鋪，搬起架上的點心，擺在大街上，喊道：「喂！快來吃點心，免費點心。」人們聽說是免費點心，紛紛圍上來，老的、少的、男的、女的，連乞丐也大膽地來嘗美味了。兄弟倆見狀，收起刀子，一起奔過去責問紀曉嵐：「你好哇！竟敢趁火打劫，誰教你這樣做的？」

紀曉嵐毫不在乎，慢條斯理地答道：「不是你們要互相鬥毆嗎？都打死了，這店裏沒人，點心不就要發黴了嗎？所以趁現在吃掉，你們說是不是？」

紀曉嵐說著，又要扔點心，兄弟倆說：「請別扔，我們再也不打架了。」

於是他們和好了，閃電般地快。

聰明的兒童紀曉嵐止住了大人的鬥毆。

智鬥人販

再聰明機靈的小孩也貪玩貪睡。紀曉嵐也不例外。

有一次，他在外邊玩耍時睡著了，被一個人販子拐走了還不知道。

人販子背著小紀曉嵐走進了森林深處，心想把這拐來的孩子賣了，肯定能賺一筆錢。

等到紀曉嵐醒來時，他發現自己被一個陌生人背著進了森林，心想這一定是遇著了人販子。

紀曉嵐於是暗暗地想著逃跑回家的主意。不一會兒，他在人販子背上大喊大叫起來：「唉喲喲喲！唉喲喲喲！」

人販子問：「你這是怎麼啦？」

紀曉嵐說：「我突然肚子痛得不得了。你能給我講個故事嗎？那樣我的肚子可能會好一些。不然肚子痛得我大喊大叫怕不方便！」其實紀曉嵐想，人販子又要背人又要講故事，可就走不快了。

人販子說：「只要你不哼不叫，我講故事就講故事。」於是人販子就開始講故事了：「你知道嗎？眼前這些大樹，和我故事裏的那棵大樹比起來，簡直不值一提！那棵樹呀，比全世界所有的樹捆在一起還要粗。那時候，還有一把巨大的斧子。那是世界上最大的斧子，它的一頭在東邊太陽升起的地方，另一頭在西邊太陽落下去的地方。還有一頭大水牛，比整個世界還要大，只要它輕輕一動，大地就會搖晃起來，那就是所謂地震。接下來，我要一條世界上最長的藤。這條藤長極了，它能纏繞七個大地和七個海洋……」

人販子看看背上的紀曉嵐，問道：「怎麼啦，你怎麼一下子這麼安靜？」

紀曉嵐說：「你的故事太有意思了！」

人販子繼續講：「從前，還有一個你從來沒見過的大房子，它又高又大，誰要從那個房頂上往下扔一個雞蛋，不等雞蛋落到地上，小雞就從蛋裏孵化出來了。」

紀曉嵐叫了起來：「哎喲！多高的房子呀！……現在，我也來給你講個有趣的故事吧：很久很久以前，有一面大鼓。這鼓大極了，如果有人敲它一下，全世界的人，甚至天上的神仙都能聽到它的聲音……」

人販子說：「這是胡說八道，人們到哪兒去找那麼大的木頭來做這樣的鼓呢？就算他們找到了大樹，又用什麼把它砍倒呢？」

紀曉嵐說：「人們可以用你剛才講的那棵大樹的木材嘛，那棵樹不是比全世界的樹捆在一起還要粗嗎？他們還可以用你剛才講的那把斧子砍倒大樹，你不是說，那把斧子一頭在東邊太陽升起的地方，另一頭在西邊太陽落下去的地方嗎？」

人販子不服氣地說：「就算他們用那把大斧子砍倒了那棵大樹，可他們從哪兒弄到那麼大一張皮來做鼓面呢？」

紀曉嵐說：「噢，那也很容易！你剛才不是說，有一頭比整個世界都大的水牛嗎？它的皮總夠做鼓面吧？」

「可是，怎麼把它捆在鼓面上呢？」

「用你剛才講過的那條世界上最長的藤呀！那條藤不是能纏繞住七個大地和七個海洋嗎？」

人販子不願認輸，說：「好吧，就算這些都是可能的，但是，請你告訴我，他們在什麼地方吊起這麼大的鼓呢？」

「在你那間巨大的房子裏呀！那房子高極了，一個雞蛋從房頂上扔下來，不等雞蛋落地就能孵出小雞來。這可是你親口對我說的，不對嗎？」

人販子明白了，這孩子比自己聰明得多，帶著他準會惹麻煩，還是把他送回家的好。於是，人販子掉轉頭，背著聰明的紀曉嵐，朝原路走回去。

兩抓小偷

在紀曉嵐居住的村莊，關於他兩次智抓小偷的故事廣泛流傳著。

有一次，紀曉嵐的鄰居遭偷，損失了許多衣服和糧食。村長召集村民開會，大家你一言我一語，討論了好久也想不出一個破案的辦法來。紀曉嵐把村長拉到一旁悄悄說：「從偷竊的東西和時間來看，小偷一定不出本村。」

村長說：「你有什麼辦法破案呢？」

紀曉嵐說：「有。您只要如此這般就行了。」

晚上，村長將村民們召集到麥場上，說是聽紀曉嵐講故事。那晚，月光皎潔，星星晶亮。紀曉嵐開講道：「黃蜂是上帝的特使，它有一雙亮晶晶的大眼睛，能夠辨別人間的眞僞、善惡，乘著朦朧的月光飛向人間……」紀曉嵐忽然停了一下，猛然大聲喊道：「哎，小偷就是他，就是他！他偷了東西，黃蜂正在他帽子上兜轉轉，要落下來了，落下來了！」

人們紛擾起來，一個個扭頭相互觀望著。那個做賊心虛的小偷不知是計，心急慌忙伸出手想把帽子上的黃蜂揮開……其實，哪有什麼黃蜂，紀曉嵐大喝一聲：「小偷就是他！」小偷想抵賴也抵賴不了，只得認罪。

這件事一傳十，十傳百，很快使紀曉嵐成了當地的小名人。

不久，村裏有一匹白馬給人偷走了。失主找來找去找不到，便來向紀曉嵐求助。

紀曉嵐很熱心，便同失主一起趕到集市上。果然，在牲口市場上很快認出了那頭白馬。失主趕上前去抓住小偷的衣襟，抓住繮繩，要去衙門評理。可是小偷嘴巴很硬，反而說失主是誣賴好人，訛詐白馬，因爲這牲畜自家已餵養多年了。

紀曉嵐突然用小手將馬眼捂住，向小偷問道：「你說這馬不是你偷的，是你自家的，那你說，馬的哪個眼睛有毛病？」

小偷被問得愣住了，可是他很快改變了窘態，回答道：「左眼！」

紀曉嵐把手挪開一點，白馬的左眼亮閃閃，蠻好，一點毛病也沒有。

小偷急中生智，改口道：「我記錯了，是右眼！」

紀曉嵐將手全部挪開，白馬的右眼也是亮閃閃的，蠻好，一點毛病也沒有。

臉色灰白的小偷無話可說，人們把他推到縣衙門去了。

三鬥財主

紀曉嵐不僅從小聰慧過人，而且很富有正義感，常常爲身邊的一些不平事打抱不平，而他的打抱不平，又全是用自己獨有的聰明與才智，因而顯得格外有趣。

紀曉嵐的鄰村有個財主顧得財，他老婆生第八胎時，叫家丁通知各佃戶，十二天後大請客，送的禮越重越好，不送禮小心抽地。按當地規矩，不是頭胎是不作興請客的。佃戶們又氣又愁，找紀曉嵐想辦法。

十二天後，年輕的紀曉嵐領著身背石頭的佃戶們來到財主家。財主一見氣極了。紀曉嵐笑道：「你不是說越重越好嗎？」說完，和佃戶們上酒席去了。

紀曉嵐知道財主顧得財會尋找機會報復，某天晚上，故意打著燈籠在他家門口走過。顧得財忽然帶著家丁把紀曉嵐抓到縣衙的大堂之上。縣官指著燈籠上的「我是天子」四個大字說：「紀曉嵐，你膽敢自稱『天子』，這還了得！」

紀曉嵐說：「大人，請往下細看。」

縣官湊近燈籠一看，原來「我是天子」下面還有「一小民」三個蠅頭小字，不由一愣，又說：「爲啥『我是天子』寫得那麼大，『一小民』寫得那麼小？故弄玄虛，也該治罪！」

紀曉嵐笑道：「不是我的字寫得小，是你只看見『天子』，看不見『小民』。你想想，我這個小民怎麼能和天子一般大呢？」

縣官朝財主顧得財狠狠地瞪了一眼，只得放了紀曉嵐。

一天，兩個差人對紀曉嵐說：「你家養的門客偷了這一帶財主的東西，現在縣衙候審。」

紀曉嵐知道是被他得罪的財主顧得財想陷害他，並不驚慌，跟著就走。在街上他向熟人要了一個紙盒，戴在頭上，把臉蓋住，只露出眼睛。來到大堂上，他對縣官說：「因爲家裏養了賊，沒臉見人，所以才用紙盒蓋住。」

縣官問那賊：「這就是你主人？」

賊說：「是的，我在他家三年了。」

紀曉嵐說：「我紀曉嵐年紀還小，不出名，我這個紀大麻子可是遠近都知。你在我家三年了，你說我是大麻子還是小麻子，是黑麻子還是白麻子？」

那賊愣了一會兒才說：「你這個麻子嘛，不大不小，不黑不白。」

紀曉嵐取下紙盒說：「縣太爺，你看我臉上哪有麻子？」

財。

原來那個「賊」是鄰村財主顧得財買通了的一個二流子，本想陷害紀曉嵐，卻反而破了

顧得財兩次都沒有告倒紀曉嵐，反而花了不少錢才算收了場。

紀曉嵐三鬥財主三次獲勝。

喝酒吃肉

因為聰慧無比，紀曉嵐從小便與眾不同。

紀曉嵐有個朋友，是個老摳，誰也甭想到他家吃頓好飯，喝點兒酒。少年紀曉嵐年輕好勝，想破一下他的老規矩。

一天，紀曉嵐拎個糖包子，騎著毛驢，到摳朋友家做客。朋友忙叫老婆去做飯。紀曉嵐知道朋友釀了兩缸黃酒，已經能喝了，可是只見朋友的老婆做飯，不見篩酒。他猜著又是捨不得叫喝酒。

他看著放在牆角的酒缸，想給摳友提提引子，說：「今年秋裏，風調雨順，五穀豐登，莊稼長得眞好。」

朋友說：「是比往年都好，你家包穀、豆子打得很多吧？」

紀曉嵐說：「咱先說那紅薯。」

朋友說：「紅薯長有多大？」

紀曉嵐說：「咱先不說那紅薯有多大，你先猜猜那紅薯塊有多長？」

「多長？」

「一丈長。」紀曉嵐說著站起來，一邊走著比劃，一邊說：「從這兒一直到你這酒缸跟前。」說著把酒缸使勁兒地拍了幾下。

朋友明白了紀曉嵐這麼繞彎轉圈是爲了要喝酒，就說：「我是想給你篩酒喝，可又一想，酒還不怎麼熟，而你又不喜喝酒，所以也沒叫你嫂子篩。」

紀曉嵐說：「你咋忘了我就喜歡喝那稍微生一點兒的酒。」

朋友只好讓老婆趕快篩酒、炒菜。

酒菜一端上來，只有一個素菜。朋友怕紀曉嵐再轉彎要肉吃，先開了腔：紀賢弟來了，也不先打個招呼，今晌午連肉都來不及去割。」

紀曉嵐笑著說：「酒肉，酒肉，有酒沒肉不好下。」說完跑到廚房裏，伸手抓過菜刀，走到驢跟前要殺驢。

朋友急忙攔住說：「紀賢弟，殺了驢你走時騎啥？」

「後半晌我走時，你不會把你養的老公雞借給我騎騎？」

朋友臉紅了，說：「你不知道，咱養了一大群雞，只有一隻公雞，殺了沒有叫明的。」

紀曉嵐趕緊說：「我就不愛吃公雞肉，光想吃老母雞肉。」這下子朋友沒話說了，只得狠心地殺了一隻老母雞，給紀曉嵐下酒。

其實紀曉嵐並不嗜酒只吃肉，他把那一大缽母雞肉吃得滴湯不剩，朋友心疼得不行。

巧換妙方

紀曉嵐曾經和一位名叫呂不防的道士交遊密切，呂不防道士觀中有兩株枇杷樹，遠近聞名。每當枇杷成熟，呂不防總不忘請紀曉嵐去品嘗。

這枇杷味道絕佳而且無核，紀曉嵐早就對它懷有濃厚的興趣。有一天，紀曉嵐問道士：「這枇杷是什麼品種，居然這麼好？」

呂不防很機警地回答：「這是仙種。」說完就不再開口了。

紀曉嵐知道呂不防最愛吃蒸豬蹄膀。一天，他特意請呂不防來家中吃蒸豬蹄膀。

呂不防來到紀家，只見一個僕人買了一隻豬腿從身邊走過，誰知，過了一會兒熱騰騰的蒸蹄膀就端上桌了。吃起來又爛又酥，肥而不膩，鮮美可口。這麼短的時間就能做出如此香美無比的蹄膀，呂不防感到很驚奇，便向紀曉嵐請教妙法。

紀曉嵐笑著說：「這不難，就用你的無核枇杷種和我的妙方作交換吧！」

呂不防實在不想失去速做蹄膀的妙方，也就亮出了自己的秘訣：「要種出無核枇杷說來很簡單，只要在枇杷開花時把花中間的那根花蕊鉗去就成了。」

紀曉嵐說：「我的蒸法更簡單，現在吃的是昨天晚上就蒸好的，而剛才買的那隻豬蹄膀還沒下鍋呢！」

說罷，二人相對一望，客堂裏爆發出一陣笑聲。

正直彎曲

有個勤勞致富的白老頭去世後，留下了許多財寶。但老頭的兒子白得光卻是個好吃懶做的孩子。他等父親去世後，立即打開那藏寶的地下室。可是那裏的財寶都不見了，只留下了一張字條，上面寫著：「去尋找筆直地彎曲的東西。」

顯然這張字條是個謎，解開這個謎就能找到財寶。白得光就去找他的狐群狗黨商量。可是這幫無賴只知吃喝玩樂，根本解不開這個謎。然而，他們也垂涎著這批財寶，拼命地討好巴結白得光，如果白得光找到財寶，他們也能分享一份。白得光沒有辦法就去找紀曉嵐請教解開尋寶之謎。

紀曉嵐一看老頭留下的字條，就明白了老頭的意圖。他在老頭的臥室巡視了一周，看到了牆上掛著一把陳舊而古老的鑰匙，說這個鑰匙就是那「筆直地彎曲的東西」。

白得光拿下那把鑰匙，端詳了一番，說：「這把鑰匙是無用的東西，它不能打開家中任何一個箱櫃，叫我如何去拿到財寶呢？」

「你看，這鑰匙上不是刻有『正直』兩個字嗎？」紀曉嵐解釋說，「這鑰匙雖然打不開任何箱櫃的鎖，但卻能打開你心中的鎖，你應該有正直之心，但始終被鎖著，你的正直之心使你一輩子受用不盡。」

「唉！那麼父親積存的財寶呢？」

紀曉嵐繼續說：「你父親認爲正直之心比財寶更重要，所以他想到的是要打開你那心中的鎖，而把財寶施捨給窮人。」

白得光聽了很失望。他的那幫酒肉朋友，見撈不到好處，便一反常態，罵罵咧咧地離開了白得光。他們還諷刺說：「尊敬的財主，你已成了無財之主了，恕我等不再奉陪了！」

這事給了白得光很大的刺激。他覺得紀曉嵐的話很有道理，若有所悟地說：「父親是對的，只有正直的人，頭上才會降臨財寶，像我這種不肖之子是不配獲得財寶的。從今後我一定要做個正直的人。」

「咳，對極了！」紀曉嵐嘿嘿笑著，「你終於解開謎底了。正直人的頭上，神靈是會降下財寶的。」

說著，紀曉嵐使勁一拔鑰匙的柄，從裏面落下一張字條，字條上詳細記載著藏有各種財寶的地點。

白得光喜出望外，問道：「紀曉嵐，這是怎麼回事？」

紀曉嵐解釋說：「你看，這個鑰匙的名字叫正直，鑰匙柄就是鑰匙的頭，所以正直的頭上有財寶嘛……」

從此以後，白得光成爲正直的人，將財寶救濟了窮人，他的家境也越來越富裕了。

智娶美妾

紀曉嵐常把孔夫子的一句話掛在嘴邊，那便是：「飲食男女，人之大欲存焉。」

在紀曉嵐所處的時代，男人三妻四妾也是十分正常的現象。

因此之故，紀曉嵐妻妾如雲，而且個個有如鮮花一般的美貌，這當然是紀曉嵐對美貌女人情有獨鍾的結果。倘若遇上美女擇夫待嫁，紀曉嵐無不用自己的智慧謀略去力爭將該美女納妾。

一次，紀曉嵐到天津去，正趕上一個老員外趙勳臣將他的美貌女兒趙筱花擇婿議嫁，這個趙筱花是趙勳臣第四個侍妾所生的女兒，美貌無比，前來求親者也多如過江之鯽，使趙勳臣老員外無所適從。思之再三，趙勳臣對外宣佈：「以智取婿。」凡是來求親者，由趙勳臣親自出題面試，以智慧過人者取爲女婿，嫁過去做夫人或做小妾的名分都不打緊。

這下子正合了紀曉嵐的心意，他果然和眾多求親者一道去接受老員外趙勳臣的面試。

紀曉嵐本就生得英俊瀟灑，個子高眺，十分逗人喜愛。他又著意打扮了一番，與十多個男子前去接受趙勳臣的智慧考試，更是風流倜儻，卓爾不凡。

再說這十多個求親男子，誰都認爲自己是世界上最聰明的人，誰都認爲自己可以娶到趙筱花小姐。

趙勳臣老員外的考題果不一般。

首先，他叫人牽來一百匹馬駒和一百匹母馬，叫求親的男子們找出哪匹駒是哪匹母馬生的。別的人都把毛色相同的分在一起，以爲白色的馬駒是白色的母馬生的，黑色的馬駒是黑色的母馬生的，黃色的馬駒是黃色的母馬生的。結果都錯了。

紀曉嵐卻與眾不同，他先把馬駒和母馬分開關起來，隔了一夜才把母馬一匹匹地放到馬駒中去。馬駒一見自己的媽媽來了，忙撲上去吃奶，就這麼一匹匹地放，一匹匹地找，不一會兒全分出來了。紀曉嵐旗開得勝。

趙勳臣又出了一道難題，叫人扛來一根兩頭削得一樣大小、一樣光滑的檀香木棍兒，問求親男子們哪頭是根，哪頭是梢？求親男子們你望望我，我望望你，誰也答不出來。只有紀曉嵐跑了出來，用一根繩栓在木棍的中央，然後把它放在花園的池塘裏。他指著下沈的一頭說：「這下沈的一頭是根，那浮著的一頭是梢。」趙勳臣老員外連連點頭。

最後，趙勳臣在求親男子們面前放了一塊很大的玉石，要他們把上邊的一個洞眼用線連穿起來。這個洞眼很小，而且從這頭到那頭，要經過一條曲曲彎彎的且很長很長的孔道。求親男子們一個個試著用線去穿，怎麼也穿不過去。紀曉嵐經過仔細思考，在別處地上捉來了一隻螞蟻。把絲線拴在這隻螞蟻的腰上，然後把它放到孔眼上，對著螞蟻慢慢吹氣。在孔眼的那一頭，放了一些糖，以招引螞蟻，那螞蟻就扭動著腰肢，努力地向前爬著。就這樣，把絲線穿了過去。

於是，紀曉嵐憑著自己超人的智慧，娶到了貌美如花的趙筱花作妾。

猜謎娶妾

在紀曉嵐年輕的時候，他家所在的直隸河間府有個財主生了個女兒甄子美，她聰明美麗，但很高傲。一天，她叫父親甄隱語出了一張布告，讓各地的青年男子來家出謎語，如果甄子美猜出誰的謎語，誰就要到甄家來做無錢的長工，誰的謎語甄子美猜不出來，甄子美就嫁給誰。

於是甄家很快就有了許多不需花錢的長工。

紀曉嵐也想娶這位美麗的甄子美作妾，便騎著馬到甄家去。在路上，他看見一頭公牛鑽到一塊麥地裏踐踏麥子，就下了馬，拔起一把麥子，像鞭子似的一揮，把公牛趕出了麥地。他忽然說：「我的頭一個謎語有了。」一會兒，紀曉嵐在路上拾到一根生銹的標槍，刺死了順著道溝兒爬的一條毒蛇。他又高興地說：「第二個謎語又有了。」天黑了，紀曉嵐在河邊把馬放在草地上吃草，自己躺在岸邊的一條破船上睡覺。早上醒後，見水面上漂浮的雜亂東西上聚著些泡沫，他捧起泡沫，洗了洗臉，然後用馬鬃當毛巾擦乾了臉。他得意極了：「現在我有了第三個謎語！」

於是紀曉嵐來到甄子美面前，說出第一個謎語：「我騎馬前來時，看見路邊有塊好東西，只見一頭好東西，在這塊好東西裏享受得正愜意。我拔起一把好東西，用好東西把好東西從這好東西裏趕出去。」這其實就是講拔起麥子趕走公牛的那件事。

甄子美猜不出，只好說：「你再出別的謎語，兩個我一起猜。」

紀曉嵐又說：「我騎馬前來時，看見路上有條壞東西，我拿著揀起的一根壞東西，用這壞東西戳了一下那條壞東西，那條壞東西結果死在這根壞東西的手裏。」這其實便是指標槍戳死毒蛇的那件事。

甄子美又猜不出，讓他出第三個謎語。

紀曉嵐又說：「我騎馬趕路走得急，路上遇到黑夜籠罩大地。我停下馬來要休息。我躺著睡覺的地方眞稀奇，不是天上不是地，不在草上不在樹林裏，不在街上不是房子裏，也不在田野裏，清早起身把臉洗，用的東西更出奇，既不是點點露珠，也不是水來也不是雨；擦臉用的巧東西，不是織成的，可也不是編成的。」這其實便是紀曉嵐睡在破船裏過夜，用泡沫洗臉那件事。

甄子美無法破謎，只好按照諾言嫁給了聰明機智的紀曉嵐，成爲他的小妾。

智娶啞女

紀曉嵐向來風流倜儻，遇有合適的美女，一定設法收納爲妾。

這天，紀曉嵐又來到福建平潭縣微服私訪查疑案。疑案沒遇到，卻碰見一個富人擇婿嫁啞女。

紀曉嵐一看那啞女年輕貌美，賽若天仙，便問旁邊的人：「她果眞是個啞巴女嗎？」

「不是！只是這個姑娘從小不喜歡說一句話，慢慢地就有了一個『啞女』的綽號。」

這時，只聽富人說：「誰家的小夥子能讓我的姑娘跟他說上三句話，我就把姑娘嫁給他！」

紀曉嵐已經看上了這個並非啞巴的「啞女」。他想了一想，趕忙到附近人家買來了一條小豬，將小豬提到富人家門口，把豬按翻在臺階上，然後，撿起一塊長條的石頭，朝著那個啞女，一邊「啊哩哩，啊哩哩」地哼著，一邊用石頭戳著豬脖子。他殺了好半天，因爲石頭不快，殺不出血來，豬卻不停地發出刺耳的慘叫聲。

這時候，啞女姑娘看著實在好笑，禁不住對紀曉嵐說道：「哎喲，哪有像你這般用石頭殺豬的？」她走進家去拿一把刀子遞給了紀曉嵐。紀曉嵐接過刀子，一手用刀子戳豬脖子，一手拿起一只篩子接豬血。那啞女看著，又急忙驚叫起來：「啊！喂！篩子接血還有不漏的？」說著，忙跑進家去拿來木盆遞給紀曉嵐接豬血。紀曉嵐把豬殺死了。接著，又抱來一大捆乾葉子、乾柴放在富人家房子旁邊，掏出火鐮來，「叭噠、叭噠」地打火燒豬毛。

啞女姑娘看著，又驚叫起來：「啊！你在這裏燒豬毛，還不把我家的房子燒著了？」

啞女姑娘這一說，紀曉嵐走進富人家裏，大聲對富人說：「大富人，你家啞女姑娘跟我說了三次話，我倒是半句也沒跟她講。按你的規矩，你這個姑娘該嫁給我啦！」

富人不得不把「啞女」姑娘嫁給紀曉嵐。

起初，富人很後悔，因為他看紀曉嵐是個外地來的生人，女兒跟他走很不放心。

紀曉嵐於是亮出了自己的紀翰林兼福建學政的官銜，富人和他的啞女都高興得不得了。

佛珠取鉤

這一天，宰相府裏一片混亂。

原來，宰相的小公子誤吞了一只釣魚鉤。鉤尖刺在喉管壁的肌肉裏，吐又吐不出來，嚥又嚥不下去。

如何把小公子喉管裏的魚鉤取出來，被請來的太醫們議論紛紛，有的提出灌醋，有的提出吃韭菜。試了半天，都無濟於事，既沒有將魚鉤吞下去，也未能把魚鉤取出來。

這時，宰相回來了，他說：「快去請軍機大臣紀曉嵐紀大人！」

夫人說：「相爺你是昏了頭吧！紀大人根本不是醫生，他怎麼會治病？」

宰相說：「小兒子誤吃鉤這是病嗎，只有紀大人可以想出機巧的辦法來取出魚鉤。滿朝人誰也比不了紀曉嵐的聰明睿智。」

不久，家人果然把紀曉嵐請來了。紀曉嵐冷靜地將公子的嘴唇扳開，用蠟燭光照著喉管，又用一雙象牙筷子輕輕按住舌頭，沈著而仔細地觀察了咽喉的四周，發現咽腔後部有一絲很細的毛髮似的東西。再仔細一端詳，原來是一根絲線，順著絲線認眞查看下去，才弄清楚這線是在魚鉤上的。

魚鉤尖倒掛在喉管的肌肉上，若勉強使蠻勁將絲線朝上用力拉，肯定會把肌肉劃開，有可能引起大出血，後果不堪設想。怎麼辦呢？驀地，一個設想閃過心頭，他眼睛一亮，趕忙吩咐道：「快！快去取一些小佛珠來！」

在大家的協助下，紀曉嵐小心翼翼地把一顆小佛珠穿進了絲線，珠子便沿著絲線下滑到魚鉤上。接著，一個珠子一個珠子地串了起來……他緩慢而均勻地對著這串珠子稍稍增加一點推力，使最後一顆珠子推動著第二顆珠子，影響到第三顆、第四顆……珠子一個挨一個地相互擠著，紀曉嵐所施加的壓力順著珠子排列的次序向前傳遞，致使最先進去的那顆珠子得以通過魚鉤底端抵達魚鉤尖頭，使鉤尖被佛珠裹住，與喉管隔開了。

此時，紀曉嵐停止用力，稍稍閉目休息了片刻。然後將絲線猛然一提，魚鉤被迅速地拉出來，宰相爺的小公子終於脫離了危險。

主考應對

清朝乾隆年間，江南科考。

因為應試舉子都是當地名士，一連換了幾個主考官，都被舉子們一個個給頂了回來。有些主考官還遭受了江南舉子的不少奚落。

無奈，乾隆只好命聰明絕頂、機智過人的紀曉嵐到江南去主持科考。

舉子們聽說主考官紀曉嵐是北方人，就想以大世面大口氣來嚇跑他。於是便在紀曉嵐的驛館門旁出了一上聯：

江南千山千水千才子

以為這一下可難住主考官。沒想到，紀曉嵐沈著迎戰，提筆續寫下聯：

塞北一天一地一聖人

聖人孔子生在北方，這是無可爭議的了。紀曉嵐來自北方的河間府，自然也很光彩。眾舉子不由得讚歎道：「對得巧妙！一個聖人勝我多少才子呀！」

其中一個舉子不甘寂寞，問道：「紀大人學識到底如何？」

紀曉嵐知道這是一種挑釁性的發問，只好以壓頂之勢反擊，笑道：

天下文章數三江，

三江文章數吾鄉，

吾鄉文章數吾弟，

吾爲吾弟改文章。

聽到這一回答，舉子們肅然起敬，考場秩序井然。

紀大煙袋

紀曉嵐有個綽號，叫「紀大煙袋」，因爲他吸煙成癖，煙癮奇大，普通的水煙袋，煙的容量太小，不斷地裝煙，他很嫌麻煩，而且攜帶不方便，所以他只用旱煙袋，隨時帶在身上。

他的旱煙袋鍋，與眾不同，是他特別訂做的，容量很大，裝上一鍋煙絲，從槐西老屋走到圓明園，只吸完一半。校書時點上一鍋煙，邊看書邊吸，能吸上一個時辰，節省了裝煙的時間，免去許多麻煩，他因而用著這個煙鍋十分愜意。有人說，紀曉嵐的煙袋鍋，一次能裝三四兩煙絲，這未免有所誇大，但確實在京中是獨一無二的，在全國來說，也屬罕見。

有一天，這個碩大無朋的煙鍋不愼丟在了路上，紀曉嵐回到家中，只好暫時用上了水煙袋，這樣就無法一邊看書或寫字，一邊嘴裏噙著煙過癮了。

侍妾黃杏仁，替他忙活起來，守在他身邊，替他裝煙絲、點火、吹煙灰，心中爲他的煙鍋著急。

「我去找人再做一只吧？」黃杏仁道。

「不用，不用。」紀曉嵐笑笑說。

「那你的水煙袋，帶在身上很不方便啊。」杏紅憂心忡忡的樣子。

「明天打發人到東曉市上找找，準能找見。」

「爲什麼？」杏仁疑惑地問。

「你想啊，我的煙袋鍋那麼大，人家誰會用得著，放在家裏沒有用處，還不當廢銅賣給收破爛的。」

杏仁聽完笑了。紀曉嵐說得很有道理，而且事情又那麼滑稽，只好差人去試試。

果然，在東曉市上，找到了紀曉嵐丟失的旱煙袋。花了一點錢，又把它買了回來，一時傳爲京中趣聞。

在他的日常生活中，除了吃飯、睡覺、見皇上，以外的時間，總是把旱煙袋握在手中，不停地噴雲吐霧。

有一天，乾隆駕臨圓明園，巡視《四庫全書》的編纂情況。紀曉嵐正一邊吸煙一邊手不停揮動忙碌，一鍋煙剛吸到一半，忽然聽得「萬歲爺駕到」的喊聲，匆忙間忘了磕去煙鍋裏的火，隨手將煙袋插入靴筒裏，跪在地上給萬歲爺請安。站起向皇上回話時，覺得腳踝上火辣辣的疼，原來是吸燃一半的煙火，將他的襪子燒著了，但皇上正說著話，又不好打斷，他只好咬牙忍著，疼的站立不穩，腿直打顫，涕淚交流跪在皇上面前，正要稟告，乾隆看他舉動失常，滿臉是焦灼難耐的樣子，吃驚地問道：

「紀愛卿，你是怎麼了？」

「臣……臣靴子裏，走……走水（失火）啦！」紀曉嵐強忍住鑽心劇痛，聲音顫抖著。

「啊？」乾隆一聽急忙揮手，「快點出去！」

紀曉嵐跑到殿外，顧不得有失體面，坐在殿門口的石階上，一下子扒掉鞋襪，立刻冒起一股黑煙，看看腳上的皮肉，已經燒焦了一大塊。乾隆皇和殿內的人走出來看時，紀曉嵐的煙袋鍋還揣在靴筒裏，與靴子一同冒著煙，人們一時被逗得笑彎了腰。

謫戍新疆

和珅與紀曉嵐向來不合，常常遭到紀曉嵐的捉弄，和珅自是耿耿於懷，伺機報復。

終於，在乾隆三十三年，和珅找到了這個報復的機會。

這年春天，尤拔世當了兩淮鹽政，到任後風聞鹽業積弊，也想趁機撈上一把。

但是尤拔世居奇索賄不遂，氣惱之後向朝廷奏報稱：

「上年普福奏請預提戊子綱引，仍令交銀三十萬兩，以備分用，共繳貯運銀二十七萬八千有奇。普福任內，所辦玉器古玩等項，共動支過銀八萬五千餘兩，其餘現存十九萬餘兩，請交內府查收。」

尤拔世這一本奏得很巧妙！乾隆看了大吃了一驚：兩淮鹽引一項，已有二十多年沒有人奏報了，皇上也早已經把它忘在腦後了。檢查戶部檔案，亦沒有造表派用的文冊，自乾隆十一年提引後，二十二年了，銀數已超過千萬，其中說不清會有多少蒙混欺蝕的情弊。乾隆越琢磨越有氣，密派江蘇巡撫彰寶會同尤拔世詳悉清查。兩淮鹽引案就這樣悄悄地拉開了序幕，這是乾隆一朝著名的大案之一，其株連之眾，外有總督、巡撫、鹽政、運使，內有侍郎、學士等，也爲歷史上所罕見。

「鹽引」是怎麼回事？「鹽引」本是官府准許商人運銷鹽的憑證。宋代以後，歷代官府准許商人憑「引」運銷鹽、茶，稱作引法。宋徽宗時，鹽銷法敗壞，宰相蔡京爲維持官府專利以搜刮財富，於政和三年改行引法，限定運銷區域、運銷重量和鹽價，編立引日號簿，每引一號，前後兩券，後券稱引紙，商人繳納包括稅款在內的鹽價領引，憑引支鹽運銷。到清朝，產鹽省份專設鹽政、運使等官辦理鹽政事務，發引時收繳的手段費，也稱作鹽引，每引鹽三百斤，提引銀三兩，這鹽引一項不是個小數目，兩淮鹽政每年至少要收繳二十多萬兩，多時達五十餘萬兩。

彰寶、尤拔世接到皇上諭旨，立刻加緊盤查，不久覆奏皇上：年年預行提引，商人繳納引息銀兩，共計一千九十餘萬兩，均未歸公，前任鹽政高恒任內，查出收受商人所繳銀十三萬餘兩；普福任內，收受丁亥鹽引私自開銷八萬餘兩，其歷次代購物件，尚未一一查出。

果然這鹽引一項，歷任鹽政、運使大膽染指，乾隆氣得直拍桌子。六月諭旨給軍機大臣等：

「據彰寶等奏，查辦兩淮歷年提引一案，歷任鹽政等均有營私侵蝕情弊，實出情理之外，已降旨將普福、高恒革職，運使趙之璧暫行解任，並傳諭富尼漢傳旨，將原任運使盧見曾革去職銜，派員解赴揚州，並案質傳訊矣。……該撫等仍將本案嚴查，確訊詳悉，據實具奏，並將此傳諭尤拔世知之。」

早在發案之初，和珅即得知此案牽連著盧見曾，心中暗自得意。因爲盧見曾與紀曉嵐是親戚，拿了盧見曾，少不了要株連到紀曉嵐。他想，這樁案子雖然是秘密偵訊，但紀曉嵐在宮中當值，不可能得不到消息，他一旦聽到風聲，哪裏會袖手旁觀，一定想法通風報信，讓盧見曾早做準備，我正可藉機抓住他的把柄，好在皇上面前奏劾他洩露機密，叫他也嘗嘗我和某人的厲害！和珅便暗中派人，監視著紀曉嵐一家人的動靜。

紀曉嵐的二女兒，就是郭彩符生的紀韻華，小名回回，又名鳳文，嫁給了前任兩淮鹽運使盧見曾的孫子盧蔭文。

盧見曾頗負才名，早在康熙年間就中了進士，到乾隆時，已是一位很有影響的文壇耆老，刻有《雅雨堂》叢書，著有《金石三例》、《出塞集》等一些頗有影響的著作。更使他贏得眾望的是愛才好名的性格，喜歡結交天下名士。無論到哪裏爲官，他那裏都是名流雲集，有不少人長期在他家中寄住，閒來談文論詩，砌磋學部。每逢客來，盧見曾都設宴款待，饋贈豐厚，對家境貧寒的文人，他更是慷慨好義，解囊相助。

他到揚州任兩淮鹽運使，曾在虹橋修禊，與文友們吟詩唱和，他作了四首七言律詩，要文友們依韻和詩，和詩的竟多達七千多人，編成了一部三百多卷的詩集，恐怕這也是一項中國之最！這麼宏大的舉動，靠官俸能應酬得起嗎？自然占用了一些公帑。起初盧見曾惦記著歸還，後來因爲鹽引等項，從來沒人過問，積弊已久。在他之前，已歷舒隆安、郭一裕、吳嗣爵等共五任運使，大家都有侵蝕公款的行爲，一直安然無事。大河裏的魚兒，盧見曾也循例撈了幾把。

在五年前，他已七十多歲，就致仕歸里，回到了山東德州老家。五年過去了，原以爲不會有風險了，哪裏想到今朝事發，將要抄家奪爵呢？

紀曉嵐對親家的家底，也是知道得很清楚的，當他得知朝廷要查辦兩淮鹽引一案的消息時，再也坐不安穩了。一旦盧家出事，紀家也跑不了，必然要株連進去。紀曉嵐心裏著急，但更主要的是害怕，袖手旁觀不行，通風報信吧，又恐怕被人發覺，那就罪過更大了。

正在猶疑不定、進退兩難的時候，郭彩符來到紀曉嵐書房，跪在地上哭哭啼啼地，求老爺無論如何也要想個法子，救救女兒全家。郭夫人只生了這一個女兒，她把自己晚年的幸福全部寄託在女兒身上，假如女兒家出了事，那她和女兒的一生就全完了。

郭氏已服侍紀曉嵐二十多年，深得丈夫的寵愛。她的話是很起作用的。紀曉嵐看出若不答應她，她便會跪在地上不起來，於是就答應她一定想個辦法，叫她先回自己屋去，留下他一個人好好地琢磨琢磨。

思來想去，紀曉嵐終於想出了一個絕妙的辦法：他拿了一撮食鹽、一撮茶葉，裝進一個空信封裏，用漿糊把口封好，裏外沒有寫一個字，打發人連夜送到盧見曾家裏。

盧雅雨（見曾）接到信封之後，先是驚愕不解，將裏面的東西倒在几案上，看了又看，揣測良久，終於明白其中的用意：「鹽案虧空查（茶）封！」

於是，盧雅雨急忙補齊借用的公款，並將剩餘的資財，安頓到別處去，一切準備妥當，查抄的人姍姍來遲，已經是半月之後了。

和珅未達目的，怒氣難出，而紀曉嵐也因自己用智使盧雅雨度過了難關，從心裏不服氣和珅。

也是事有湊巧，這天散朝之後，文武百官紛紛退朝，這時恰好有無數的麻雀，飛來飛去，吱喳亂叫。有位大臣知道紀曉嵐能詩，便道：「紀學士何不吟懷首麻雀詩？」眾官也一齊起哄，恰好這時和珅出來，也湊熱鬧。紀曉嵐一時衝動，心想我何不借機罵他幾句？於是說道：「既然眾位大人抬愛，如此相請，紀某不才，只好賣醜了。」於是吟道：

一窩一窩又一窩，

十窩八窩千百窩。

食盡皇家無限粟，

鳳凰何少雀何多？

和珅知道紀曉嵐在罵他，心想我且不跟他計較，等盧見曾的案子水落石出之日，我看你還作詩不作？

紀曉嵐哪裏知道，和珅早就派出爪牙，暗暗地監視著他的一切活動，知道他曾派人到過盧府。在查抄盧府時，和珅的爪牙發現了紀曉嵐曾用過的空白信封。和珅沒能抓到其他證據，但又不肯善罷干休，白白地放過這個難逢的機會，便接二連三地到宮中，向乾隆狀告紀曉嵐洩露查鹽機密。

乾隆雖然十分賞識紀曉嵐的文才，但禁不住和珅及其死黨三番五次的參奏，加上皇上自己本來就十分納悶，盧雅雨是怎麼知道的？便要親自查問紀曉嵐，弄清其中原委。

紀曉嵐很快就被軟禁起來，於是，乾隆詔見紀曉嵐問話。

「微臣紀昀，叩見皇上。」

「嗯，站起來回話。」乾隆皇帝清癯的面孔上是一副冷峻的神情。他捋了捋稀疏的鬍鬚，慢吞吞地說：「你的女兒親家盧見曾，虧空公帑，按律應予籍沒，你可知道？」

「微臣知道。」紀曉嵐答道。

「可是奉旨到盧家查抄的人，發現他已家無長物，資財已轉移到別處去了。挪用的公帑，也在查抄的前夜如數補上，朕看在你的面前，格外開恩，從輕治罪。」

「謝萬歲爺隆恩！」紀曉嵐跪下磕頭。

乾隆接著說：「紀昀，你才學過人，忠心事朕，朕對你也垂愛已久。這次據報，是你洩的密，有無此事？你如實奏來。」

「聖上明鑒，臣實未曾有一字洩密。」紀曉嵐臉上帶著微笑，但十分謹慎地為自己辯解。

「案情已經調查的很明白，」乾隆說，「你雖未寫一字，未傳一言，但事實俱在，人證確鑿，掩飾也無用，朕要知道的是你究竟用什麼辦法，將這些事洩露給盧見曾的？如實招來朕可以從輕發落？」

紀曉嵐看自己再不認也無益，索性坦承其事，便把如何通知他親家的經過說了一遍。

乾隆一面聽，一面頻頻點頭。

這時紀曉嵐自動摘下頂戴，跪在地上奏道：

「皇上嚴於法，合乎天理之大公；臣眷顧私情，猶蹈人倫之陋習。臣請聖上發落！」

紀曉嵐的話雖然不多，但講得十分得體，乾隆聽了臉上浮現了笑容。皇上念紀曉嵐才華難得，又在內廷走動多年，不忍加戳於他，思來想去，乾隆心中的火氣已經消了下去，便在案卷上批下幾個小字：

「紀昀從輕謫戍烏魯木齊。」

紀曉嵐作為一名罪人將發配到新疆，在那裏經受歲月的洗禮。同是遠行，這次到那邊塞地方，與他督學福建時情景卻全然不同了。紀曉嵐與家人見面，才得知七十八歲的盧見曾，已經死在獄中，與此案有牽連的，共有一百多人獲罪，被處斬的即有二十多人。

紀曉嵐雖倖免一死，但此時要遠戍新疆，心中有一種說不盡的淒涼之感。

賜環京都

乾隆皇帝做為中國封建社會的一位「聖明君主」，尤其懂得思想統治的重要。早在繼位之初，就開博學鴻詞科，擴充科舉取錄名額，搜羅天下人才，為他的統治效勞。同時開館修書，先後完成《皇朝文獻考》、《續文獻通考》等一大批史籍的編纂。到了他繼位三十年以後，更要宣揚其封建統治的文治武功，進一步籠絡天下的文人學子，他下決心要編纂一部囊括中國古今圖書典籍的大叢書。在規模上，不但要超過康熙、雍正時編輯的類書《古今圖書集成》（一萬卷），而且要超過明代的《永樂大典》（二萬二千八百七十七卷，凡例、目錄六十卷），創中國亙古未有之偉業。

可是，中國歷史悠久，文化燦爛，歷代書籍浩如煙海，若想成此大業，非有學識淵通、博聞強記而且年富力強的奇才不可，乾隆思來想去，將朝野的文人學士，一個個地排隊，確信東閣大學士劉統勛能擔總裁之任，並由其他大學士以及各部尚書協理，頭腦中形成了總裁、副總裁一班人馬的考慮，但總纂的一職卻無人能夠勝任。

這天，乾隆皇上又把內閣大學士兼軍機大臣劉統勛召進宮來，廷議由誰擔任總纂一職，皇上嘆道：

「古來兵家常云，千軍易得，一將難求，這編纂《四庫全書》一事，乃千秋偉業，比疆場征戰更難啊！朕沈思已久，難道以中國之大，竟無一人堪當此任嗎？」

劉統勛早就有心，想在皇帝面前舉薦紀曉嵐，但這位東閣大學士，久在朝中爲官，當然是老於世故，思慮極其周密，他想到紀曉嵐是帶罪發配之人，掌握不好時機，反倒事與願違，於事無補。如今見皇上思賢若渴，正是爲紀曉嵐奏請開釋的好時機，便慢吞吞地說道：

「聖上乃眞龍天子，當朝以後，天下太平，四夷臣服，可謂國泰民安，萬民樂業，爲曠古未有之盛世，文治武功，皆勝於往昔，今聖上創千秋之偉業，成萬世之宏章，地輔天助，定早已降下堪當任的輔臣。只是老臣愚鈍不慧，不敢貿然薦舉。」

乾隆從劉統勛的話中，聽出劉統勛已物色了人才，便催促說道：

「看來你心中已有人選，何不從快奏來？」

劉統勛看皇上急切地催促，便用了欲擒故縱的手段，更是不肯直截了當地說出來，向皇上笑著說道：

「哪個朝代都有傑出的人才，但往昔各代，皆不可與國朝相比。依老臣看來，堪當此任者，已侍奉聖上多年，也深得聖上垂愛，只是這位才子遠離聖上幾年，聖上一時想不起來罷了。」

說到這裏，劉統勛又故意十分惋惜地嘆了一口氣。

乾隆看劉統勛胸有成竹，而又有意繞彎子，便又催促道：

「老愛卿，此人是誰？你快快為朕奏來！」

「聖上操勞國事，日理萬機，此人又久居邊塞，所以聖上一時想不起來啊！這人就是學富五車，才高八斗，當過侍讀學士的紀曉嵐啊！」

乾隆聽劉統勛說完，若有所思地沈默片刻，然後問道：

「老愛卿，難道你是有意為他說情來啦？」

劉統勛連忙下跪說：「聖上明鑒，臣蒙聖上恩寵，處以高位，自當鞠躬盡瘁，報效萬歲隆恩。幾十年來，臣以國事為重，忠心耿耿，今萬歲爺求賢若渴，臣若知而不言，埋沒了人才，豈非罪在不赦。臣嘗思古人尚能『內舉不避親，外舉不避仇』，今吾皇萬歲乃賢明聖上，廣開言路，故而老臣敢直言以陳。紀昀雖是臣的門生，但他更是聖上的寵臣，丁卯順天鄉試，臣蒙聖恩主其事，為國選優拔萃，不敢稍有懈怠，看到紀昀的才華出眾，列榜首之人，非他莫屬。中進士而後，他恭敬侍上，深得聖上嘉許。戊子年坐『洩鹽』案發戍烏魯木齊，乃聖上英明，愛惜英才，免其死罪，寬大至極。他在西域軍中，也勤奮不已，並深為洩鹽事愧悔，一旦赦免回京，定能不負聖上隆恩！」

劉統勛侃侃奏來，入情入理，乾隆聽著不由得頻頻點頭。這三年的功夫，內廷沒有紀曉嵐走動，乾隆總感覺缺點什麼，遇有許多事情時常想，要是紀曉嵐在朝中就好了，尤其在詩、聯屬和之時，更感到如此。但皇上也有他難言的苦衷，不好將紀曉嵐馬上召回京城。自從動了纂修《四庫全書》的想法之後，皇上也在想著，由紀曉嵐主持總纂，恐怕是最爲合適的人選了。現在劉統勛奏請，正合本意。乾隆也正好順水推舟，堵住和珅等一幫人的嘴巴。

乾隆說道：「看在老愛卿的面上，朕赦紀昀賜環。」

「賜環」是當時的官場用語，就是將貶戍之臣召回京都之意。

爲了給自己的得意門生紀曉嵐找上一份最合適的編纂工作，劉墉的父親劉統勛建議乾隆先從選書開始。乾隆恩准。

《四庫全書》的編纂籌備，由東閣大學士劉統勛主持，開始了工作。劉統勛將紀曉嵐從翰林院要來，幫著忙活。這開館要做的，有幾件大事：選定館舍、建造書閣、組織纂修人員、搜尋散佚書籍。經皇帝御准以後，這幾項同時展開，紀曉嵐主要管搜尋遺書。

皇上下了詔書，要各地大量搜尋古今藏書，然後進獻入京。由紀曉嵐等人，負責檢閱，分類列目入庫備用。這項任務很艱巨，多虧了紀曉嵐記憶力超人，過目不忘。有時別人提到一個書名，專管登記的人還要查一查登記簿才能說清楚，紀曉嵐能張口就講，說出書家的省別、書籍的版本、入庫日期、存放處等情況，讓眾人刮目相看。

這天接到山東的奏報，搜集到一大批珍藏秘本，都是罕見的珍品。乾隆聞之大喜，想這山東，是孔聖人的家鄉，自古文風極盛，歷代都有傑出的文人才士，留下不少的著述，理所當然。再說這樣的地方，也有很多不願入仕的文人俊才，終老鄉間，其著作隱於民間，倒也是常事。乾隆對這事很重視，派紀曉嵐去山東驗看，再將這批書押運回京。

紀曉嵐接旨，不敢懈怠，日夜兼程，疾赴濟南。

到了這裏，他將奏報上所提的珍本秘籍，找來檢閱，確是非同尋常，十分珍愛，又連夜挑選，將寫有反對朝廷言論的，全都燒毀，將宮中已有的，放置一邊，剩下來的，是需要運送京中存庫的，要待《四庫全書》修完之後，再做處理。

一旬之後，數千卷書籍，裝滿了一大船。紀曉嵐不辱聖命，隨船而行。他也樂得其所，正可一路上取書覽閱。

船在運河中，一路行來，紀曉嵐在船上晝夜不眠，手不釋卷。船到德州，他已將滿船的書，倒騰了一半，隨從人員暗中叫苦，但看他讀得上勁，也不敢述說什麼。他嫌船行得慢，又將他看過的那些書，叫人開列了一個書目，揀出一些不太珍貴的，扔進了河裏，以減輕負荷，加快行速。

行到滄州，忽然刮起了大風，浪高三尺，船行艱難。吩咐停船靠岸，要在這裏停泊一夜，待明日風平浪靜之後，再開船北進。他也正可藉這個機會，到舅父家探望一下。

紀曉嵐換上便裝下船，沒想到就在碼頭上，遇見了舅父張健亭。原來，張健亭正在經商，購下了一船「金絲」小棗。這是滄州、獻縣一帶的特產，果肉甜香，細軟可口。張健亭要將這「金絲」棗子，運到北京販賣。

可是，這時節漕運正忙，僱了船隻，也需等半月後才能啓運，張公心裏著急，便在碼頭上張望，見到外甥，自然喜出望外，趕忙將運棗的事說與紀曉嵐聽。

舅舅求利心切，已屬可憫，做外甥的幫幫他，也是責無旁貸，紀曉嵐動了惻隱之心。但聽說求官府出面派船，也要等五天後才能啓運。這生意行情，誰也說不準，一天一個價，早到一天，多賺幾百兩，去得晚了，鬧不好還要蝕本。聽舅舅如此說，紀曉嵐也爲此事用起心來。

他向張健亭說：

「舅舅休要著急，你且回家休息，我再想想辦法。今天見到了您，外甥就不再進府了，下次再探望舅母和諸表兄弟。今夜我將船安排好了，明天四更，您就讓腳夫裝船，天一亮就開船，行上一日，即到京城，保你趕上好行市！」

張健亭將信將疑地回到家中，吩咐準備第二天一早裝船。

紀曉嵐回到船上，一夜未睡，讓人點亮燈盞，將剩餘的書全部讀完，說他是一目十行，這數字倒有些保守了，其實他是有的一頁看上一兩眼，有的是幾頁一翻而過，一部書讀完，開列書目，然後扔到河中。第二天四更，船中所剩書籍，不及濟南開船時的四分之一了，這全是海內孤本，實在不能再扔了。然後把這些書歸整到船艙一角，派人通報舅父張建亭可以裝船了。他便倒在床上，酣然睡去。

紀曉嵐一覺睡到次日天亮，運書的官船已到了京城。卸掉棗子，吩咐人將書籍運到圓明園，然後上朝覆命。

乾隆皇帝看書目上列的，萬卷有餘，已是十分高興，又聽到奏報多是海內孤本，更是喜不勝收，便傳諭這些書暫不入庫，送到匯芳書院。皇上要先將這些書讀上一讀，再存入庫中。

彙芳書院在圓明園的西北角，環境優雅，靜性怡人，是圓明園四十景之一。乾隆非常喜歡這裏，常在這裏研讀經史，他的御制《匯芳書院》一詩，曾讚道：

書院新開號匯芳，
不因葉錯與華裳。
青莪淳樸育賢意，
佐我休明破萬方。

匯芳書院的內宇，叫做抒藻軒。這裏存放著許多秘本書籍，後面是寬敞明亮的涵遠齋。從山東運來的書籍，都轉移到了涵遠齋中。

這天乾隆皇帝理完朝政，急切地來到涵遠齋，要看看那些新獻書籍。一看吃了一驚，原想萬卷書籍，會把這五楹的涵遠齋裝得滿滿當當，沒想到只占了一楹大小的地面，這怎麼會有萬卷之豐？乾隆向人詢問：

「山東獻書，是否已全部運來？」

「恭奏聖上，已經全在這裏了。」

「上萬卷圖書，哪會只有這些？」

「微臣該死，說不清其中緣由。恭請聖上，宣問翰林院編修紀曉嵐大人。」

乾隆不清楚這裏面有什麼名堂，將紀曉嵐召來詢問。

紀曉嵐進了匯芳書院，早有侍臣在門庭等候，引他進入抒藻軒。他卻眼饞起來，這裏的珍貴藏書，都是他沒有讀過的，很想飽飽眼福，無奈侍臣緊催，只得匆匆穿過，來到後面的涵遠齋。

紀曉嵐走上臺階，迎面看到門上題聯一幅：

寶案凝香，圖書陳道法；

仙台麗景，晴雨驗耕桑。

這是乾隆的御筆，雖說不上十分高雅，但對仗工整，也算上乘之作，又是聖上親題，紀曉嵐不得不肅然起敬。

進入齋中，皇上正伏案讀書，紀曉嵐跪下叩頭：

「微臣紀昀，叩見吾皇萬歲，萬萬歲！」

乾隆微微抬頭，卻不開金口，炯炯有神的雙目，射出兩道冷峻的光芒，盯在紀曉嵐臉上。紀曉嵐不知發生了什麼事，跪在那裏，等著皇上賜起平身，無奈時間一長，已跪出了一身汗水，皇上依然不發一言，紀曉嵐只得再次叩道：

「微臣紀昀，恭請吾皇聖安！」

「大膽紀昀，竟敢謊奏妄稟，欺君罔上，朕當從嚴治罪！」乾隆朗聲說著。紀曉嵐大吃一驚。

「聖上息怒！微臣紀昀萬死不敢有違聖命。『妄奏』所指何事？請聖上明示，紀昀死而無憾。」

「朕來問你，進呈圖書，不過千卷，爲何妄列書目，奏稱萬餘？」

「恭奏聖上：紀昀從濟南啓程，舟中所裝書籍，確實萬卷有餘，只是旅途中狂風大作，舟楫不行，臣爲儘早覆命，便將閱完之書，拋於水中，唯餘海內孤本，運回京城，恭呈御覽。」紀昀小心翼翼地說著。

「書目開列，均爲書中珍品，理當運回京城，充實大內書房。你膽敢未經奏請，擅作主張，該當何罪？」聽皇上的口氣，顯然十分惱怒。

「聖上息怒，容小臣細稟。」紀曉嵐從容鎮定，語氣和緩，「投水之書，臣已認眞閱過，全部熟記於心，纂輯四庫書時，爲臣補寫出來，聖上不必擔心。」

「啊？」乾隆聽了驚訝地說，「你果眞有過目不忘的本領？」

「回稟皇上，微臣不敢稱過目不忘，但所讀之書，三五年內還是記得完完整整的。」

「果眞如此？朕倒要考你一考。」

乾隆的怒氣，漸漸地消了下去。

「臣遵旨。聖上只要提個題目，臣即背誦全文。」

乾隆從書中找出一個題目，經紀曉嵐背出全書。

「萬歲爺，爲臣還在跪著。」紀曉嵐笑著。乾隆剛才生氣，有意讓他多跪一會兒。這會兒又急著要他背書，竟把這事忘了。

乾隆笑道：「賜你平身！」

紀曉嵐起身站立一旁，開口背誦皇上提的書。

乾隆坐在椅子上，聽著紀曉嵐朗朗誦來，如江河流水，滔滔不絕。半個時辰過去了，仍然聲調不改，速度不減，但究竟背了些什麼，皇上卻一句也沒記住。於是打斷紀曉嵐的背誦，問道：

「這部書扔掉沒有？」

「回皇上，這部書已被賤臣扔到水裏。」紀曉嵐停住背誦，回答皇上的提問。

「此書朕未閱讀，今又被你扔進水中，你背得對否，朕何以得知？另於書齋中選出一部，朕看著，你來背誦。」

紀曉嵐笑了，說道：

「聖上英明！經此查驗之後，當信微臣所奏不虛呀！」

紀曉嵐在這裏逞能，又惹得皇上有點兒不耐煩，嚇唬他說：

「如有差錯，從嚴治罪！」

「微臣之軀雖為天地所造、父母所生，但自幼食朝廷俸祿，是萬歲撫愛我四十餘載，一切皆為驛上恩賜，稍有差錯，臣願領罪。」

聽這幾句話，紀曉嵐的腰杆挺得夠硬。乾隆從未見過大臣們敢在面前吹牛的，怒目看去，紀曉嵐從容自然，面帶微笑，好像胸有成竹。皇上忍不住想道：莫非他真能一字不錯？這倒是才高膽大呀！於是，乾隆把話按住不說，先看紀曉嵐書背得怎麼樣，然後再作決裁。

皇上讓人從書架上隨便取下一部，然後打開，放在書案上看著。紀曉嵐從頭背起，句句清晰，一字不錯，乾隆一手按著書，一手指著行，指著指著就跟不上了。紀曉嵐一頁一頁背誦出來，一卷書背完了，皇上沒有找到一處差錯。乾隆又打開一卷，紀曉嵐又開始背誦。這次他越背越快，乾隆已顧不得句句核實，隨著他的背誦，一頁之中看到幾句，還沒來得及思索核對，他又已經背到下一頁去了。皇上又趕緊翻過一頁，紀曉嵐又已經背完一半了。皇上兩手忙不過來，哪裏還找得出有錯沒錯？只是覺得句句都對。最後找不到他背到哪頁了。乾隆乾脆把書放在案上不看了，靠在椅子上微合雙目，只管聽起來。聽得倒較爲眞切，聽著聽著，乾隆臉上露出欣喜的笑容，心中暗讚：果然有此等奇才！

乾隆站起身來一揮手：「好啦，好啦！愛卿果有此種奇能，朕十分欣慰！四庫總纂一職，非卿莫屬啦！」

「謝聖上隆恩！」紀曉嵐跪下謝恩。

乾隆這時對紀曉嵐過目成誦的本領深信不疑，心中暗喜：這樣的曠古奇才，出在當朝，正是朕鴻福齊天啊！編纂《四庫全書》的亙古偉業，定會成就於此人之手！

就這樣，紀曉嵐憑著卓越的智慧與才華，贏得了《四庫全書》總纂任官的職務！紀曉嵐被譽爲清朝第一才子確實名不虛傳。

不習鮮宿

乾隆三十八年（一七七三年）閏三月，各項籌備工作就緒，《四庫全書》開館。紀曉嵐擔任總纂官。

開館這年，乾隆已經六十三歲，唯恐看不到《四庫全書》的完成，又傳諭採擷四庫精華、編繕《四庫薈要》，並分繕兩部，一部貯藏於紫禁城內，一部存放在長春園味腴書屋，每部書有四百七十三卷，裝成一萬二千冊。

四庫全書的編較，是中國文化史上的一件大事，也是乾隆年間的一個盛舉，對於紀曉嵐來說，則是他一生的主要成就。

紀曉嵐日坐書城，博覽群籍，尋章逐句，從《永樂典》搜輯散逸，盡讀各行省進獻書籍，極盡艱辛。整整用了八年時間，完成了《四庫全書總目提要》，又稱《四庫總目》或《四庫提要》，收正式入庫書三千四百六十一種，存目六千七百九十三種，總計一萬零二百五十四種。各書提要，將一書的原委撮舉大凡，並列敘者之爵里，訂辯其書文字之增刪，與篇帙之分合，批評其敘事議論之得失。諸書提要，分之則散弁諸編，合之則共爲總目。

「總目」按照全書體例，分爲經、史、子、集四部。每部之首，各冠以總序，撮其源流正變，以挈綱領。共分經部十類、史部十五類、子部十四類、集部五類。類下有屬，每類之首，先以文淵閣著錄（即編入四庫全書）的書籍列在前面。那些言非立訓、義或違經，與那些未越群流的尋常著述，經評定不足以收入四庫之中，而也未嘗奉旨銷毀的書籍，則附存其目，排列於後，藉存梗概，以備考核。如是流別繁碎的，又分析子目，使之條理分明。如是意有未盡，列有未該，就或在子目之末，或在本條之下，附注按語，以明通變之由。諸書各以時代爲次，歷代帝王著作，以隋書經籍志例，冠各代之首。每書名之下，各注某家藏書，以不沒其出處。那些坊刻書籍，不便專題一家的，便注上「通行本」。各書的編次先後，都以登第之年，生卒之歲，爲之排比，或根據所往來唱和之人爲次，不可詳細考證的，就分時代，不再區分。至於箋釋舊文，就仍從所注之書，而不論作注之人。如是裒輯舊文，而自爲著述，與根據原書而考辨的，事理不同，就仍隨時代編入，統計著錄有一百零二卷，存目八十七卷，著錄存目並有的有十一卷，一類或占一卷或數卷、十餘卷不等，別集多達三十八卷，楚辭類則不足一卷，全書共二百卷，書前冠以乾隆「聖諭」，館臣「進表」，與「職名」、「凡例」，以及「門目」等卷目四卷，大致記述了「全書」與「總目」纂修經過與編寫體例。

「總目提要」著錄的書法共一萬多種，基本上概括了清代中葉以前中國的重要著作，這萬餘部典籍的提要，「門類允當，考證精華」，對瞭解中國古籍，研究中國古代文化，有著極其重要的意義。

這是一部非常偉大的學術著作，「進退百家，鉤深摘隱，各得其要指，始終修理，蔚爲巨觀」，「大而經史子集，以及醫卜、星相、詞曲之類，其評論抉奧闡幽、詞明理正」。當朝及後世學者讀後，無不驚歎紀曉嵐學識淵通，遂享有「通儒」之稱，被譽爲「一代文宗」。

乾隆四十六年（一七八一年），紀曉嵐經過八年殫精竭慮，全力以赴，整天手不停揮，有時竟至整日不歸，終於完成了《四庫全書總目提要》，將抄錄入府和抄存卷目的圖書，全部彙要於內，鉤沈擷萃，紀曉嵐也因自己的苦幹，深得聖上的垂撫，官職屢屢升遷，初任總纂官時，他只是侍讀一職，繼而爲侍讀學士，不久升爲京察一等，兩年後便晉爲內閣學士，總理中書科。

《四庫全書總目提要》完成，第一部《四庫全書》也初具端倪，這時乾隆皇帝便爲御制序文忙碌起來，這樣一部曠古奇書，御制序文更極不一般，連皇帝也不輕易下筆。乾隆將紀曉嵐留在宮中，要他代做，但又怕別人知道，便讓紀曉嵐住在御書房裏，每日夜晚，兩人商量，如何編制，如何措詞，每每忙到深夜。

紀曉嵐這時已經五十八歲，頭髮白了不少，眼睛也因長年累月的看書而昏花了。但他的精力充沛，日常有陪侍妾杏仁陪伴，夜不虛席，雖然此時杏仁已經生了一個女兒，喚作梅媛，但終究才二十多歲，更富成熟之美，楚楚動人，夫妻生活更是融洽。這次在宮中獨宿，已有四天，孤淒淒一人，實在睡不安寢，盼望序文告竣，就能回家團圓了。

這日白天，紀曉嵐到南書房行走，王文治一見他，忍不住笑了起來，口中說道：

「風流大學士，急成紅眼牛！」

在場的人轉眼看去，紀學士的兩眼紅腫如桃，紅絲密布，臉上的血管，隱隱現出紅暈。後人傳說他此刻不敢直立起來，只得彎著腰，倒也未見如此。

事也湊巧，乾隆駕臨這裏，看他一夜之間變了模樣，十分詫異，問他何以致此，這一下倒是把他難住了。

「回奏聖上，微臣……是……是」紀曉嵐呑呑吐吐，欲言又止。

「莫非連日校書，疲勞過度？」乾隆十分納悶，心想幾年來，紀昀終年辛勞，未曾致此，今日定有其他原因。

「微臣並非校書過勞。」

「噢？那倒是爲什麼？」乾隆對他十分體恤，追問不捨。

「微臣是……是……」紀曉嵐一向應對如流，今日欲言又止，嘴裏說著，掃一眼在場的人。

見此情狀，乾隆將手一揮：「爾等退下！」把在場的人全趕走了，繼續問道：

「紀昀有何難言之隱？」

「微臣惶恐，微臣確有難言之隱，恐辱聖聽，不敢率爾直言。」紀曉嵐仍然沒有奏明原因。

「有何隱衷？但說無妨。」

乾隆非要問個究竟，紀曉嵐跪在地上，只得如實回奏：

「微臣不習鰥宿，否則便雙目赤腫，近日未能回家，故而……」

沒等紀曉嵐說完，乾隆哈哈大笑起來，隨手將他扶起來，吩咐他在御書房休息一天，沒有再等回話，乾隆捻著鬍鬚，匆匆離開。

紀曉嵐擦了擦額上的汗珠，如釋重負地喘了一口長氣。

到了這天晚上，平日來替他疊被鋪床的太監，卻遲遲不見蹤影。正欲自己上床安寢，忽然進來兩個宮女。一個燕瘦，一個環肥，都是明眸皓齒，嫵媚動人，她們姍姍走到紀曉嵐面前，一邊施禮，一邊同聲說：

「奴婢藹雲、卉倩，見過紀大學士。」

平日慣於作弄別人的紀曉嵐，在這樣的局面面前，居然手足無措，侷促不安起來，他做夢也沒想到，在這深更夜半會有宮女闖進書房。

沒等紀曉嵐說話，宮女站起身來，笑盈盈地去鋪床展被，這下更把紀曉嵐嚇壞了，慌忙說：

「不敢勞動，不敢勞動！」

兩個宮女好像沒有聽到一樣，一個鋪好被褥，一個扶他上床。

「不可！不可！」紀曉嵐退縮不迭，「大內宮中，萬萬不可造次！讓人知道了，不但我這條老命丟了，連你們的性命也保不住。你倆速速離開，速速離開！」

兩個宮女只管行動，看他那又急又慌的樣子，「噗哧」地笑了起來。

紀曉嵐這時已無處可躲，被兩個宮女拖著，又不敢大聲叫喊。只得把心一橫：豁出這條老命了，做個風流鬼，死也不冤枉！於是束手就擒，聽憑她二人擺佈，迷迷糊糊地被拉上床。

那藹雲、卉倩，是兩個活潑的姑娘，「咯咯咯」地笑著，替他脫去衣帽、鞋襪，拖他上床躺下。

紀曉嵐驚魂未定。眼看著她倆，依舊沒有離去的意思。只見她們卸下簪環，脫下衣衫，並肩坐在床沿上，就要鑽進他的被窩來了。

到了這時，紀曉嵐又猶豫起來，做個風流鬼的念頭，不知跑到何處去了。慌忙坐到床頭，連連向兩個宮女打拱作揖，求她們快快出去。

看他圍著被子，瑟縮一團的可憐模樣，兩個宮女更是咯咯笑個不停，繼而一個柔聲說道：

「大學士不必驚慌，是萬歲爺打發我們來的。」

她不說這話倒好，這一說反使他更加惶恐異常，兩行老淚流了下來，心中想道：「莫非萬歲爺嫌我知道的太多了，要將我……」

他不敢再往下想，君要臣死，臣不敢不死啊！他這時反倒安定一些，口中抽泣道：

「萬歲爺，微臣紀昀，不得不從啊……」

那兩個宮女，一邊笑著一邊脫去了外衣，露出裏面的銀紅小襖兒，下面蔥綠綢褲子。紀曉嵐魂不守舍，哪有心思欣賞？也不再加阻攔，隨她們的便吧！

兩個宮女上了床來，將他扳倒，躺在中間，然後一左一右地鑽進被窩裏來。到此時，紀曉嵐更是無可奈何，只得聽憑她二人發落，一個充滿陽剛之氣的大學士，被弄得服服貼貼。

正當他欲死不能、欲逃無路的時候，忽聽得窗外一聲高喊：「聖旨到！」

紀曉嵐聽了心中一驚：「這下可完了……」

「內閣學士紀昀接旨！」

一聽這聲高喊，紀曉嵐顧不得是吉是凶，只穿著內褲，連滾帶爬地跑到書房門口，一切好像事先早有安排，太監不等他開門回話，開始宣讀聖旨：

「奉天承運。皇帝詔曰：文章華國，千古立心。紀昀善體朕意，勞心焦思，盡瘁館務，忠勤可嘉。著將宮女藹雲、奔倩二人，賜爲侍姬，以慰辛勞。欽此！」

「微臣遵旨。叩謝聖上隆恩！」這下子紀曉嵐的心才像一塊石頭落了地，轉憂爲喜，萬分愉快地上床去了。

紀曉嵐第二天起來，精神十分清爽。乾隆帝出來，紀曉嵐又跪下來謝恩，乾隆捋著鬍鬚笑道：

「紀愛卿，眼疾痊癒了吧？」

紀曉嵐連連磕頭謝恩。

紀曉嵐退出宮來，將藹雲、卉倩二人帶回家中，他在宮中奉旨納妾的事，早已傳到家中，馬夫人與原先侍妾等多人，也會做現成人情，歡天喜地迎接兩位新人。那藹雲、卉倩早已討厭了宮中的孤寂歲月，能有這樣的家庭，心中慶幸不已。於是一家大小，團團美美，相安無事。

紀曉嵐的友好，以及修纂《四庫全書》的同事，都趕來賀喜。有送禮物的，也有送賀詞賀聯的，這一幫文人，趕上這樣的機會，自然以文字自譴，諸多不綴。單說王文治送的一幅《浪淘沙》，寫的是：

昨夜遇神仙，
天賜姻緣。
分明醉裏亦醒然。
今宵做得同床會，
連舉烽煙。
眼疾已癒痊？
卿卿相憐？
兩柄快斧砍連連。
傳與春帆紀學士，
此是鹽壇！

乾隆老頭

《四庫全書》如此卷帙浩繁，其編纂期間的校勘工作，當然頗費周折。

在乾隆四十三年，乾隆初覽進呈的部分抄本，發現訛誤很多，遂於五月二十六日批諭：「進呈各書，朕信手抽閱，即有訛舛。其未經指出者，尚不知凡幾？既有校對專員，複有部校、總裁，重重複勘一事經數人手眼，不爲不詳，何竟漫不經意，必待朕之遍覽乎？若朕不加檢閱，將聽其訛誤乎？」

從此以後，校勘考核更嚴，經紀曉嵐複勘文津閣的藏本，本出謄寫錯落字句，偏謬之書各六十一部。漏寫《永樂大典》三部，漏書遺書八部，繕寫未全者三部，坊本抵換者五部，文字舛誤者一千餘條。

其他六閣的藏書，自然會有此類情形。事實上這麼多的書，訛誤之處在所難免。早在編纂之初，紀曉嵐就意在避免差錯，嚴格校對，處罰出現差錯的纂修官和各處人員，時時有之，但防不勝防，屢屢出錯。紀曉嵐親自查問，各纂修官推諉處分，不肯承認是自己的差錯，儘管冊簿記著某人負責某書，也不肯承認，說是：記錄簿記錯，張冠李戴了。紀曉嵐便也作罷，不再硬逼。他在牆壁上題了一首詩：

張冠李戴且休談，
李老先生聽我言。
畢竟尊冠何處去，
他人戴著也銜冤。

再說那些校勘官，爲給皇帝拍馬屁還出了不少事故。那就是在進呈御覽的書中，每一頁的頭一個字，故意寫成錯字，留待乾隆校閱指斥，好讓皇帝顯得聖明。如果錯字沒有被乾隆發現，那麼就成爲御定之本，即使校勘的官員發現，那也不敢改正了，這眞是荒天下之大唐！

也難怪事與願違，拍馬屁拍得太不是地方了。皇上發現僞謬如此眾多，龍顏大怒，責令重爲校正，因此負責校勘的官員，受到處分的人次，爲數眾多，也是罪有應得。

總校官陸費墀，受的處分最重。文瀾閣、文匯閣、文宗閣三閣藏書的面頁、木匣，皇上責令由他出資裝治。有了經濟制裁還不算，仍下吏議奪職。這下更麻煩了，不久陸費墀便在憂愁之中死去。這時皇上又下令籍沒陸費墀的家產，只剩下千金，用來贍養妻子兒女，其餘的全部作爲三閣藏書的裝治之用。陸費墀，字丹叔，複姓陸費，浙江桐鄉人，乾隆三十一年進士，改庶吉士，授編修，充作《四庫全書》的總校官後，像紀昀、陸錫熊一樣，接連升遷，初擢侍讀，累遷禮部侍郎，但因校書一事，落得個家破人亡。

陸錫熊與紀曉嵐同爲總纂官，雖然沒有取得紀曉嵐那樣大的成就，但受到的處分卻不比紀曉嵐輕。皇上諭命將《四庫全書》「重爲校對」，此番的繕寫之費，「責錫熊與昀分任」，陸錫熊掏了大部分，紀曉嵐拿小部分。又詔令陸錫熊去奉天，校正文溯閣藏書，沒等校書完工，陸錫熊便命歸黃泉，死在了奉天。

總纂、總校幾人中，最幸運的還數紀曉嵐。承上詔諭特准免議，但他身爲總纂，在責難逃，就讓他出點錢了事。直到七閣《四庫全書》全部告竣時，紀曉嵐的官職已升至禮部尚書。這當然是因爲與他受命纂改遺詔有關。但皇上深知他勤勉於事，編纂、校正不辭勞苦。

那年夏天，乾隆到總纂處巡視，幾乎出了大事故。

盛夏天氣，一絲風也沒有，空氣像窒息了一樣。圓明園裏的青枝綠葉都給曬蔫了，鳥兒熱得不敢張口啼鳴，宮女太監不論在殿內、殿外，都汗流如雨，手中的扇子不停揮舞，但扇出的風並不涼爽，熱乎乎的，熱扇越流汗。乾隆帝在宮中，雖然有人服侍，扇子不停地扇著，仍然感到悶熱難耐，深悔此年因朝事耽擱，沒有去熱河，這一夏天只好硬頂過去了。

這天午後，乾隆在圓明園清曠樓後面的「澡身浴德池」內洗了澡，想起到南書房看看，巡視一下《四庫全書》的校勘情況，帶上兩個侍從太監，在樹蔭下東繞西轉，來到了南書房，這時雖天近黃昏，但暑氣仍然很熾，剛洗過澡的乾隆，也已是大汗淋漓了。

這時紀曉嵐正忙著伏案疾書，因爲他從年輕時就怕熱，雖然這幾年身子削瘦了許多，但仍然容易出汗。他看今天在場的陸錫熊等人，都在一起共事十多年了，日常調侃慣了，也不介意什麼，就乾脆脫去了上衣，把辮子盤在頭頂上，光著膀子做起事來。正聚精會神忙得起勁，忽然聽到門口有太監「喻喻」幾聲喝道的聲音，知道皇帝來了。

那幾位翰林見皇上駕臨，都急忙從座位上站了起來，低著頭候著。紀曉嵐這回傻眼了：如果赤背接駕，那是對皇帝失禮不尊；但當下穿衣接駕，衣服掛在書房的另一頭，已經是來不及了，離身邊不遠正是排書櫥，他靈機一動，立刻將身一閃，躲到書櫥後邊去了，想等乾隆走了，他再出來。

其實，乾隆進門時，已經看到了紀曉嵐，見他光膀子，閃到後面迴避，也沒有怪罪的意思。

那排書櫥不高，紀曉嵐又是高高的個子，如果他直立在那裏，那他的頭就會露出來。更何況這時，他的辮子盤在了頭頂上，顯得高些，便只好蹲在了那裏。這一切乾隆心裏清楚。匆忙之間，乾隆想開開紀曉嵐的玩笑，就故意在這裏多停留一個時辰，讓紀學士在那裏好好地多蹲一會兒，讓他品嘗一番，看那蹲藏又悶又熱的滋味，是好受還是不好受！

乾隆同陸錫熊等人說了一會兒話，又察問了編修進展情況，便吩咐翰林們各自落座，只管忙自己手中的事，自己卻笑吟吟地在書房裏走動，東看看，西看看，不時地向紀曉嵐所在的地方看上幾眼，心中暗自好笑。

紀曉嵐蹲在那裏，悶熱難耐，汗流如雨。約莫過了半個時辰，聽聽沒有皇上的聲音，便從書櫥的一側探出頭來，向陸錫熊問道：

「老頭子去了？」

屋裏的人聽了暗吃一驚，誰也不敢答話。

乾隆故意問道：「誰在那裏講話？」

紀曉嵐聽出是乾隆的聲音，趕快回答：

「微臣紀昀，在此給皇上叩安。」

「爲何不出來？」乾隆不動聲色。

「適才室內悶熱難耐，臣最畏暑熱，故而寫字時脫去衣服，赤身露體，不敢見駕。」

乾隆說道：「恕你無罪！快出來說話。」

紀曉嵐早在那裏憋悶夠了，便起身出來，跪在地上叩頭，渾身汗珠直往下淌。人們看了暗暗好笑，但又不敢笑出聲來。

乾隆說道：「天熱難耐，赤臂修書，朕不怪罪。你剛才說的『老頭子』大概是給朕起的綽號吧？」

紀曉嵐跪著沒有答話，乾隆接著說道：「你是內閣學士，肚子裏是不空的；如今且把『老頭子』三字，給朕講解清楚。若講得不差，便恕你無罪。」

紀曉嵐雖然當著眾人，對皇上畢恭畢敬，但畢竟是和皇上親近慣了，但大膽地說道：「陛下莫惱，且聽爲臣解說。『老頭子』三字，是京中喚皇上的通稱。實爲尊敬之意，並非微臣給聖上起的綽號。」

紀曉嵐抬頭看皇上，乾隆正不動聲色地坐在椅子上聽著，便接著說：「我主爲天下有道明君，臣民皆呼萬歲，這不是『老』嗎？皇上是萬民之首，『頭』也。」

聽了他這幾句話，乾隆已面露喜色，捋著鬍鬚問道：「那麼，第三個字呢？」

「皇上又稱天子，天之『子』也。三個字連在一起，就是『老頭子』，這是尊敬皇上的稱呼，並不是誹謗皇上的綽號。」

乾隆聽罷，忍不住「哈哈哈」大聲笑起來。

倒背皇曆

紀曉嵐領修四庫，遍讀天下群籍，使他成爲儒林的一代宗師，確實是受益匪淺，同代人概莫能及，他也是中國歷史上少有的通儒。同朝文士，無不對他肅然起敬，他自己也誠然不客氣，曾自豪地誇耀可以稱得上「無書不讀」了。

這話傳到了乾隆皇上的耳朵裏，乾隆問道：

「紀愛卿，你學問淵通，舉世無雙，有你這樣的朝臣，朕非常欣慰，朕來問你，還有什麼書沒有讀過？」

跟皇上親近慣了，紀曉嵐也不再故意謙虛了，只老實地說道：

「回奏萬歲，臣似乎無書不讀。」

好嗎，這話果然是從他口中說出來的。乾隆心中不悅，於是說道：

「那好，明日朕讓愛卿背一部書。」

一聽這話，紀曉嵐愣了，自然一時不愼，說了過失之語，這不是捅了漏子嗎？天下這麼多書，縱使記憶力再好，也不能全背過呀？眼前常用的書，還能背得一字不錯，但以前背過的書，時間久了，難免有差錯，那樣就要犯欺君之罪了。皇上考問，當然也是常見之書，但這一部分，就誰也保證不了卷卷背誦如流。雖然皇上是有意爲難，但對這當代君王，哪能有旨不遵？紀曉嵐越思越想，不知如何是好。

回到家中，將此事說與杏仁。杏仁心裏替他著急，並替他猜測起來。不時地問起，會不會背這部？會不會背那部？她雖然來到紀家以後，讀了不少的書，在當時的女性當中，已是很有學問的人，但與紀曉嵐比起來，她讀的那些書，畢竟太有限了，簡直是萬不及一。但是，紀曉嵐見她那關切認眞的樣子，心裏更加喜歡她了。

儘管紀曉嵐不斷地點頭，杏仁還是不斷地問著。忽而看到書架上的那部《皇曆》，就是杏仁常翻的那部，想起從來沒見老爺動過這部書，便問道：

「那麼，老爺念過這部《皇曆》不？」

一下把紀曉嵐問愣了，他確實沒看過，笑一笑，說道：

「我又不推卦占命，擇吉日良辰，念那東西幹什麼？」

「《皇曆》也是書啊！你常說無書不讀，如果皇上讓你背，你說它不是書行嗎？」

紀曉嵐聽杏仁講得有道理，就把《皇曆》拿過來翻了一遍。

事有湊巧，就在這天晚上，宮中的一個太監，聽說皇上要考紀曉嵐，很關心這事，太監是受紀曉嵐捉弄過的，很想讓皇上給紀曉嵐來個下不了臺，正可解解心中的積怒，便去提醒皇上，要皇上變變法，讓紀曉嵐這回出出醜。

乾隆這時也在考慮此事，遂說道：

「紀曉嵐敏而好學，過目不忘，經、史、子、集，都是難不住他的，朕想他不可能看《皇曆》，這種書對他沒多大用處，這有可能難住他。」

太監聽著皇上的主意高明，連稱萬歲爺辦法巧妙。

第二天早朝罷後，乾隆留下紀曉嵐背書，在場的幾位大學士興致很濃，都想看看紀曉嵐能否通過這場「殿試」，人們猜想，天下書籍，浩如煙海，難道你全讀過！這回紀春帆有你難看的了。

這時殿內悄然無聲，皇上在御座上看出紀曉嵐雖然表面鎮靜，但怎麼也掩飾不住有些緊張，皇上心中頗有幾分得意，皇上久久不語。紀曉嵐看著，也只得耐心等待。過了多時，終於乾隆開口講話了。

「紀愛卿，幾十年來，你勤學不倦，經、史、子、集，宮中秘籍，藏家珍典，你確是披覽無遺。今天你將朕提的書背誦下來，朕便賜你『無書不讀』四個字，你看如何？」

「微臣紀昀，恭聽聖上賜教！」

紀曉嵐說著心中有些著急，不知皇上到底提的是哪部書，一顆心像十五個吊桶，七上八下，忐忑不安。

乾隆捋著鬍鬚，一笑說道：

「那麼，你就把六十年的《皇曆》背上一遍，怎麼樣？」

聽到這裏紀曉嵐立刻安定下來，心裏感激杏仁，多虧她昨晚提醒，今日果然是背《皇曆》，眞是太巧了！

紀曉嵐面露喜色，十分流暢地背誦出來，而且皇上提到哪年，他都詳細對答。乾隆又讓他倒背一遍，他亦如初。皇上看這次又沒能難住他，心中倒也高興，說道：「呵呵呵呵，愛卿眞可謂是『無書不讀』啊！」

於是，紀曉嵐倒背《皇曆》的趣事，在世間廣為流傳。

巧罵太監

乾隆十九年(一七五四年)甲戌殿試過後，紀曉嵐以文學優長而進士及第二，被授予爲翰林院庶吉士。成了重要的京官。

翰林院同僚們都知道紀曉嵐善對聯對，因此時時互相用對聯戲謔對方。當然無人能勝過了紀曉嵐。這年冬天，正逢紀曉嵐在南書房當值，一位太監總管走進來。他聽人談論新科翰林、河間府的紀才子，便走到紀曉嵐身邊，上上下下地打量起來，看他身材魁偉，英俊漂亮，不像人們傳講的詼諧滑稽的樣子。但看他身上穿著皮袍，手裏卻拿著一把摺扇，這是當時文人的一種雅好，不少風流學士都是這樣，本來不足爲奇，但大冬天的，這手裏的扇子沒有實際意義，想來也確有些好笑，便向前衝紀曉嵐笑一笑，著南方口音說：

小翰林，穿冬衣，持夏扇，一部春秋曾談否？

紀曉嵐聽了總管的話是一副對聯的上聯，看看自己的裝束打扮，也覺得有些滑稽，怪不得老總管同自己開玩笑。但他慣於戲謔別人，哪裏肯讓別人耍笑？正要找碴兒回敬一下，忽然明白這老太監是給自己出了一聯，裏面嵌了春、夏、秋、冬四季之名，心想這老傢伙肚子裏，還有點兒墨水，好，看我怎麼回敬你！想到這裏，站起來作揖施禮，笑著說道：

老總管，生南方，來北地，那個東西還在麼？

南書房裏立刻爆出一陣轟堂大笑。人們看著老太監，肚子都笑疼了。老太監這時哭笑不得，十分難堪，苦笑著指點幾下紀曉嵐，口中卻沒有說出什麼話來，落了個自討沒趣，悻悻而去。房中的幾個人議論說，這副對聯對得眞是太妙了。

這事在宮中一傳，可惹下了那一幫太監了。太監們都喜歡紀曉嵐博學多才，笑料無窮，每次碰到他，都纏著不放，不是出對聯找他對，就是讓他說笑話。

那天紀曉嵐正忙著起草文稿，兩個太監進來找他，說有個對聯找他對，紀曉嵐又氣又樂，心想，你們也不分個場合！口中說道：

「我正忙著，等吃飯時再對吧！」

兩個太監纏著不走，紀曉嵐便說：

「快說吧，什麼對聯？」

榜上三元解、會、狀。

太監的上聯將解元、會元、狀元的「元」字去掉了。

紀曉嵐看看他倆，一本正經地說：「這有何難，聽好了下聯。」唸道：

人間四季夏、冬、秋。

說完，扭過頭去又忙起自己的事來。

另一個太監問道：

「你既然說『四季』，怎麼沒有春呢？」

紀曉嵐笑嘻嘻地說：

「請吧！請吧！你們回去想想。」

兩個太監站著不走，紀曉嵐衝他們擠眼說道：

「為何沒有春，你們心裏最清楚呀！」

兩個太監恍然大悟，禁不住笑起來，紅著臉走了，同房當值的文人們，仍然「嗤嗤嗤」地笑個不停……

紀曉嵐鬧的笑話越來越多，很快便在京中傳得沸沸揚揚。親友們為他的戲謔無常很擔心，唯恐他說話傷人，惹出一些不必要的麻煩，便都勸他要謹慎從事，在宮中說話不可造次，尤其是馬氏夫人，常將勸他的話掛在嘴邊，紀曉嵐聽著在理，便設法擺脫太監們的糾纏。

可是那天剛進宮門，就被太監攔住了，非要他講個笑話再走不可。

紀曉嵐急忙推辭：

「不可，不可。今天我有急事，耽擱不得！」

三個太監圍著他不依不饒。一個說：

「你別耍滑！總說有事來推託，好久沒聽你的笑話啦。這次不把我們幾個說笑了，你就別想走！」

紀曉嵐見不講不行了，就說道：

「我講我講。有一對夫婦，生了三個兒……」

說到這裏，他把話停下來，一聲不響盯著太監們。

「三個兒，下邊呢？」

「下邊還有什麼？」

紀曉嵐一本正經說道：

「下邊什麼也沒有！」

太監們哪裏肯依他，便催促說：

「這哪兒能叫笑話兒！沒把人說笑，你接著往下講！」

「下邊沒有了不行，不放你走！」

「下邊怎麼沒有了？」

紀曉嵐微微一笑，口中說道：「下邊就是沒有了，你們自己摸摸……」說著拱手告辭。

「啊？……」

太監們一愣，繼而明白過來，是紀才子又把他們耍笑了。待要拉住他，他已經匆匆遠去。

巧製燈謎

這一年春節過後不久，朝中傳出聖旨，乾隆皇帝要元宵觀燈，詔令文武大臣要廣製燈謎，擇優行賞。於是，京城裏的文人學士們挖空心思，爭奇鬥豔，一時創作了許多佳作，一下子把燈謎這種民族文化形式，推向了巓峰，被後世傳爲佳話。

元宵之夜，紫禁城內懸燈掛彩，燦爛輝煌。大的小的、圓的方的、紅的綠的，各式各樣的彩燈交相輝映，眞是五彩繽紛，琳琅滿目。大學士劉統勛等幾位大臣，簇擁著乾隆皇帝走到殿外，觀賞群臣們敬獻的彩燈。宮中燈火照耀，天上群星閃爍，滿月的光輝如銀似玉，君臣們越看越高興，眞是美不勝收。不覺走出太和門，來到大清門，見一具彩燈做得精美異常。乾隆走到近前觀看，見彩燈上貼著一副謎聯，註明上下聯各射一字。乾隆看著不停地搖頭，雖然很喜歡這副謎聯，可就是猜不出是哪兩個字。劉統勛等人也湊到跟前，只見上面用工整的小楷寫道：

黑不是，白不是，紅黃更不是；和狐狼貓狗彷彿，既非家畜，又非野獸。
詩也有，詞也有，論語上也有；對東西南北模糊，雖是短品，也是妙文。

大臣們讀完這副燈謎，立刻收斂笑容，皺起了眉頭——他們都被難住了。此時，誰也不敢在皇帝面前多說一句話。

乾隆是中國歷史上很有才華的風雅皇帝，既喜歡作詩填詞，又喜歡對句猜謎。這時在一班大臣跟前，哪裏好意思講自己猜不出來，便叫身邊的大臣猜射。這幾位老臣看看想想，想想看看，只是搜腸刮肚，絞盡腦汁，搖頭晃腦地猜來猜去，仍然不知所云為何。

乾隆看大臣們也都猜射不中，問起是誰製的燈謎。身邊的侍臣趕忙回稟，是翰林院庶吉士紀曉嵐。

乾隆一時想不起這位年輕俊才，劉統勛便趁機誇獎他的得意門人。劉統勛是紀曉嵐的座師，當年正是劉統勛在順天鄉試主考時將紀曉嵐錄取為頭名舉人即「解元」，眼下劉統勛一提這件事，乾隆更是高興，誇獎這獻縣的紀曉嵐，果然是個卓越之才，立刻傳出聖旨，要紀曉嵐回稟謎底是哪兩個字。

這時，紀曉嵐在家中，正和妻妾們歡度元宵之夜。忽然府中響起宣紀曉嵐接旨的喊聲，紀府上下頓時緊張起來。紀曉嵐不清楚發生了什麼事，誠惶誠恐地跪接聖旨。聽宣旨的大臣讀完聖旨，紀曉嵐的心裏，也才像一塊石頭落在了地上，趕快奏明謎底是「猜謎」二字。

大臣回宮覆旨，紀府復歸平靜，一家人又跟著虛驚了一場。

乾隆聽完回奏，立刻茅塞頓開，靜靜想來，確實無可挑剔，向劉統勛誇讚起來，說這位年輕翰林的才學，當不會在他的座師之下。劉統勛也說他的門徒乃是一位奇才，青出於藍而勝於藍啊！次日，紀曉嵐接到了乾隆皇帝的賞賜物品，一家人欣喜異常。這件事很快傳遍了京城。

時隔不久，紀曉嵐當值南書房，忽聽侍衛大臣宣旨，要他覲見皇上，心中又驚又喜。這是他入翰林院以來，第一次被乾隆召見，心裏有些惴惴不安。紀曉嵐慌慌張張地隨侍衛大臣來到乾清宮西暖閣，施過君臣大禮，恭恭敬敬地站在下面，等待皇上問話。

皇上看他高高的個子，眉目清秀，確實是一表人才，想到他那副謎聯，心中更加喜愛，一時多看了幾眼，沒想到紀曉嵐竟侷促不安地窘出一頭汗來。紀曉嵐見皇上不說話，只是上上下下地打量自己，心裏不住地咚咚直響，不明白皇帝爲何召見。

原來，乾隆這天在西暖閣讀書，忽然想起了以聯語驚人的紀曉嵐，便要當面試試這位才子的學問，讓他來對對幾個句子，於是將他召來覲見。

乾隆見紀曉嵐初次見面，不免有些緊張，就先給他出了一個簡單些的對聯，要他來對，乾隆出的上聯是：

孟子致爲臣而歸

這是《孟子．公孫丑》上的一句話，紀曉嵐早已爛熟於心，所以對得非常迅速，用的也是《孟子．公孫丑》一篇上的句子：

伯夷非其君不事

讓人聽著似乎是信口說出，不假思索，而且對得非常工穩。乾隆點頭，微微一笑，心裏越發喜愛這位青年文士。

這時殿前侍衛稟告，幾位大臣入宮奏事，乾隆便揮手示意紀曉嵐退下。

紀曉嵐退下以後，乾隆覺得興致未盡，心中想到，下次再好好地考一考這位紀才子。事有湊巧，幾天剛過，乾隆到南書房讀書時，當值的人中正有紀曉嵐。乾隆先是忙著沒時間去給紀曉嵐出題，想等手頭事忙完再說，不想紀曉嵐站到御案旁愣愣地看了片刻。

乾隆抬頭看看紀曉嵐，原來他是看桌上的那塊玉玦。這是一位大臣獻進宮來的。玉玦雖較一般的小些，但細膩圓潤，晶瑩剔透，上面又刻上了王羲之《蘭亭序》全文，更是精美異常。乾隆十分喜愛，經常帶在身上玩味。紀曉嵐在皇帝御案旁侍候時，一眼看到這塊玉玦，心中倍感珍奇，忍不住多看了幾眼，只可惜字太小了，非湊到眼前看不清楚。那玉玦十分可愛，使紀曉嵐忘記了御前的種種禁忌，低頭端詳起來。

乾隆說道：「紀愛卿，你愣著爲何？」

紀曉嵐趕忙回過神來，回答皇上的問話：「聖上的玉玦，精美絕倫，忍不住多看幾眼。爲臣該死，望聖上恕罪！」

乾隆微微一笑說道：

「這玉玦你喜歡嗎？」

「爲臣不敢！」

「哈哈哈，」乾隆笑著說：「朕出一聯，你若能對上，朕便將這玉玦，賞賜於你。」

紀曉嵐趕緊跪下磕頭：「謝主隆恩。」

乾隆撚一撚鬍鬚，然後將玉玦拿起來，指了上面的一句話，紀曉嵐仔細看看，這是十一個字：

此地有崇山峻嶺，茂林修竹

他抬頭看看乾隆，答出下聯：

若周之赤刀大訓，天球河圖

乾隆聽著非常高興，聽他對的是《尚書》中的一句話，被他信手拈來，卻莊重得體，遂將手中的玉玦，賜給了紀曉嵐。

紀曉嵐謝過皇上，馬上被當值的學士們圍起來，爭著傳看玉玦，個個對紀曉嵐豔羨不已。

此後，紀曉嵐常常被宣召入宮，漸漸得到皇上的寵愛，遠遠超出他這時的身分地位，一名小小的庶吉士，便得到了這樣的殊榮，爲同僚們羨慕之極。

以後數十年紀曉嵐一直深得乾隆皇帝的寵愛，實則是紀曉嵐幾次妙聯句贏得而來。

逆挽妙詩

紀曉嵐奉聖旨出任福建提督學政。這一天他到了汀州按試童生。閒暇無事，紀曉嵐在汀州城中微服私訪。紀曉嵐走到城西的碧雲茶樓，紀曉嵐見二樓的陽臺上寫有「以文會友」的字樣。他停在下面細聽，樓上人語紛紛，喝彩聲不斷。紀曉嵐猜想是文人在此聚會，想起自己當年在文社與諸友唱和的情景，不由得心裏癢癢。心想我何不登樓一觀，看看這南方文友相會是什麼場面，他們的才學到底如何。

想到這裏，紀曉嵐邁步登樓。見十幾位文人學士正在這裏吟詩作賦，四周牆壁上掛滿了他們的詩文書畫，紀曉嵐要了一壺茶，靜靜坐到一個角落裏，慢慢喝著茶，聽著文士們的高談闊論，觀看牆上的詩詞文賦，覺得這些人的談吐和詩文沒有什麼高雅之處，與他們瀟灑的裝束打扮相比，簡直有些金玉其外，敗絮其中。

這時有人發現紀曉嵐，看他也是一副斯文打扮，便上前詢問。紀曉嵐只稱自己是經商到此，不敢通報姓名。

座中人聽他是北方口音，頓生捉弄之意，有人說道：

「貴客適臨敝會，實是增輝不淺。但余等有約在先，與會者必須吟詩一首，以助雅興。」

紀曉嵐連忙推辭：「不敢，不敢。敝人才疏學淺，作詩更非所長。」

眾人一聽，越發不肯放過，你一言我一語，要他作詩一首，方許下樓。紀曉嵐裝作十分爲難的樣子說：

「既然諸位不肯見諒，只好獻醜了。」於是提筆寫道：

「一爬爬上最高樓。」

眾人一看，這哪裏叫詩呢？都譁然大笑，要他繼續作下去，他裝出思索的樣子繼續寫道：

「十二欄杆撞斗牛。」

大家看了，認爲這句還可以，頗有詩意。有人卻懷疑，這不定是從什麼地方抄記下來的詩句，這會兒用上了。這時，紀曉嵐抬起頭來，看看大家，十分爲難地說：

「諸位見諒！我這人有怯場的毛病，有人看著就寫不出來，諸位可否暫避一下，讓我把詩句寫完。」

大家不由笑得更歡了。爲了繼續取笑，還是同意了他的要求，便躲到一旁，不再看他，等他寫出後面的詩句。

紀曉嵐這回筆走龍蛇，眨眼間寫完後面兩句，擲筆於案，轉身下樓揚長而去。

眾人轉身看時，他已經不在，看到案上已寫好的兩句詩是：

紀昀不願留名姓，

恐壓八閩十二州。

這些人都被這兩句驚呆了，原來是宗師大人到了！想起剛才奚落的話語，眾人驚恐不迭，跑下樓來，欲要賠罪，早已不見蹤影。

這不僅是紀曉嵐的職位特高，更重要的是他這詩的作法特妙，這叫做「逆挽法」，起得平平，而把驚人之句放在後面。沒有很高的文化修養是作不出來的。眾文士們只有望詩興歎了。

御前改詩

紀曉嵐侍駕微服私訪回到北京後，轉眼到了這年除夕，北京城內萬戶張燈，千家結彩，一片昇平景象。東西長安街上，鞭炮鳴如雷震，焰火五彩繽紛。

乾隆一時高興，命人把紀曉嵐叫來，共度佳節，君臣登上天安門城樓，觀賞這良宵美景，確實別有一番情趣。

進得內廷，只見到處張燈結綵，一片通明，太監在寢宮前擺放了幾十盆寒梅，正傲寒綻蕾，十分俏麗，乾隆見了，雖然十分喜歡，但年華已逝的思緒縈繞未去，不由得感物傷懷，自言自語說道：「老翁秋枝看梅花，唉！青春已過。」這句話說出口來，乾隆靈機一動，便扭頭對跟隨在後面的紀曉嵐說道：「朕剛才吟出上聯，愛聊何不對之？」

紀曉嵐聽了皇上的自言自語，正想大年三十之際，必須設法讓皇上高興，現在聽到皇上要他屬對，便趕快思索。天空中焰火明滅，響聲頻傳，他立刻想出了下聯，隨即答道：「兒童側耳聽爆竹，噢！又是一年。」

乾隆聽了，覺得他的對句意境全新，充滿向上的喜悅和嚮往，不由得心中一喜，對紀曉嵐說道：「愛卿眞是錦心繡口啊！」

轉眼到了初夏，紀曉嵐在自己新製的扇子上畫了一幅畫，雖然畫時只是興之所至，信手勾勒，並未十分著意，但畫出來後，卻是難得的佳作。畫面意境開闊，層次分明，讓人賞心悅目，那起伏的山巒，白雲繚繞，遠接天外，山峰之間，一條溪水蜿蜒而下，氣勢磅礴。山中一座城郭，在周圍山勢的映襯下，更顯得壯麗宏偉。然而在遠離城郭的山野中，有一位牧童，橫跨牛背，吹奏著牧笛，悠然自得，別有一番情趣。

紀曉嵐這天到了宮中，侍奉皇上左右，乾隆無意間發現這一傑作，便問道這扇子爲何人所畫。紀曉嵐忙答是自己的塗鴉之作。乾隆接過去看了又看，感到這幅畫確非尋常，在這只小小的扇子面上寫出了壯美的山河，但看上面尙未題詩，便對紀曉嵐說，這是美中不足，要紀曉嵐題上一首詩，就是十分完美的上乘之作了，紀曉嵐正要題詩時，聽皇上說道：「你的畫可比王摩詰（王維），確是畫中有詩啊，依朕看來，用唐人王之渙的《涼州詞》，豈不正好和這畫相映生輝？」

紀曉嵐一聽，確是如此，沒想到自己的隨意之作，竟然得到皇上的喜愛，便欣然提筆來，在扇上補題一首王之渙的《涼州詞》：

黃河遠上白雲間，
一片孤城萬仞山。
羌笛何須怨楊柳，
春風不度玉門關。

可是紀曉嵐一時大意，將第一句「白雲間」的「間」字漏掉了。

乾隆見他寫完，拿在手中一看，就發現了這個疏漏，知道是他一時大意。如果添上這個「間」字，那麼這處敗筆就損害了畫面，心中爲之遺憾。轉而一想，這紀曉嵐尚未被朕難倒過，這次朕要看他如何回覆，便故意把臉一沈，厲聲說道：

「大膽紀昀，竟敢有意漏字，戲弄朕躬，這次定罰不饒！」

紀曉嵐不知錯在何處，連忙跪下說道：「爲臣不知何罪，乞萬歲爺明言。」

乾隆把扇子向地下一丟，說：「拿去看來。」

紀曉嵐拾起扇子一看，乃是丟掉「間」字，不由暗暗叫苦，不知這次聖上要處自己何罪，轉念一想，有了主意，就不慌不忙地奏道：

「萬歲爺息怒，臣怎敢戲弄聖上，臣在扇上所題，實是一首詞，本無丟漏一字，聽爲臣爲聖上讀來。」

紀曉嵐抬起頭來，高聲爲乾隆皇帝吟誦道：

黃河遠上，
白雲一片。
孤城萬仞山，
羌笛何須怨。
楊柳春風，
不度玉門關。

乾隆聽罷，覺得他這樣讀確也不錯，心想好個聰明的紀曉嵐，竟然想出這樣的花招！不過本意也只是爲了嚇他一下，取笑罷了，並非眞的要處罰他。乾隆見他如此滑稽，也就一笑而罷，賜他平身。

機智伴駕

紀曉嵐因自己出眾的才華大得乾隆皇帝的歡心，乾隆覺得有紀曉嵐在身旁伴駕便十分開心有趣。於是不時心血來潮，命紀曉嵐伴駕微服私訪。

這一天，乾隆又命紀曉嵐伴駕。

乾隆自己化裝成一個年長的道人，叫紀曉嵐也化裝成一個道人隨行。君臣二人頭戴九梁道冠，扮作雲遊道人，出城私訪。

天熱汗多，不大一會兒就口渴得厲害，便欲飲水解渴。

此時恰遇前面一戶人家，門庭若市，人來人往，熱鬧非常。詢問之後，知道這家三個兒子都官居鹽政，母親八十歲了，誥封太淑人，今天兒子正爲八旬老母慶壽。

乾隆打算進去喝茶，同時順便看一看，暗訪私查一下，看這三個做鹽政的兒子究竟是貪官還是清官。

既經打定了主意，乾隆便與紀曉嵐暗暗作了個商量，登門表示慶賀。

主人見來了兩位道長，氣宇不凡，倍加尊敬，連忙請入庭堂，盛情款待。

頓時，碗盤羅列，滿盈盈地上了一大桌，雖然是一桌素席，卻都是佳餚美味，其豪華不亞於皇親國戚。乾隆心想，這一家三個兒子，在任上不定貪污了多少銀子，才能這樣奢侈，不覺暗中有氣，但此時君臣二人的身分是道士，又以進門慶壽的名義來誆人家一頓飯菜，不好說些什麼，盤算著回朝以後派人查他一查，看是否果眞有貪污之罪。

飯菜已經用過，兩人還沒獻上壽禮，本來慶壽應該進門獻禮，但出城時除了皇上揣了一枚小金印，並沒帶其他東西。也覺得很爲尷尬，但問紀曉嵐準備怎樣送些禮品，紀曉嵐說：「給太夫人送上一副壽聯，豈不更佳？」

乾隆表示同意後，紀曉嵐叫來主人說明用意。主人十分高興，連忙備齊文房四寶，要年長的道士乾隆先題。

乾隆早已想好一副，這時也不謙讓，提筆寫出上下兩句：

八旬老太不是人，

三個兒子都作賊。

主人看這年長的道士太無道理，盛情款待一番，換回的是在眾多親友面前的污辱，頓時怒從心頭起，便欲吩咐家人將這兩個瘋子轟出去。眾人看了，也七嘴八舌鬧哄哄地責怪起來。

紀曉嵐看了，心裏明白，這是皇上故意給我出難題，他捅個漏子，叫我來收場。看看皇上，他正微微含笑地坐在椅子上不慌不忙，向紀曉嵐使個眼色，叫他說話來平息這個局面。

紀曉嵐也是不卑不亢，站起身向主人施上一禮，微微一笑開口講話：「諸位不必動怒，貧道這位道友專會取笑，是在同你們開個小小的玩笑，其實壽聯尚未寫完，每句只是寫出了一半。」

主人聽他如此說話，臉上顯得平靜許多，便催促他把壽聯寫完，紀曉嵐上前將紙壓住，右手提筆蘸墨，左手輕撫袍袖，在乾隆的兩聯下面各添一句話：「南海觀音下凡塵，天宮偷桃獻母親。」

眾人一看，變成了一副絕好的壽聯：

八旬老太不是人，南海觀音下凡塵；

三個兒子都作賊，天宮偷桃獻母親。

主人看了，轉怨為喜，連忙拱手謝過。

乾隆和紀曉嵐走到街上，兩人相視而笑，開心到了極點。乾隆心想，這紀曉嵐確實才高膽大，逢凶化吉，是不可多得的侍臣啊！如若換了別人，不知這齣戲該如何收場啦。

回到朝中，乾隆在寧壽宮花園的萃賞樓設下御宴，和幾個親近的大臣飲酒賞月，同消暑熱，在座的有董曲江、梁詩正、劉墉、紀曉嵐等人，都是近侍之高雅文臣。這場酒宴豐盛異常，山珍海味無奇不有，大臣們一個個推杯換盞，邊談邊飲，痛快淋漓。

正在歡樂之際，萃賞樓外忽然狂風大作，緊接著就是電閃雷鳴，一場暴雨頃刻間撲天蓋地澆落下來。

萃賞樓的門窗閉緊之後，閃電不時射入室內，雷鳴之聲不絕於耳。君臣幾人感到在風雨交加之夜宴飲，確也別有一番情趣，更添了幾分酒興。

乾隆聽著外面突如其來的風雨雷電，一時來了靈感，便向眾臣說道：「諸位愛卿，窗外的風雨，使朕十分動情，忽得一聯，諸位愛卿對之如何？」

在座諸臣連忙說：「請萬歲賜聯！」

乾隆把頭一揚，高聲說道：「朕的上聯是：『玉帝行兵，風刀雨箭，雲旗雷鼓天作陣。』」

眾人聽罷，一起叫好。這一聯氣勢磅礡，形象生動，非比尋常，是難得的詩句，眞不愧出自皇帝之口。梁詩正、董曲江等人，久侍乾隆，頗有與聖上唱和的經歷，知道乾隆好居人上，愛慕虛榮，不敢妄然出言，遂停下酒杯各自思考起來，羅鍋子劉墉雖只比紀曉嵐大四歲，但經歷豐富，閱歷深廣，比紀曉嵐顯得深沈得多。這時他想道：聖上此聯，非同尋常，若在氣勢上壓倒他，或者與他平行，就可能惹得皇上不高興，伴君如伴虎，一旦惹惱他，降下個犯上之罪，那還吃罪得了？如果以平常之句對之，就顯得自己無能無才，落下個別人笑話的話柄，不如藏拙爲妙！

這時乾隆正把目光落在劉墉劉羅鍋身上，劉墉感到無所適從，於是跪倒在地說道：「萬歲御聯，氣象齊天，爲臣才疏學淺，無詞以對，自願居下。」

乾隆聽完哈哈大笑，正巧這時紀曉嵐想出了對聯，在座中抬頭看著乾隆，等待機會說話，乾隆見他躍躍欲試，便向他說道：

「看來紀愛卿已經屬好對句，何不對來？」

紀曉嵐見皇上點到了自己頭上，便順口答道：「萬歲容稟，此聯可對：『龍王宴客，日燈月燭，山餚海酒地爲盤。』」

乾隆聽了，此句氣勢恢宏，不在出句之下，頓時心上生出不悅之情，只見他臉一沈，說道：

「紀愛卿，你好大的——」

乾隆想說「你好大的膽子」，「膽」字還沒有出口，早被紀曉嵐看出來了，不由得心中一驚，趕忙把話搶了過來：

「臣好大的肚子，您看我能吃能喝，像個酒囊飯袋不是？」

說著，紀曉嵐腆起了他的大肚子，把嘴一撇，做出一副滑稽可笑的姿態，把乾隆注意力轉移了，皇上和在座的大臣被逗得大笑起來。

紀曉嵐見皇上已經轉怒為喜，眉頭一揚，連忙解釋說：

「聖上為天子，風雨雷雲，任從驅遣，威服天下，臣乃酒囊飯袋，故視日月山海都在筵席之中，聖上神威齊天，為臣只不過是大腹便便罷了。」

經他這一番自我解嘲，乾隆感到幾分得意，轉而尋思，對此上聯，非此下聯莫屬。再說因對對而降罪，也顯得自己太無容人之量呀！便笑著說道：「紀愛卿，好大的才呀！」

彼此王八

與紀曉嵐生活在同時代且以文才齊名的是浙江錢塘（今杭州）人袁枚（西元一七一六至一七九八年）。袁枚字子才，號簡齋，乾隆四年進士，是清代大詩人，有《小倉山房集》、《隨園詩話》等七十多卷，對後世影響很大，筆記小說《子不語》等也是名噪一時的佳作。袁枚曾任江寧等地知縣，辭官後僑居江寧，一生長期生活在南方。他詼諧博學，詩才橫溢，文壇上將他與紀曉嵐合稱為「南袁北紀」。

這時期，袁枚尚在北方。曾被任命為紀曉嵐家鄉河間府的試官。臨行前對紀曉嵐說：

「紀學士屢言貴地文風高尚，這回可要領教啦！」

河間府是座古老的歷史文化名城，這裏人熱情好客，誠實友善。袁枚在這裏很受感動，主持府試時，生員們的文章也都做得很好，遠遠出乎袁枚的意料。袁枚臨走的時候，學員們將老師送到河間府北門外。眼看就要分手了，袁枚望著河間城裏的巍巍塔影，看著為他送行的人群，心裏很激動，於是對眾人說道：

「承蒙眾位厚待，不勝感激。我們做個對兒，留個紀念吧！」於是他望著城中的雙塔吟：「雙塔隱隱，七級四面八角。」

眾人都非常敬慕袁枚的文才，也是依依惜別的原因之一，臨別時都很激動，此時哪有心思屬對兒，所以沒有人當時對出下聯。袁枚也沒耽擱，便告辭而去了。走了一段之後，回頭看見送行的人還站在那裏，遠遠地向著他的車子揮手告別。

袁枚回到北京，見到紀曉嵐，紀曉嵐向他問道：

「敝地文風如何？此行親眼目睹了吧！」

「果然與別處不同，但是我出了個小小的對兒，竟然沒有人能對上。」袁枚開起玩笑來。

紀曉嵐問他怎麼回事，袁枚就把經過講了一遍，說他們只是搖手不語，表達慚愧之意。

紀曉嵐聽了大笑起來，袁枚忙問為何發笑？紀曉嵐笑道：

「袁大人，你這主考當得太糊塗啦，俗人說，『師傅不明弟子濁』，你不定取了些什麼樣的學生？」

袁枚不解其意。紀曉嵐說道：

「門生們早對上了，你這先生竟不知道。」

袁枚問：「他們對出了什麼，我怎不知？」

「他們向你舉手示意，就是對出的下聯。他們的答是：『孤掌搖搖，五指三長兩短』。」

袁枚佩服地說：「好啊，你真是隨機生詞，出口即是文章啊！」

袁枚本想借此事奚落一下紀曉嵐，沒想到讓他這樣逃脫了。轉而又生一計，向紀曉嵐一本正經地說：「在河間府，聽得紀姓聲譽甚好，貴族一定是戶大人多吧？」

「不錯，確是戶大人多，僅本支即有數百家。」紀曉嵐見他談起家常，隨口答道。

「既然人口如此眾多，但不知有當王八的沒有？」袁枚說完，笑嘻嘻地看著紀曉嵐。他這愛開玩笑的勁頭，可以說與紀曉嵐旗鼓相當。

紀曉嵐一聽也笑起來，心想這傢伙想拿我尋開心，不給你點厲害，你不知道辣椒是辣的。就將計就計，很隨便地答道：「樹林子大了，什麼鳥都有。這麼多人也許有哇！」

袁枚見這次把紀曉嵐噎住了，暗自得意，笑微微地看著紀曉嵐。不想紀曉嵐接著反問一句：「府上想來也戶大人眾吧？」

一聽這話，袁枚知他要反唇相譏，立刻謹慎起來，回答他說：「是呀，敝族也是人口繁多。」

「那麼多人，但不知有不當『王八』的沒有？哈哈哈！」紀曉嵐說著笑了起來。

這句話問得太刁啦，如說有不當「王八」的，那就是有也不多；如說沒有，那就都當了「王八」了。

這使袁枚無所答對，只是搖頭苦笑。最後自我解嘲地說：

「你這張嘴，確實厲害，半點不饒人啊！」

智鬥老財

紀曉嵐有個愛妾郭彩符是天津楊柳青的人。

郭彩符爲紀曉嵐生了個愛女，因而極受紀曉嵐看重。

這一天，郭彩符悲悲切切地對紀曉嵐說：

「老爺，我家有個老表舅父任木訥受地主老財王百萬欺侮，我舅媽也想不出好主意鬥贏王百萬老財主。求老爺你去爲我老表舅父想個法子出一口氣。」

紀曉嵐問道：

「你談談是一件什麼具體的事情吧！」

郭彩符便一五一十告訴了紀曉嵐。

原是王百萬雇了任木訥做長工，當初口頭說定了每年付一頭牛做雇工工錢。

但是任木訥給王百萬做了十九年長工之後，他老了，要回去安家過日子，王百萬卻改口說：

「我當初說了每年給你一斤油做工錢，你做了十九年長工，這裏十九斤油你拿走吧！」

任木訥急得目瞪口呆，但他一生木訥，說話不出，心想這十九斤油怎麼過日子，於是在家哭哭啼啼，唉聲嘆氣。

郭彩符的父母知道女婿紀曉嵐鬼靈精怪，點子多，就叫女兒來求紀曉嵐想個主意幫幫任木訥的忙。

紀曉嵐說：「好吧，我趁朝中節日休閒的機會到你老家那邊走一趟吧！」

這一天，紀曉嵐果然就到了楊柳青，他一直走到任木訥家，帶了任木訥到老財主王百萬家裏去。

任木訥一句話也說不出，只知道長吁短嘆哭喪著臉。

紀曉嵐便對老財主王百萬說：

「我是朝廷命官紀曉嵐，這位任木訥老人是我愛妾郭彩符的表舅父，他在你家做了十九年長工，承你給了他十九斤油做工錢。如今他想做些小本生意，只是還缺本錢，我以朝廷命官作保，向你借三兩銀子，利息多少，悉聽尊便。」

王百萬說：「有你紀翰林作保，這三兩銀子我借給任木訥，年息就算對本對利好了。」

借據很快寫好。

三兩銀子也很快拿了出來。

但是紀曉嵐並不領著任木訥走路，他反而對王百萬說：

「現在對本對利既然已有先例，那任木訥給你做了十九年工，你只拿了十九斤油做工錢，又不給利息，恐怕說不過去，我看還是先把這筆帳了結吧！」

王百萬於是又拿出十九斤油，說：「對本對利，再加十九斤油吧！」

紀曉嵐說：「你算錯了！恐怕還要添呢！」

王百萬想，再翻也翻不出二百斤吧，就說：「好吧，你算吧，算出多少我就付他多少？」

於是紀曉嵐拔起算盤：「頭一年，工錢一斤；第二年加利息一斤，工錢一斤，共是三斤；第三年本利相加，是七斤……老兄呀，十九個年頭，你共要給他五十二萬四千二百八十七斤油！」

王百萬央求道：「別算了，別算了，紀翰林，我情願還他十九頭牛的工錢。」

紀曉嵐說：「如按對本對利，要五十二萬四千二百八十七頭牛呢！木訥表舅，你饒了他的利息吧！」於是任木訥得了十九頭牛，有了十九頭牛，任木訥的晚年生活就過得有滋有味了。

兩句訴冤

紀曉嵐剛剛幫愛妾郭彩符的表舅父任木訥向老財主王百萬討回了公道，要回了任木訥做長工十九年應得的工錢十九頭牛，便和郭彩符一起到附近村頭去走一走。

紀曉嵐久居京城爲朝官，難得有閒空來鄉下欣賞田園風光，因此十分高興。

忽然，紀曉嵐聽見有一家人在哭哭啼啼，原來，這裏住著小夫妻兩個。男的叫邱八娃，長得五大三粗，討的婆娘趙氏可是嬌嬌俏俏、玲玲瓏瓏。這一日，他婆娘趙氏出去洗菜時被村上的大財主汪砍山撞見，扯著想調戲。他趙氏婆娘又氣又羞，大聲呼救。正巧，邱八娃趕到，他掄起鉢子似的拳頭，不消幾下，汪砍山就癱在地上動不了了。

這下惹了大禍，汪砍山仗著他在京城做官的兒子有權有勢，胡作非爲，村上的人個個恨死了他，但就是無可奈何。汪砍山吃了邱八娃的虧，豈肯罷休？他馬上派人去縣衙門擊鼓叫冤，說邱八娃行兇打人，妄圖謀財害命。縣太爺當即派差人傳邱八娃去大堂聽審。趙氏婆娘想到平時丈夫在家話都不會講，到了大堂，肯定是張口結舌，說不出個道理來。一時間小夫妻倆抱頭痛哭起來。

紀曉嵐聽完此事後鬍子直翹。他想了一會兒，吩咐找來筆墨，叫邱八娃伸出手來，每隻手掌上替他寫了幾個字，關照邱八娃說：「你到了大堂上，不管老爺問你什麼，你都不要開口，把左手舉起來，他若再問，又把右手舉起來，他要問是誰寫的，你就說紀曉嵐，保管你打贏官司。」說完，紀曉嵐帶著郭彩符走了。

話說邱八娃到了大堂，縣太爺驚堂木一拍：「你狗膽包天，竟敢欺到汪老太爺頭上！趕快從實招罪。」

邱八娃不作聲，舉起了左手，縣太爺一看，上頭寫著：「我妻有貂嬋之美。」

縣太爺繼續往下問，邱八娃又把右手一舉。縣太爺再一看，寫的是：「砍山有董卓之淫。」

縣太爺還算有點人性，心想，汪砍山這般無恥，怎能不被打？活該活該。一轉念，他京城的兒子要怪罪下來，我豈不丟了烏紗帽？眞是左右爲難。又一想，邱八娃絕對寫不出這兩句話來，必有高手在後。他狠狠拍了一下驚堂木，叫邱八娃講出是何人寫的。

邱八娃吞吞吐吐，嘴中花了半天才擠出三個字：「紀曉嵐。」

一聽這三個字，縣太爺直吐舌頭，一揮手，對邱八娃說：「好了好了，恕你無罪，快回家去吧！」

原來，縣太爺早就聽說紀曉嵐的聰明睿智的厲害，哪肯自找倒楣呢？就這樣，紀曉嵐憑兩句話替邱八娃伸了冤，打贏了這場官司。

智服巫師

事有偏巧，紀曉嵐陪著愛妾在天津楊柳青附近的村莊遊玩還沒有走，忽然小村裏來了一個巫師，被一個財主董太師請到家裏裝神弄鬼，說他是張天師的坐騎——神虎，來這裏替鄉親們消災造福。愚昧的村民很相信，都去求他劃符念咒，祛除窮鬼、病魔，一時把小村鬧得烏煙瘴氣，紀曉嵐知道此事後，氣憤不已，說：「我去治一治這巫師！」說完，紀曉嵐也扮作巫師來到村裏，一來就稱讚「神虎」「虎王爺」十分靈驗，「虎王爺」高興得像見老朋友似的，和紀曉嵐很是親熱。

一會兒，「虎王爺」問紀曉嵐平時什麼神駕附身，紀曉嵐隨口答道：「我乃張天師是也！」「虎王爺」大驚：什麼？自己只能當「張天師」的坐騎？在村民們面前只得裝成「神虎」的樣子，向紀曉嵐叩頭請安。

紀曉嵐說：「這次我是來捉拿妖怪的，虎將軍——」

那巫師老老實實地答道：「在！」

紀曉嵐一把將他按倒在地，一抬腳上了「虎背」，揮著一把劍喝道：「妖怪哪裡逃！咳！神虎聽令，天師要奮起直追妖怪啦！」「神虎」只得聽從「張天師」的話，他指向哪裡，就馱著他往哪裡爬。

他們來到一座山崗下，紀曉嵐喝令「神虎」往上爬，那巫師沒法，只得硬著頭皮，背著紀曉嵐向山崗上爬。紀曉嵐故意將腳夾得緊緊的，那巫師簡直喘不過氣，膝蓋和手掌被亂石磨出血來，痛得他呲牙咧嘴，哪裡有一丁點虎威？活像一個大烏龜，慢騰騰一步一挪，爬到山崗上，累得他滿頭大汗，臉色慘白，一屁股坐在一塊大石頭上，再也動不了了。

紀曉嵐卻不放過他，用劍指著一塊地說：「妖怪已經鑽到地裏去了，神虎，快挖！」那巫師不敢不從，「撲通」趴倒在地，用手去挖土，手指弄得鮮血淋漓，才在地裏挖出了一個窟窿，可是眞怪，裏面竟有四隻死老鼠，紀曉嵐一本正經地說：「這些妖怪原來是老鼠精，現在已經死了，神虎，你給我吃下去！」

「啊？」巫師見那腐爛發臭的死老鼠，心裏直想吐，他求饒道：「主人，這就免了吧！」

紀曉嵐臉色鐵青：「呸！你這畜牲竟敢違背本天師的命令！想當初，本天師命你吃千年毒蛇你都沒二話說，今天區區小鼠妖魔，你怕什麼？還不快吞下！」

那巫師連連磕頭道：「弟子並無神駕附身，我是假冒虎王爺來騙錢財的！」

紀曉嵐這才丟下寶劍說：「諸位，我也不是什麼『張天師』，我就是紀曉嵐，那四隻老鼠，是我事先埋起來的呀！千百年來，不斷有人裝神弄鬼，坑害了多少人啊！」

周圍的善男信女都愣了，都佩服紀曉嵐聰明機智懲凶頑。

巧治菜霸

天津楊柳青可能是得益於山青水秀吧，這裏一年四季都有新鮮蔬菜，每逢趕場天，附近大城市裡的小商小販都到這裏來車載船裝，生意十分興隆。但哪知道，這門生財之道，卻被外地來的柴生財看中了，柴生財仗著在縣衙門當師爺的舅子的勢力，開了一個菜行。每到逢場之時，他就控制場口，壓級壓價，強行收置四鄉農民的蔬菜，轉手以發橫財，而四鄉的農民卻被搞得叫苦連天。他們想要整治他，就是沒有辦法。可巧這一次紀曉嵐攜愛妾郭彩符到這裏探親來了，在家便找紀曉嵐想辦法，紀曉嵐一口應承了下來。

轉眼又是一個趕場天，柴生財的夥計、爪牙照常坐鎮四門，強收農民的蔬菜。不一會兒，就把一個菜行裝滿了。

這時，外面來了一個客人，自稱是縣老爺的內堂管家，要他們把今天這裏到的時鮮蔬菜，要各樣留幾斤給縣老爺送去。柴生財一看這人氣度不凡，談話時傲氣逼人，自己先就矮了三分，想到往後仰仗這人的時候多，特意用紅布包了五兩銀子，送給這位管家，要他以後多多照應。果然，這位管家收了銀錢之後，態度大變，還透露給他一個驚人的機密：縣老爺最近新討了一個姨太太，在縣城東街找了一個四合院別居。來人還給他出主意，要他每天借送菜的機會去請安，日後定有好處。柴生財一聽，歡喜非常，求他引見。這位管家馬上答應給他引路，找到那座四合小院，用後一指向他說：「今天初次見面，看來老兄很講義氣，兄弟我也幫忙幫到底。這送菜傳話的手續我就免了，讓你老兄單獨去進見。」等那位管家一走，柴生財急不可耐，提一籃時鮮蔬菜，從側門悄悄拱了進去。

他穿過一層內院之後，撩開竹簾，走進廂房去。哪曉得進屋抬頭一看，只見縣太爺老老實實跪在一個女人面前。縣官一抬頭就看到剛剛進屋的柴生財，一挺身站了起來，換了一個面孔：「咳！有什麼事呀？」

柴生財心中雖然暗暗好笑，臉上仍然不露聲色，趕快跪下，請安說道：「小民柴生財叩見老爺！」

縣太爺一本正經地說道：「有什麼事到外面說吧！」

哪曉得這柴生財跪在地上說道：「老爺在上，小民柴生財聽說老爺新得貴人，特備了幾種時鮮蔬菜，送給老爺和姨太太嘗新，還請老爺和姨太太賞臉收下！」

這話說了之後，只見那女人撲向縣太爺，又扯又抓，又哭又鬧：「好啊，你哄我像哄小娃兒一樣。現在，連賣蔬菜的都討好狐狸精了，今天是有她無我，有我無她，你給我交出人來，萬事俱休，如若不然……」說這話時，她又想去扯縣太爺的耳朵，一轉眼看到了還跪在地上發抖的柴生財，不由得咬牙說道：「事情壞就壞在你們這些拍馬屁、拉皮條的人身上——來人啦！傳老爺的話，馬上把這傢伙重責一百大板，趕出縣城！」

柴生財一聽，三魂嚇跑兩魂，才曉得燒香走錯了廟門：上面坐的哪裡是什麼姨太太，而是眞資格的七品夫人。他情知不妙，趕快跪向老爺叩頭求饒：「大老爺，小民柴生財實在是有眼無珠，不曉得夫人不是姨太太，姨太太不是夫人啊！」人一急，他說話更加語無倫次，也無疑是火上添油。縣官正一肚子氣無處放，一下全泄到了這個送上門的氣包身上。「蠢才，還要強嘴！快把他拉出去，照夫人說的重辦！」

原來這就是紀曉嵐在暗中設下的計謀，用這計謀把菜霸柴生財治服了，趕跑了。

智奪水井

紀曉嵐在鄉村爲窮苦百姓辦了許多好事，於是百姓們紛紛前來求紀曉嵐爲他們出氣伸冤懲霸道。

有個小鎮住著一個姓錢的大財主，他狡詐陰險，財迷心竅，外號叫「錢串子」。這個鎮子裏只有一口水井，泉水很旺。全鎮的人都要飲用這口井的水，錢串子見這口井座落在他家後院牆外，便在夜裏讓家丁偷偷地拆了後院牆，把那口水井砌到他的後院內，並寫了一張告示，貼在他家的大門上，上寫：「從今日起，凡長兩條腿的都不准進我家打水，違者罰銀十兩……」

第二天一早，人們一見到告示，肺都氣炸了，大罵起來。

於是人們都來請紀曉嵐去幫他們懲治這個「錢串子」。

紀曉嵐便對他們面授機宜，如此這般地說了一遍具體的奪井計謀。自己也化妝成一個農民跟他們一塊去了。

不多久，紀曉嵐領著村民，趕著自家的牛、馬、驢、騾、豬、羊，從四面八方聚攏來。牲口隊伍來到了「錢串子」家門外。化妝成老農的紀曉嵐敲門大喊：「開門呀，快開門！我們給老爺交租來了！」

大門開了，人們趁機揮鞭吆喝，門外的牲口發瘋似地擠進門裏。人們一直把牲口趕到後院，圍著水井，裏三層，外三層，牲口叫，人們喊，弄得滿院亂糟糟的，牲口糞拉得滿地都是，臭哄哄的。

錢串子一看，吼道：「誰讓你們進來的？沒看見大門上的告示嗎？」

紀曉嵐不慌不忙地說：「老爺，你的告示上寫的是不准兩條腿的打水，這些來喝水的牲口，可是四條腿呀！」

錢串子聽了，乾生氣沒辦法，爲了不讓牲口再進來糟蹋他的院子，只好又重新拆了牆，把水井砌到牆外。

以鞋抵帽

紀曉嵐一生爲官，難得到鄉下來一趟，這次有空來愛妾郭彩符所在天津郊外鄉下探親，便想到外走走，看看，遊玩遊玩。

這一天，紀曉嵐去鎭上趕集，看見一個十來歲的小男孩在哭，便問：「小兄弟，你哭啥？」

男孩哭哭啼啼地說：「哇哇，剛才，哇哇哇，剛才有人趁人擠，抓走了我頭上的新帽子。我的新帽子是三個錢才買的呢！哇哇哇哇！」

紀曉嵐和和氣氣地說：「別哭別哭，再哭也要不回你的帽子。你還認得你那一頂帽子嗎？」

小孩停住了哭泣，認眞地說：「認得認得！偷我帽子的人燒成灰我都認得。」

紀曉嵐說：「那你領著我到集上找找看。」

於是小孩帶著紀曉嵐在集市穿來穿去。突然小男孩一拉紀曉嵐襖襟，用手指著那個手中提著豬肉的人，說：「就是他！」

紀曉嵐就和小男孩在後面跟著。那個人買完了東西，就走進一條僻靜的胡同，紀曉嵐讓男孩在胡同口等著，自己緊走幾步追上去，冷不防從那人頭上把帽子摘下來扔到臨街的房上去了。那個人一愣，回過頭來，紀曉嵐沒等那人發脾氣，急忙抱歉地說：「哎呀，實在對不起。我看錯了人，想和一個熟人開玩笑，弄到你頭上來了。這樣吧，你蹲在牆根，我踩上你的肩頭，你再站起來，我就可以上房取下你的帽子來了。」

那個人說：「你認錯了人，把我的帽子扔房上去了。還讓我在下邊馱著你，挺沈的，我不幹。」

紀曉嵐說：「那我蹲在下邊馱著你吧。」說完蹲下身子，那個人把手裏的豬肉讓紀曉嵐提著，剛要往紀曉嵐肩上踩，紀曉嵐說：「老弟，你的鞋這麼髒。」

那人把鞋脫了，踩在紀曉嵐肩膀上，紀曉嵐站直身子，那個人就爬到房子頂上去了。

紀曉嵐見那人上了房，彎腰從地上揀起那雙新棉鞋，來到胡同口，把肉和鞋交給小男孩說：「這肉和鞋抵得你那頂帽子了吧！」

小男孩說：「抵得抵得！肉和鞋抵六個錢都不止！」

紀曉嵐和小男孩走了。

房子上那名竊賊，只有乾瞪眼看著了。

智鬥洋人

紀曉嵐智慧過人的故事傳到了天津天主教堂神父羅斯達夫耳朵裏。羅斯達夫認爲自己是舉世最聰明的人，他根本不相信紀曉嵐的那些智謀故事，公開提出要當面考問紀曉嵐一些問題，便親自找到了紀曉嵐。

紀曉嵐很樂意見這洋人，表現出不卑不亢的姿態。羅斯達夫問紀曉嵐說：「世界上什麼最高？什麼最低？什麼最甜？什麼最苦？」

紀曉嵐想：大山最高，窪地最低，蜂蜜最甜，黃連最苦，就是普普通通的小孩都答得上來的，太一般了，我要說有意義的。他想了一下便說：「世界上勞苦人的美德爲最高；世界上靠別人生活的人格最低；受苦人過美好的生活最甜；遭受殘酷的慘殺和壓迫最痛苦！」

羅斯達夫神父沒想到紀曉嵐的回答這麼聰明有智慧。就又說：「我還得問問你：世界上什麼最快？什麼最慢？什麼最堅？什麼最軟？」

人們在一旁聽完神父的考問，以爲紀曉嵐一定回答：馬車最快、牛車最慢、鐵石最堅、兔毛最軟。但紀曉嵐卻說：「世界上聰明人的思想像閃電，最快；世界上愚蠢的人辦事像蝸牛爬行，最慢；中國保衛家園驅除洋人侵略的意志最堅；受欺壓的人不敢起來反抗的最軟！」

羅斯達夫神父心裏想：沒難住他，答得挺圓滿，這回要再難不住紀曉嵐，可就要丟醜了。他絞盡腦汁想出了難題：『普特』稷子米能有多少粒？一匹老山羊身上有多少根毛？一座山上能長多少根草？一條大江能舀多少勺水？」

「普特」是俄羅斯古老的重量單位，西方洋人也普遍認同這種計算重量的單位。

紀曉嵐想也沒想，開口就說：「一『普特』稷子米有九千九百九十九粒；一匹老山羊身上有九千九百九十九根毛；一座山上能長九千九百九十九棵草；一條大江能舀九千九百九十九勺水。」

神父說：「這個數不對！」

紀曉嵐侃侃地說：「神父大人！上帝賜給了你智慧，你是最聰明最有學問的人，你認爲我說得不對，那請你親自去數一數！」

羅斯達夫神父這回啞口無言了，在眾人面前只好認輸，承認紀曉嵐最聰明、最有智慧。

巧辯群臣

紀曉嵐巧鬥洋神父羅斯達夫的故事傳到了乾隆皇帝的耳朵裏，乾隆皇帝有意對比一下紀曉嵐與朝中群臣的不同智慧水平，便在家中召集了所有文武官員問道：「什麼是好中之好的東西？什麼是壞中之壞的東西？什麼是短中之短的東西？什麼是寬中之寬的東西？什麼是窄中之窄的東西？什麼是直中之直的東西？什麼是彎中之彎的東西？」

大臣、學者們都爭先恐後地回答：「好中之好的是黃金，壞中之壞的是蛋殼，明中之明的是太陽，黑中之黑的是頭髮，長中之長的是道路，短中之短的是蟬命，寬中之寬的是太空，窄中之窄的是獨木橋，直中之直的是蠟條，彎中之彎的是水牛角。」

乾隆連連點頭微笑，又提出了一個問題：「小時候兩個角，十四五歲沒有角，但是長得圓又胖，顯得可愛又美妙。十八九歲又變小，又醜又瘦又有角，等到活了三十歲，它的壽命就完了。這是什麼東西？」這個難題使大臣學者們手足無措了。

於是乾隆對紀曉嵐說：「紀愛卿，你來解答這些難題。」

紀曉嵐對乾隆說：「聖上，第一個問題他們全沒答對。我認為最好最壞的是人心，最明最黑的是人心，最長最短的是人心，最寬最窄的是人心，最直最彎的也是人心。心是一切善行的源泉，心是一切邪惡的深淵。捨己爲人是人的心，損人利己是人的心，忠心耿耿是人的心，虛假偽善是人的心，直言不諱是人的心，奉承阿諛是人的心。」

紀曉嵐利箭般的語言剛剛說完，整個宮廷內立即騷動起來。大臣學者們羞愧得無地自容，但心裏又充滿了嫉恨。

乾隆對紀曉嵐說：「紀愛卿，請你再回答第二個問題！」

紀曉嵐說：「這個謎底在天上，看看頭上的月亮，想想它的壽命怎樣？開始它長出兩個犄角，十四五它就失去了角，變得圓滿可愛，明亮美妙。十八九它又長出了角，變得又細又彎又難看，漸漸地它失去了光芒，到了三十那天，它就死掉！飽食終日的人缺乏知識，怎能想像天空的奧妙！」

乾隆哈哈大笑起來，說道：「好一個紀曉嵐，你的聰明智慧遠遠超過了其他的文武大臣啊！」

兩次改詩

唐朝著名詩人杜牧的《清明》一詩說：

清明時節雨紛紛，
路上行人欲斷魂。
借問酒家何處有，
牧童遙指杏花村。

紀曉嵐認為此詩太肥，應刪繁就簡。他說，清明時節下雨，自然是和風細雨，不言「紛紛」，人們也會想到落雨的情狀；行人當然就是在路上行走，沒必要特別點明「路上」，「酒家何處有」已有問意，無須再加「借問」二字；指示酒家所在，路人皆可，未必僅僅拘於「牧童」。戲改成五言絕句：

清明時節雨，
行人欲斷魂。
酒家何處有？
遙指杏花村。

這一改，保留了其清新明快的藝術特色，又沒有纂改原意。
唐朝詩聖杜甫「四大歡喜」詩云：

久旱逢甘雨，
他鄉遇故知。
洞房花燭夜，
金榜題名時。

紀曉嵐又覺得此詩過瘦，如果再具體一點，由一般情況變爲特殊情況，其歡喜程度就會大大加強。於是，他試將老杜的這首五言絕句改成七言絕句：

十年久旱逢甘雨，
千里他鄉遇故知。
和尚洞房花燭夜，
狀元金榜題名時。

經他這麼一添，豈止于歡喜，簡直是喜出望外了。

人都說：「無論添肥減瘦，紀曉嵐改詩都得心應手。」

大膽賞鬼

紀曉嵐生活的年代，正是鬼神之說盛行時候，人們或多或少地相信，在這大千世界上，還到處遊蕩著一種人類以外又非動物的精靈。

這就是鬼。

在一個秋天的夜晚，紀曉嵐在塾館中讀書到深夜，一個人打著燈籠去茅房。

茅房早有一個人蹲在那裏。

在幽暗的燈光下，紀曉嵐看不清那個人是誰，就問了一聲：

「誰呀？」

「我是鬼。」蹲著的人低頭說話。

紀曉嵐聽了一愣，看那「鬼」覺得也沒什麼可怕的，便笑著說了一聲：

「鬼也會屙屎，沒聽說過。」

那「鬼」低頭不語。

紀曉嵐的燈籠沒有地方放，看那「鬼」的大頭頂平平的。於是，他就把燈籠往它頭上一放，說道：

「你是個善鬼，這次你幹點兒好事，給我頂會兒燈籠吧！」

那「鬼」等紀曉嵐解完手，把燈籠交還給他說道：

「紀爺紀爺你好大膽！」

紀曉嵐笑哈哈地摸摸「鬼」的頭，說道：

「小鬼小鬼你好大頭！」

然後他又狡猾地笑道：

「小鬼兒，你爲我頂燈籠，我也沒什麼可賞你的東西，就賞你塊煎餅吃吧。」

說著這話，他把一直握在手中的那張剛才用過的手紙，塞進「鬼」的嘴裏。

「鬼」聞到一股臭味，明白塞進嘴裏的是手紙時，「嗥」地大叫一聲，跑出茅房不見了。

紀曉嵐也不追趕，笑得腰都直不起來了，同窗的學童聽到叫聲趕來時，紀曉嵐一走三晃地笑著，大家莫名其妙，回到屋中詢問，紀曉嵐把前因後果一說，大家都聽得大笑起來。但直到後來，也沒搞清那天究竟是人是「鬼」。

可是，紀曉嵐人小膽大，賞「鬼」吃臭屎的智勇雙全的故事滿世界傳遍開來。

施計開倉

這一年，滄州地區遇到了大旱災，糧庫空虛，饑荒嚴重。滄州知州張墨谷頗為糧價大漲之事犯愁。幾年來滄州等地大旱，周圍的獻縣、河間、交河、南皮等縣，連年虧產，有的地方甚至絕收。入冬以來，米價暴漲。凍餓而死的貧苦百姓，實在太多了，讓人聽了不寒而慄，雖然官府在各縣設粥廠施粥，仍不能普濟災民。

就在這時，滄州城裏有一位姓戴的富商，囤積了大量的糧食，他什麼生意都做，獲利之後全部變換成糧食入倉。所以人們叫他「戴大肚子」。滄州缺糧嚴重，官紳皆出面調停，讓戴大肚子賣出一些，救活家鄉饑民。但無論誰來說情，戴大肚子都是一口回絕，堅決閉倉不糶。米價之貴，前所未有，做為一州之守的張墨谷，乾著急沒辦法。

獻縣崔爾莊紀曉嵐雖是本地富戶，家資殷實，但沒有積存多少糧食。因此，因進士及第而成為朝廷官員的紀曉嵐決定到滄州去一趟，摸摸戴大肚子的底細，然後再做計較。

紀曉嵐來到滄州，拜見了張知州，但談話之中，除了詩文以外，其他一句話也不肯多講。每天曉宿夜出，踽踽獨行，張知州對此感到莫名其妙。

四五天過去，紀曉嵐辭行，向張知州說道：「米價之事，不才束手無策，實在慚愧。但各位大人也不必過分焦慮，幾日之後，市面上可能有糧米出售。再會，再會！」說罷揖手一禮，就像個怪物一樣揚長而去。

知州張墨谷也不知道紀曉嵐在這幾天之中玩了個什麼樣的智謀，別無他法，只好聽之任之。

戴大肚子從二十多歲開始經商，到現在已有三十多年，這時已存了十幾萬石米穀，是方圓幾百里內的糧商之首。

就在紀曉嵐離開滄州的第二天早晨，戴大肚子家來了一名絕色的美女，花容月貌，體態嬌嬈。戴大肚子見了這個姑娘，立刻心旌搖蕩，魂不守舍，滿臉堆笑地將姑娘請進客房。

這位美貌的姑娘，在滄州幾乎無人不曉，是最有才名的藝妓，琴棋書畫，樣樣出眾。尤其是琵琶彈唱，聞名遐邇，再加上她僅僅十八九歲的年紀，色藝雙絕，讓全城的男人爲之傾倒，是滄州城第一號的青樓女子，人們給了她個雅號，叫做「玉面狐」。

玉面狐小口一開，宛如絲竹繞樑，戴大肚子聽著渾身酥軟，幾聲寒暄過後，玉面狐說道：

「賤妾今日到得府上，是想把終身託付給你，不知你肯不肯收留我。」

戴大肚子大喜過望，立刻眉飛色舞地說：「姑娘肯跟我，不敢想，不敢想，我這樣一個老頭子，比不得那些白面公子，姑娘不是開玩笑吧？」

玉面狐說道：「你不要淨說些浪話！你肚裏的花花腸子，我還不知道？你不是想把我含在嘴裏麼？我早已領會。人家和你說正經的，你卻裝狗熊，再這樣，我就走了，永遠不再理你！」

「姑娘，別生氣，別生氣嘛。有話好說，有話好說。」戴大肚子嘻皮笑臉地，在玉面狐身上擰了一把。

玉面狐伸出纖纖玉手，捏住戴大肚子的耳朵，嬌聲說：

「你知道，我是鴇母的搖錢樹，她是不肯輕易讓我從良的。前天我們鬧翻啦，她許我半月以內，以千金自贖。我也厭倦風塵，願找一位你這樣的忠厚長者，寄託終身。整個滄州城，只有你最稱我的意，許多人恨不得一口吃了我，我就是不答應！你如果肯拿出千兩金子，我就終身為你執巾櫛，薦枕席，還會幫你疏通渠道，結交官宦，打通經營關節。肯與不肯，你給我個痛快話。」

戴大肚子有些猶豫：「哎呀，這身價太高啦，期限也太緊啊。」

「這我都知道，價碼低的，你還不肯要呢。我也聽說你不存金銀，手頭拿不出那麼多金子，不過你抓幾千貫銅錢，也不難辦到，抵得金子的價，老鴇也會答應的。你就快點想個法子吧。昨兒個有位木材商人，聽說了這事，執意要把我買過去，已經回天津家中取金銀去了，估計他返回來，也得個十天八天的。我心裏對你早已中意，也不願跟他去那天津衛。你能在幾天內，兌換些銀兩，把這事先定下來，過後我會幫你發大財的，我的神通之廣，不用多講，你也知道，你快點拿主意吧，我早跟你說過，你是個有福份的人。」玉面狐偎著戴大肚子，撒起嬌來，把戴大肚子引逗得渾身發癢。

戴大肚子對玉面狐青睞已久，曾幾次到館中去，玉面狐推說沒有空閒，把他冷在一邊。這回來了絕好的機會，戴大肚子豈肯放過，他猶豫再三，終於開倉售米，要賣出玉面狐的身價，把玉面狐買下來。

誰知米倉一開，就再也閉不上了。百里之內的百姓，雲集滄州城內外，都來這裏求羅米買糧。人山人海，晝夜不減，如若閉倉不售，饑餓的民眾就會動起手來，將他的糧食一搶而光，戴大肚子知道，官府的人幾次說情，他都不依，這回他自己有事，衙門哪裡還肯爲他說話，只好接著賣下去。戴大肚子像熱鍋上的螞蟻，一刻也站不住腳，但又沒有一點辦法，「哎呀呀」地苦叫，直到把十幾萬石穀米售光。

糧倉賣空，戴大肚子讓人拉著一千兩金子來到妓館，玉面狐殷勤備至，笑不攏口，連連道謝，只是最後說：

「鴇母教養我這麼久，我哪裡捨得立刻離開。那天是賭氣，才有了贖身的念頭。如今鴇母悔過，懇切地挽留我，我不能忘恩負義呀！為我贖身的事兒，過一年半載再說吧，我早晚是你的，這次你先把銀兩拉回去吧。」

戴大肚子氣得暴跳如雷，玉面狐「咯咯咯」地笑個不停。戴大肚子明白，這遭是上當了，但一無媒證，二無聘禮，也對她無可奈何，只好悻悻地回去。

過不多久，滄州知州張墨谷親自來到紀曉嵐府上，連連說：

「紀大人出糧十五萬石，解救敝州災民，特來致謝！」

紀曉嵐頗為驚異地說：

「知州大人何出此言，我紀家通共也只有一千多石穀米，全部在此次饑荒之中煮施粥施捨給饑民百姓了，這也是本官對桑梓百姓們的一點心意。可哪來我紀家出糧十五萬石之事啊？」

「紀大人不必再拐彎抹角了，你看這是什麼？」

張墨谷說著，取出一方絲帕念了起來……」帕上詩曰：

紀府出銀十五萬，

貸給鄉民度饑荒。

玉面勸說戴大肚，

十五萬石開糧倉。

張墨谷念完絲帕上的詩句補充說：

「紀大人，你給藝妓玉面狐題的這一首詩，她都繡在絲帕上了，還用我再揭破紀大人的智謀內幕嗎？哈哈！」

紀曉嵐於是不得不抖落了底子說：

「知州大人明察，本官不用此方法讓玉面狐去慫恿戴大肚子開倉平糶出那十五萬石糧食，先靠我紀家低息貸給百姓們的十五萬兩銀子能救活如此眾多的饑民麼？銀子可是吃不得啊！哈哈哈哈！」

智撈鐵牛

紀曉嵐奉乾隆詔令出任福建省提督學政，從京城坐船南下途中，路遇黃河因發大水沖掉的一座浮橋。這浮橋原是用許多條空木船一艘緊靠一艘排起來，從這岸連到那岸，上面再鋪許多木板架起來的。爲了不讓浮橋移動，人們鑄了八隻大鐵牛，每只大鐵牛有上千上萬斤重，放在兩岸，用來拴住浮橋。這座浮橋既可以走人，也可以通過牲口和車輛，是此地的交通要道。這年洪水泛濫，不但把浮橋沖得一乾二淨，而且連八隻大鐵牛也沖到了河裏。

洪水退去以後，交通要道需要馬上開通，當地官府準備重建浮橋。連結兩岸的船隻準備就緒，就缺拴牢木船的大鐵牛了。如果再鑄，既費時又費料。最好的辦法是把河中的鐵牛打撈上來。可是上萬斤的大鐵牛不要說在河底裏，就是在岸上，要移動它半步，也非易事。況且，鐵牛沈入河底後，已經陷入泥沙之中，誰有辦法把它打撈上來呢？

爲了儘快重建浮橋，官府在城牆上貼了一張《招賢榜》，寫的是廣請能人賢士，打撈鐵牛，重建浮橋，造福百姓等等。路過此地的行人，看了《招賢榜》，無不搖頭而走的。

這一天，紀曉嵐經過這裏，他在榜前看了一會，上前把《招賢榜》揭了下來。有人好心地勸他說：「大人，揭《招賢榜》不是鬧著玩的，一隻鐵牛上萬斤重，你能把它們都撈上來嗎？難道你有神仙幫助？」

紀曉嵐笑了笑說：「我哪有神仙幫助，鐵牛是被水沖走的，我就叫水把鐵牛送回來。」

紀曉嵐揭了榜後，先請熟悉水性的人潛到水底，摸清了八隻大鐵牛的位置。當地的老百姓聽說有個官員揭榜，都跑到河岸上去看他怎麼打撈大鐵牛。

這一天，河邊上觀看的人擠得水泄不通，只見紀曉嵐指揮著一班船工，用兩隻大木船裝滿了泥沙，並排拴在一起，兩隻木船之間用木頭搭了個架子，紀曉嵐指揮著把船划到鐵牛沈沒的地方，叫人帶著拴在木架上的繩索潛到水底下，縛綁牢鐵牛，再在木架上收緊繩索，然後叫船工把船上的泥沙鏟到河裏去，隨著船中的泥沙的減少，船身一點一點地向上浮，待到兩船的浮力超過船身和大鐵牛的重量時，陷在沙中的大鐵牛就一點一點向上拔，直到船身浮到大鐵牛懸在水中時，紀曉嵐就叫船工們把船划到岸邊。這樣來回反覆八次，終於把八隻鐵牛全部打撈上來。

當地官員百姓無不稱讚紀曉嵐智慧過人。

河中石獸

福建泉州很早以前就號稱泉州佛國，那裏有許多古廟。其中有一座古廟瀕河修築。因爲年久失修，一場暴風雨後倒塌了，廟前兩隻石獸也倒在河底裏。很多年過去了，廟裏的和尚們四出雲遊，化緣籌款，準備重造大廟。

大廟終於建成了，可是廟門前的石獸一時卻請不到高明的石匠重新打製，和尚們便懸賞，請人到河裏去打撈原先的兩隻石獸。可是船工們打撈了好幾天，連個石影兒也沒撈到。人們搖搖頭，都說道：「這兩隻石獸一定是給河水沖到下游去了。」

於是，幾個身強力壯的青年小夥子一路撈下去十幾里，花費了十數天，仍然連個石屑粒也沒撈著。大夥兒卻有點兒灰心了，但又總覺得事情太奇怪：石獸又沈又重又大，明明是落在河底裏了，總不見得會插上翅膀越出水面飛走吧？

正當大家驚疑不止的時候，當地一位德高望重的學者，說道：「唉，你們也算蠢到家啦！這麼又高又大的石獸，有多沈重！怎會在河底裏被河水沖到下游去呢？石頭是堅硬沈重的，而河底的土沙是鬆浮不實的，石獸只會沈陷在河沙裏，一定越陷越深，埋在河底深處啦！」

「對啊——」眾人恍然大悟，於是又下船到大廟舊址附近的河裏去撈。有人還在長竹杆上綁上探物的尖鐵棒棒，直往河底深處戳呀，搗呀……可是忙了半個月，還是一無所獲。

紀曉嵐以福建提督學政的身份再次來到泉州，他聽說這件事，便笑著說：「你們怎麼不全面研究一下河底土沙運動的規律呢？河底的石獸不應該到下游去找，也不應該在落下的地方去找，而應該到上游去找。爲什麼呢？因爲石頭是堅實沈重的，河沙是鬆浮不實的，石獸沈到河底，激流是沖不動它的，可是不斷衝擊的急流能把攔著它的石頭下面的泥沙漸漸掏空，激流越沖，那空穴越大，等到空穴大得使得石獸失去重心時，石頭必然會翻筋斗似地倒在空穴裏。激流又不斷地沖出空穴，石獸又倒翻在空穴裏，這樣周而復始地運動，石獸不就會慢慢地溯流而上了嗎？你們不到上游去找它們，反而到下游去找它們，豈非南轅北轍了嗎？」

大家按照紀曉嵐的指點，搖著船兒到幾里外的上游去找，果然把那兩隻石獸撈到了。

河中鋸樹

福建福州近處的閩侯縣有條大河，河中有棵百年老樹，河流湍急，行船駛過屢屢撞壞。

一日，該縣唐縣令路過河邊，見不遠處走來一群送殯隊伍，一個年輕婦女身穿孝服，撫著棺材失聲痛哭，十分可憐。上前一問，方知年輕婦女的丈夫行船撞上這棵老樹，落水身亡。唐縣令看著曲折盤旋、隱隱高出水面的老樹，決心鋸掉此樹，搬掉禍根。

可是，決心歸決心，難題還眞不少，派出除樹的民工望樹興嘆，回來搖著頭對唐縣令說：「樹幹在水中，十分牢固，無法挖出。而如果在水裏鋸樹，那樹樁留在水裏更是撞船的禍根。」

唐縣令也沒了辦法。不除樹，就像一根樁橫在他心裏，使他坐立不安。恰巧此時紀曉嵐來到閩侯縣按試童生，他知道唐縣令的苦衷後，略一沈思，爽快地說：「這有何難，我來幫你解決。」唐縣令就把鋸樹的事交給紀曉嵐辦。

紀曉嵐先請潛水人員潛到水底，丈量出樹幹長度，然後搬來杉木，敲敲打打做了個巨桶，兩頭沒有蓋。又把巨桶載上船，駛到樹旁，請幾個彪形大漢把巨桶從樹梢穿下，深深地打入水中，上口露出水面，再用大瓢舀乾桶裏的河水，放心地在桶中鋸了大半天，終於把老樹鋸掉了。

廟中木偶

紀曉嵐奉乾隆聖諭查辦疑案再次來到福建的永泰縣時，一天從總管廟前經過，正趕上祭神的日子。

一個穿著奇異、畫著臉譜的巫師主持著祭神，供臺上五畜齊全，香火繚繞，彌漫著祥和恬靜又高深莫測的氣氛。道士們念著經晃著鐃鈸，煞有介事地做著法事。廟門口的臺階上跪滿了善男信女，多麼虔誠，只求個風調雨順，五穀豐登。

紀曉嵐見這次祭神儀式規模很大，興師動眾，勞民傷財，皺著眉頭。紀曉嵐從不信這套鬼把戲，對巫師們利用百姓的愚昧騙財，一向憎恨。他今天乾脆要來破一破臭規矩。於是大聲說道：「老天久旱，要是祈禱神確能使天下雨，就是有靈；要是祭神後仍不下雨，就要毀掉廟裏總管神的木偶！」說完，讓人們把總管神的木偶抬到一座橋上。祈禱之後，天上仍青藍如故，霓虹未現，沒有一絲風，只有枯樹在烈日中佇立灼烤，紀曉嵐喝道：「泥塑木雕之物，只受香火，沒有靈性，要它何用！」「撲通」木偶被人們重重地扔進河裏，濺起尺把浪花，打了幾個旋，便悄無聲息地沈入了河底。一些信佛的人驚惶不安，紀曉嵐開懷大笑。

巫師毒毒地詛咒：「褻瀆神靈，不得好死！」

幾天後，紀曉嵐坐船從橋邊經過，河面上接天荷葉無窮碧，濃妝淡抹總相宜，紀曉嵐不由心曠神怡。忽然船中發出一陣聲響，船晃動起來，蕩起一小串浪花。隨從大驚失色，高聲叫道：「總管神來了！總管神來了！」原來，不知何時，那木偶從水裏跳進了船中。

紀曉嵐笑道：「這是沒有把木偶燒掉的緣故呀！」說著讓人把木偶綁在船上，另叫一個役吏躲在岸邊的土地廟中，說：「等會看見有人從河裏出來就逮住他！」紀曉嵐說完又興致盎然地欣賞起荷花來。

一會兒，水面上冒出一串水泡，緊接著，一個人竄出來，爬上岸。役吏把他逮住了。原來是巫師買通一個會潛水的人，叫他在水底把木偶扔到船上，以此來說服紀曉嵐不再阻撓祭神。誰知詭計還是給紀曉嵐識破了。

智破蛇妖

福建泉州早在唐朝年就得了「泉州佛國」之美稱。自然，在泉州借神佛發財的和尚自然也不在少數。

泉州清源山下忽然來了兩個外地和尚，在觀音洞外搭了座茅棚。揚言道：「觀音洞裏觀音菩薩爲普渡眾生設下的捨身洞，誰要是眞心皈依佛門，只須花些香火錢，請他們來唸經，然後跳進洞去，菩薩就會派龍女來接他脫離苦海。」

說也奇怪，那些被生活逼得走投無路的人，跳進捨身洞時，水裏便會隱隱約約地開出一朵紅紅的蓮花，將人吞沒後，即翻起一股黑浪，盤旋一周後，才隨著潮水漸漸退走。和尚就大呼：「升天啦！菩薩接他升天去啦！」一時跳捨身洞成了風氣，兩個和尚因此發了大財。

身爲福建省提督學政的紀曉嵐到泉州按試童生，他看這兩個和尚行爲可疑，便設計要識破其鬼蜮伎倆。

這一天，他派人給觀音洞外茅棚裏的和尚送去了一張字條，上寫：

家奴一名，立志捨身。
三日之後，親送上門。

三天後，觀音洞邊人山人海，大家都爭著來看學政大人送家奴捨身。只見紀曉嵐帶著差役，找著麻袋包來了。兩個和尚誦經祈禱一番後，差役卻從麻袋裏倒出一隻肥豬，肥豬落水後，洞下照便開出一朵紅紅的蓮花，然後湧起一股黑浪。奇怪的是潮水退走後，那黑浪仍不離去。三旋兩轉後，突然高高聳起，攪得滿洞浪花雨點飛濺出來。大家定眼一看，原來是條大海蛇！

紀曉嵐指著此時僵臥洞底的海蛇道：「諸位父老，以往全是這孽畜作祟，那黑浪原是它的身子，那蓮花是它的舌頭。說什麼捨身成仙，其實是葬身蛇腹。剛才它吞食了腹中藏有尖刀的肥豬才腸裂身死。望諸位今後切莫輕信妖言，作此蠢事！」

說完，即命差役搗毀茅棚，抄沒錢財，將那兩個和尚逐出清源山。

智奪觀音

福建省泉州西街的開元寺，始建於唐朝，到紀曉嵐所在的清朝中葉，已經有一千多年的歷史。

泉州在我國古代是第一通商大港，許多外國來的傳教士之類，都是從泉州上岸再到全國各地去。

一次，泉州來了一個外國傳教士，名叫若踏。若踏早就聽說中國有兩尊明代的瓷觀音，其中一尊便供奉在泉州開元寺，於是打主意竊取。

一天，若踏來到開元寺遊玩。看見一個神龕裏正放著那一尊瓷觀音，釉色晶瑩，五彩繽紛。他踮起腳跟，掀起那觀音的底端一瞧，啊，還是明代雕匠的絕作哩！他是專門來竊取這個三百年前的無價之寶的，所以就趁看守的小和尚不注意，偷走了這個寶貝。

恰巧江西景德鎮有名的雕瓷藝人袁小泉來泉州傳藝，聽開元寺當家和尚說這事後，對當家的和尚說：「你放心，那尊瓷觀音，我曾多次來看過，七天之後，我准叫它回到你身邊。

幾天後，袁小泉來到若踏的教堂，取出一尊瓷觀音給若踏一瞧，若踏驚訝地想：「呀！這只怎麼和我從開元寺偷來的那只瓷觀音一模一樣？」忙把偷來的瓷觀音拿出來比較一下，果然如此。

袁小泉說：「這觀音是明代珍瓷，全中國只有兩尊，我今天給你送來，正好配成對呢！」若踏高興極了，忙問多少價錢。袁小泉把假瓷觀音和眞瓷觀音放在一起，裝作欣賞了一會兒，說：「很便宜，一千兩黃金。」若踏連連說太貴。袁小泉趁他一不注意，將眞假觀音換了個位置。他抱起眞的，說：「好，嫌貴就算了！」說完，轉身走出教堂。

若踏望著他遠去的背影，忽然覺得苗頭不對：「他怎麼價也不還就走了呢？」急忙用放大鏡察看留在桌上的觀音。只見觀音耳眼裏印著肉眼無法看清的字：「大清袁小泉仿製」，知道上當，一失手，那只假瓷觀音跌個粉碎。

若踏告到衙門裏，說那瓷觀音是他花一百兩黃金買來的，被袁小泉騙走了。他事先賄賂了衙門裏審理案子的官吏，所以審判官在堂上說：雙方都有道理，又都有證人，案子一時難以查清。他宣佈：若踏和周小泉比喝酒，誰喝得多，觀音就判給誰。因爲他知道，若踏是個有名的大酒鬼。

這一下袁小泉就著急了，因爲自己一點酒量都沒有，幾乎是沾酒必醉，這可怎麼辦？偏巧紀曉嵐以福建學政的身份來泉州按試童生，聽說了這件事。他主動爲袁小泉出謀劃策，如此這般地交代了一番。

到了賽酒那天，泉州著名的山海樓店門口人山人海。酒店門口搭了一個高臺，臺上擺好桌子和凳子。袁小泉手中拎著一把特大號的酒壺，往桌上一放，便和若踏斟酒喝了起來，各喝了十幾碗，把滿滿的一壺酒喝個精光。袁小泉的徒弟上臺提起酒壺，進入店內，一會兒，滿滿的一壺酒又提了上來，兩人又一碗接一碗地猛喝起來，三大壺酒喝下去了。袁小泉面不改色，而若踏卻醉成一攤爛泥。審判官只得將瓷觀音斷給了袁小泉。

當家和尚將袁小泉請到寺內，擺宴招待他。席間，袁小泉揭開了鬥酒不醉的秘密：原來，他按照紀曉嵐的計謀特製的大酒壺是夾層的，內層裝酒，外層裝水。壺把上有兩個小孔，分別連接著內外層。壺嘴也連著內外層。如果用手按住上面的小孔，外層的水就被吸牢，只能倒出酒來；如果按住下面的小孔，只能倒出水來。實際上，袁小泉喝的都是水呀。

大家恍然大悟，誇他紀曉嵐出了個智慧不凡的好主意，幫助瓷觀音像回到了開元寺。

煙杆歸宿

紀曉嵐奉乾隆聖諭，到各州府縣察訪疑案。

他又一次來到了福建連江縣。

其他疑案來不及審，忽然走進來兩個老人，一個八十歲，另一個八十八歲，兩個老人爲一根九寸長十八個竹節的竹杆爭得不可開交，甲說是甲的，乙說是乙的。於是到紀曉嵐這裏來告狀

八十歲的老人說：「我用了它整整二十年。」

八十八歲的老人說：「我用它抽了二十五年煙。」

紀曉嵐想了一想，對他們說：「請你們用這根煙杆分別抽袋煙給我看看。」

於是，兩人就分別抽了起來。八十歲的老人吸完後在鞋底上敲下煙灰。

八十八歲的老人吸完後在牆根上敲下煙灰。

紀曉嵐將煙杆交給了八十歲的老人，他的斷案根據是：在牆根上敲下煙灰，這根煙杆不

可能用上二十五年，只有像八十歲老人那樣，每次小心地在鞋底上敲下煙灰，才能長久地使用。兩個老人撲哧一笑，原來他們是故意用這辦法來試試紀曉嵐機智斷案的本事，沒想到還是被紀曉嵐一下子斷清了。

攔巷寫詩

紀曉嵐才華超群，許多地主老財想附庸風雅，卻要紀曉嵐題詩相送。城裏有一條無名小巷，巷裏住著一個名叫錢百享的財主官兒，一天他攔住紀曉嵐硬要他題詩留念，並把早已備好的酒席擺上來。

紀曉嵐只得接過筆墨問：「想要我寫些什麼，還望大老爺出題目。」

錢百享說：「詩的題目說叫《錢百享升》，請把這四字分別用在每句詩的開頭吧！」

紀曉嵐一氣呵成，寫下了一首打油詩：

錢家魚肉滿籮筐，
百姓糠菜填餓腸；
享福毋忘造福人，
升官莫成殃民郎！

錢百享有口難言，從此，再也不敢叫紀曉嵐題詩了。後來，人們說把這條無名巷取名為「攔詩巷」。

罰賊掃街

紀曉嵐奉乾隆聖諭到各地察訪疑案，這一天，他又來到了福建閩清縣，問有何疑案沒有，閩清縣令說：「其他疑案沒有，就是地方上接二連三有人來報盜竊案，弄得他很傷腦筋。處理了幾椿案子後，他發現賊人之間有黨群，作案彼此溝通，相互掩護，且大多爲一幫人數眾多的盜賊集團所爲。想請紀曉嵐出個主意以求徹底根治小偷。

碰巧，這時有個富戶將一個小偷押至縣衙。小偷對所犯之事供認不諱。當時法律對小偷只能處罰，不能治罪。紀曉嵐思忖了一下，派人把小偷的親屬統統傳到堂上。

眾人到齊，紀曉嵐道：「你們族中出了如此樑上君子，實乃長輩不教之過。本官將當著眾人之面，好好教訓一下。」說完，紀曉嵐命將小偷帶上，綁於柱子，叫衙役抽打一千鞭。抽至二百鞭，小偷便呼爹喊娘直喚饒命。眾親屬亦紛紛跪下求情。紀曉嵐便叫衙役停止抽打，對小偷說：「饒你可以，可得罰你公差。」

小偷忙點頭答應道：「小人再也不敢偷盜，任何事都願效勞，只求老爺開恩，別再鞭打了。」

紀曉嵐說：「你行竊擾亂治安，危害百姓，現給你一個將功補過的機會，本官罰你長期打掃街道，做點公益之事。」

小偷怕再挨鞭打，只得應諾。從此，每天清晨打掃街道。過了一段時間，他碰到紀曉嵐，誠懇表示悔過，請求免掉此苦差。

紀曉嵐道：「倘若你眞有意悔過的話，本官可以赦免你。不過你必須檢舉出別的小偷來代替自己。」

小偷果眞答應。此事傳出，城裏的小偷人人自危，怕被掃街的小偷認出，紛紛逃跑。一時間閩清縣城裏沒有了小偷。

分辨哭聲

紀曉嵐奉乾隆聖諭到各地察訪疑案，他再次來到了福建長樂縣。

該縣農村有一個叫鄭泰的鄉民，兒子長到三歲，遇到動亂，丟失在路上，幾年不知下落，夫妻倆整日憂愁。後來，一次偶然的機會，鄭泰去城裏集市採買東西，看見自己的兒子在同縣一個叫錢奉伯的家中，便告到縣府，希望官府判還他兒子。縣令派人把鄭泰和錢奉伯傳到衙門審問，兩人都說是自己的孩子，而且都找到了各自的鄉鄰作證。縣令實在無法判決，只得上報。

這個疑案自然到了紀曉嵐手中。紀曉嵐看過案卷後說：「小事一樁，容易搞清。」他讓鄭、錢二家與孩子分居，不許來往。

數月後的一天，官府派人送信到鄭、錢二家說：「孩子得了急病，難以救治，已經死亡。刺史有令，你們家中可派人去看望，並出錢料理後事。」

聽到這個不幸的消息，鄭泰號啕大哭，悲痛難忍；而錢奉伯僅是嘆息幾聲，並沒有悲痛異常的表現。紀曉嵐聽了差役講的兩家情況，馬上將孩子判還鄭泰，並追查錢奉伯詐騙他人兒子的罪責。

錢奉伯供認道：「我的親生兒子在很小的時候不幸病死了，爲了年老有個依靠，我才冒認了別人的兒子。」

紀曉嵐從兩家主人待「死」去兒子的不同態度和不同哭聲，一下子就判斷出了誰是那孩子的眞正父親。

智擒詐賊

福建平潭縣一日正逢集市，趕集的人摩肩接踵，熙熙攘攘。人群中有個紅臉漢子在馬市上東遛西轉，轉到一位老者的馬前。這是一匹棗紅馬，十分剽悍雄壯，眾人均讚歎此乃好馬，只因老者開價太高而無人問津。那個紅臉壯漢走上前去，十分挑剔地打量此馬，然後與老者商議價錢。

老者見有熱心買主自然高興，可擔心這人會被高價所嚇退，便道：「此乃純種蒙古馬，日行千里。在下迫于無奈方肯出讓，不知客官可出得起好價？」

那紅臉漢子認真地說：「只要馬好，價錢可以商量。」

老者很是高興，便開了個價錢。紅臉漢子跟他還了一次價後說；「此馬我買下了。我先騎它去遛一遛。如好，回來便付錢。」

老者有些遲疑，那紅臉漢子笑著指了下身邊的一個黑臉漢子說：「我這個夥伴留在這裏，我一會兒就回來。」說完，他拍拍肩上的錢褡，只聽裏面發出銀錢聲響，示意錢有的是。

老漢說：「那你先留錢袋再溜馬，反正你夥伴在這裏看著。」

紅臉漢走了約半個時辰，還不見來，那老者急了，急忙打開錢袋點錢。誰知打開一看，裏面竟是些石頭瓦片，他驚叫著抬起頭一看，更吃了一驚，原來剛才留下的那個黑臉漢子也逃之夭夭了。老者便直奔衙門報案。

剛好紀曉嵐奉乾隆聖諭察訪疑難案件再次來到平潭縣，他接手辦這案子。

紀曉嵐聽後心生一計，吩咐衙役從牢中提出一名在押罪犯，帶上枷鎖，押到馬市中，當眾宣布：「剛才行騙買馬的賊，現已被捕獲。為了馬市的安寧，當場處刑！」紀曉嵐與此同時，暗中派了不少衙役在人群中偷聽人們的議論。

不出紀曉嵐所料，一個衙役果真聽到身旁有個黑臉漢子高興地說：「真湊巧，這下就再不用擔心了。」那衙役聞聲發出暗號，四處圍上數名便衣差人，上前將那黑臉漢子擒住。

紀曉嵐當即審訊，並請賣馬老者上堂對質。老者一瞧，這黑臉漢子果真是剛才的騙子，那傢伙抵賴不過，只得供出同夥。據此口供，很快便抓到了那騙馬的紅臉漢子。

鑰匙辨賊

紀曉嵐奉乾隆御旨到各地察訪疑案之時，再次來到了福建羅源縣。剛巧碰上了一個奇案。

一個商人攜帶黃金二十斤，到羅源縣來做買賣，寄居在一戶人家。商人每次外出，都細心地鎖好房門，自己掌管鑰匙。一天外出回來，見門鎖得和往常一樣。進屋一看，黃金卻全部不見了。商人想，除了房主以外，別人是進不了房間的。於是到縣衙去告發房主偷竊之罪。縣官將房主投入監牢，又繼續追查贓物。但贓物卻追查不到。

紀曉嵐想：追不到贓物，房主的盜金之罪便有疑問，他又進一步想到：房主進入自家的客房，也是情理中之事，但破案卻不能這樣順理成章。房主可能偷竊，但也不能排除另有竊賊的可能。就召來商人問：「你的鑰匙常放在什麼地方？」

商人答道：「大人，小人總是隨身攜帶著鑰匙。」

柳慶問道：「你時常和誰在一起睡覺呢？」

商人答道：「沒有。」

柳慶又問：「你曾同別人一起喝過酒嗎？」

商人答道：「前些天曾和一個和尚，兩次歡宴暢飲，但和尚沒有近我身邊，也未曾進我住房。」

「你可曾在外面睡過覺嗎？」

「第二次與和尚飲酒喝醉了，在和尚的屋中睡了片刻午覺！」

紀曉嵐斷然指出：「房主是因爲受不了嚴刑拷打，自認盜金之罪，他並非眞正的竊賊，那個和尚才是眞正的竊賊啊！」

紀曉嵐當即派衙役去傳訊那個和尚，和尚已經攜金逃跑。後來才將他捕獲，找回了商人失竊的黃金。

智斬兇犯

福建同安縣有個惡霸名叫馮財，他倚仗姐夫是朝內的刑部侍郎，無惡不作。一次與別人下棋，被對方殺得沒有還手之力，他要對方把棋收回去，對方不肯，一怒之下，惡霸馮財竟用磚頭砸死了對方。

此案告到知縣蔣復那裏，蔣復見馮財一貫作惡，罪孽深重，寫了判處馮財死刑的案卷，火速呈報京城，待秋後處斬。但刑部侍郎批道：「此案不實，請蔣縣主另議。」將案卷退回後，又暗暗給蔣復寫信，說明馮財是他小舅子，讓他從輕處理，將來保舉蔣復晉升高官。與此同時，馮財家裏托人送來了許多金銀古玩、玉帛綢緞，請蔣復網開一面。蔣復面對高官利祿的引誘，十分憤慨，痛責送禮之人。又把案卷呈報上去，可是拖了一些時間仍被退回了。

蔣復又恨又惱，恨的是自己權小難以為民平冤，惱的是官場黑暗，徇情枉法。他看著被退回的案卷，一時無法可想。剛巧這時紀曉嵐以福建學政身份奉乾隆諭旨到各縣察訪疑案，再次來到了同安縣，紀曉嵐問蔣復有否疑案。蔣復說：「疑案沒有，就是治了死罪的人殺不了。」說完把馮財打人致死一案拿給紀曉嵐看。

紀曉嵐說：「這有何難，我再呈報吏部核准馮財死刑。」

原來紀曉嵐在這裏玩了一點花招，他的報告寫道：「殺人犯馬貝，一貫爲非作歹，此次更無端打死人命，判處死刑，請求刑部核准。」刑部侍郎萬萬沒有想到這就是他的小舅子。

紀曉嵐接到朝廷刑部「同意斬殺」的批覆，將「馬」字旁加了兩點，使之成爲「馮」字，將「貝」字旁加一個「才」字，使之成爲「財」，於是「馬貝」恢復爲「馮財」的眞實姓名，被送上了斷頭臺！

紀曉嵐機智處斬了刑部侍郎的小舅子即惡霸馮財，眾人交口稱讚，大快人心。

掘墓獲贓

紀曉嵐出任福建學政時，閩海總督女兒的兩大盒金銀珠寶被偷走。閩海總督是紀曉嵐的頂頭上司，總督便要紀曉嵐破案。

紀曉嵐說：「遵命！但請不要限期太緊，另外，這裏的捕役要歸我調遣。」總督答應了。

紀曉嵐來到州府衙門，吩咐捕役們說：「你們這幾天分頭到城門去等候，如果有身穿孝服的人出城向山上走，就趕緊來報告我。」

清明節那天，捕役們果見十幾個人去北山上掃墓。在一座新墳邊擺下祭物，點上香燭，燒化紙錢，接著跪在墓前乾嚎了起來。隱藏在樹叢中的捕役們聽他們哭得一點兒也不悲傷。見他們祭奠完畢後，圍著墳墓繞了一圈，竟還笑了起來。捕役們立即飛報紀曉嵐。

紀曉嵐高興地說：「他們就是偷珍寶的賊！」捕役們將那群人抓了起來，掘墓開棺一看，總督女兒失竊的寶物全在棺材中。

總督聞報後，又召見紀曉嵐，問他用了什麼妙計。

紀曉嵐答道：「我沒有什麼妙計，只是注意仔細觀察罷了。我來本城的那天，遇著十幾個人抬著一口棺材出殯，見他們的神色有點反常，就懷疑他們是盜賊，棺材裏可能是贓物。但當時交不知道他們把棺材埋在什麼地方。清明節應該是掃墓的日子，我估計他們將會出城，就派人在城門口等候，跟蹤他們，就發現了他們埋棺材的地方。他們祭奠時毫不悲傷，說明墳內埋的不是死人；他們圍繞墳墓察看後笑了起來，是因爲墳墓沒被人動過而高興。當初請總督寬延期限是有意麻痹他們。不然的話，他們就會狗急跳牆，不顧一切地提前取出贓物逃跑，那麼，案子就難破啦！」

總督聽後大喜，重賞了紀曉嵐。

蒙面討牛

紀曉嵐奉乾隆御旨查訪疑案再次來到了福建永安縣。

剛好永安縣令告假爲其父辦理喪事。紀曉嵐便代爲坐堂。忽然縣衙外「咚咚」的擊鼓聲傳進來。紀曉嵐知道有人告狀，當即傳呼來人上堂。

告狀人是個農民，見了紀曉嵐就「撲通」一聲跪倒在地，連呼：「青天大老爺，請幫我討還黃牛！」

原來這個農民曾到岳父家生活了一段時間，去的時候還帶著一頭母牛，幫岳父家耕地。誰料耕過田地不久，母牛下了一頭小牛犢。岳父家見了眼紅，心存不良。待他要告辭回家時，岳父硬扣下了他的母牛和牛犢，還說：「口無憑據，憑什麼說這些牛就是你的？」故而他氣得不行，不得不求縣令作主……

紀曉嵐聽罷農民的申訴，心生一計，當即讓差役將此農民五花大綁，又用黑布將他頭臉包紮好，吩咐道：「你不要亂說亂動，一切聽從我們的安排。本官自會將牛兒原物歸還于你。」

接著，紀曉嵐坐上官轎，帶著那蒙頭的農民和差役直奔那農民的岳父家。到達目的地後，差役們高聲傳喚道：「縣太爺到，家裏人速速出來！」岳父在屋內聽到，吃了一驚，急忙跑出大門迎接。

紀曉嵐掀開轎簾，對那農民的岳父說道：「本官剛捉到一個偷牛賊，請你將家裏的牛統統趕出來，以便查核它們的來歷。」

那岳父看著那個蒙頭蓋臉的偷牛賊，嚇得魂飛天外，生怕自己給牽連到偷牛案件裏去，連連向紀曉嵐磕頭，還拍著胸脯，指天發誓說：「我們家裏的牛都是自己養的，絕不是偷竊的！」

紀曉嵐追問道：「有什麼證據？」

那岳父趕緊回答道：「這牛是我女婿家的，母牛是他前些時候帶來幫我耕地的，牛犢是後來在我家生養的。」紀曉嵐聽了便斷喝道：「還不快把偷牛賊的蒙頭布撕開！」差役聞命即揭開農民頭上的黑布。

岳父見狀大驚，正要回話，便聽得紀曉嵐冷笑道：「既然你承認牛是女婿家的，那就把牠們統統還給他吧。」

那岳父乖乖地吩咐家人將牛兒趕出牛圈，還給了女婿。

刀下救人

福建明溪縣百姓家屢屢遭偷。經查，係該縣四個大竊賊所爲。州衙下令限期將此四賊捉拿嚴懲。不料，竊賊早得風聲而遁。過了一段時間，覺得如此躲藏並非長久之計，四賊認爲有錢能使鬼推磨，便深夜偷偷地前往縣衙各關鍵官員家裏，分別給予重賂，請他們設法開脫。此計果眞奏效，這些貪官污吏見錢眼開，答應幫忙。

此案州裏催得很急。到了限期，明溪縣衙果眞報說四賊已擒，案卷中明列了許多罪狀，屬十惡不赦，並據此判處死刑以棄市示眾。州府見證據確鑿，便允准處決。

剛好紀曉嵐奉旨查辦疑案到了明溪縣，他對四個竊賊的案卷看了又看，從案卷中看不出有何不妥，便親自與四個竊賊死刑囚犯談話。紀曉嵐向四名囚犯提出詢問。可他問了不少話，四個囚犯只是低著頭，一聲不語。

紀曉嵐見囚犯不吭聲，便道：「你們所犯之罪，實乃惡極。本官問你們多時卻不回答，那就算默認不諱了。有什麼話儘管說，否則來不及了。午時三刻將至，你們人頭落地後悔也晚了。」

四個囚犯直跺腳，可頭仍低著不語。

時辰已到，監斬官揮揮手，令衙卒及劊子手將囚犯推出處決。

四個囚犯被推至門口，癱倒在地，回頭看著紀曉嵐，似有話要說的樣子。紀曉嵐見此情形，心中生疑，便把他們召回再訊問。

這時他們才說道：「我們實在冤枉，剛才獄卒硬把枷尾壓住我們的喉嚨，所以有話說不出來。」

紀曉嵐發現他們似有顧慮，便支開左右隨從。

囚犯當即跪下，連喊「救命」，並將冤屈一一道出。原來他們根本不是那四個罪大惡極的盜賊，而是四個窮百姓。那日在街上莫名其妙地被抓，到了縣衙被劈頭蓋腦地打得死去活來，硬要他們承認是盜賊。因吃不住酷刑，只得屈招。

紀曉嵐下令將此案移到州衙審理。結果很快查明，那四個百姓果眞是冤枉，而爲了製造這個冤案，明溪縣衙幾十人都接受了四大竊賊的賄賂。

最後，那四個被冤農民無罪釋放了。四個眞正的竊賊被捕獲處以極刑。那十幾個衙門關鍵官員受賄罪證確鑿，分別被嚴厲查處。

紀曉嵐從刀下救出四個被冤百姓的事被傳爲美談。

扮鬼審案

福建省寧化縣有一個名叫張苦漢的商人，妻子早逝，撇下幼子名夏暑。他因常年在外經商，夏暑無人照料，便續娶龍氏。不想龍氏為人狠毒，對夏暑百般虐待。幾年後龍氏生下親子後，更將夏暑視為眼中釘。光陰似流水，夏暑漸漸長大。張苦漢長年在外奔波，一次染上疾病，一臥不起，奄奄一息了。

一日，龍氏對夏暑說：「你爹病成這般模樣，一旦有個好歹，咱家該怎麼過啊！」說著掉了幾滴眼淚，「你到城裏去買點好藥，快給你爹治治吧。」

夏暑見繼母還算有良心，便應諾跑了幾十里地到城裏，買來了藥。回到家中，見繼母臉色好看，心中不覺很高興，就說：「娘，我把藥給爹熬了吧。」龍氏連連點頭道：「夏兒，辛苦你了。」

晚上，龍氏把熬好的藥讓張苦漢喝了，沒想到一會兒，張苦漢捂著肚子翻來滾去，七孔流血，一命嗚呼了。

龍氏見狀大哭大鬧，一把揪住夏暑，說夏暑毒死父親，硬拉著他去衙門打官司。夏暑渾身是嘴也說不清楚，只是跪在大堂連喊冤枉。

州官聽完龍氏的哭訴，對夏暑說：「你買的藥，你熬的藥，不是你害死的還有誰？快把張夏暑押入大牢！」又對龍氏說：「你且暫退回家，老爺決不會輕饒殺人犯的。」剛巧這時紀曉嵐奉聖諭再次到寧化縣來察辦疑案。他覺得此事蹊蹺。張夏暑幼年喪母，只有父親待他好，怎會害他？於是把張夏暑帶到後堂細細查問。

幾天後的一個夜晚，龍氏從娘家回來的路上，經過張苦漢的墳地，不覺心生寒意。突然墳後邊鑽出一個蹦跳的披髮鬼來，龍氏嚇得雙腿抽筋，差點暈過去。

鬼說：「孩子他娘別害怕，我是苦漢。那天我到閻王那裏去報到，被打了出來。閻王說：『你吃什麼死的都不知道，怎麼給你登記上簿子？回去問問去。你我夫妻一場，總不能讓我死後不得安寧吧。再說我那毛病遲早要死的，有什麼過錯我也不會怪你。」

龍氏想：既然如此，對他說實話吧。便顫顫地說：「你是吃砒霜死的。」

「誰去買的？」

「不是買的，是從前院二拐子家要來的。」龍氏又把毒死李苦漢的經過對鬼說了一遍。

「哦，既是如此，那我就去閻王爺那裏回話了。」鬼說完便不見了。

過了兩天，龍氏被傳到衙門。

紀曉嵐說：「前幾天你撞到鬼了嗎？」

「是，老爺怎麼知道的？」龍氏覺得奇怪。

紀曉嵐笑笑：「龍氏，那鬼是我的手下扮的。」

龍氏嚇得癱倒在地上，連連磕頭道：「老爺饒命啊！我是怕老頭子死後，夏暑平分家產，才動心害死老頭子，嫁禍於他……」

案情大白，夏暑無罪獲釋，龍氏受到了懲處。

啞巴打兄

紀曉嵐奉乾隆御旨再次來到福建清流縣查辦疑案，他坐堂理事。有個啞巴獻上一根木棒，任官責打。紀曉嵐覺得奇怪。一問才知道這個啞巴很怪，每次來了新知縣，他都來獻棒挨打。

紀曉嵐想，如果他沒有冤枉，怎肯屢屢無罪吃棒？無奈啞子口不能言，手不能寫。紀曉嵐心生一計，用豬血塗在啞子臂上，又以長枷枷到街上示眾。暗差幾個心腹跟隨其後，見有人替他鳴冤叫屈，就傳他上堂。

一會兒，果然圍觀者中有一個老頭兒爲啞子叫屈。於是將他引到紀曉嵐面前。

老人說：「這人是我村的鐵啞子，自小不能說話，只是耳朵還好使，他被哥哥鐵全趕出，萬貫家財，並無分文給他。每年告官不能伸冤，今日又被杖責，小老因此感嘆。」

紀曉嵐傳鐵全到衙，但鐵全不承認啞子是他親骨肉。

鐵全走後，紀曉嵐教啞子：「你以後撞見你哥哥，就去扭打他。」

啞子眨巴著眼睛，看上去有些害怕。

紀曉嵐說：「你就照我的話去做好了，本官可爲你作主。」

一日，被打得頭破血流的哥哥來告啞子，說他不尊禮法，毆打親兄。

紀曉嵐問鐵全：「啞子如果眞是你親弟，他的罪過不小，斷不輕饒。如果是外人，只作鬥毆論處。」鐵全說：「他果是我同胞兄弟。」

紀曉嵐喝道：「既是你親兄弟，爲何不將家財分給他？豈不是你欺弟獨佔？」鐵全無話可說。

紀曉嵐即差人押他們回家，將所有家財各分了一半。鐵啞巴終於得見了天日。

巧取合同

紀曉嵐奉乾隆御旨再次來到福建清流縣時，受理了一件侄子告伯母騙取合同文書案，伯媽騙取了合同文書後，自然就不認親侄子了。

事情的起因經過還相當複雜。原來，在福建清流縣有一戶人家，哥哥龍天祥，娶妻苟氏，這苟氏乃是二婚，帶來一個女兒，到龍家後再沒生養兒女。弟弟龍天瑞，娶妻李氏，生得一個兒子，取名遷移。父親在遷移二歲時，就給他與鄰居張社長家的小女兒定了娃娃親。大嫂苟氏打算待女兒長大後，招個女婿，多分些家產。因此，把龍遷移當成眼中釘。

這一年，此地大旱，顆粒無收。官府發下明文，讓居民分戶減口，往他鄉逃荒。弟弟龍天瑞照顧哥哥上了年歲，不宜遠行，決定自己攜妻兒離鄉背井。龍天祥就請鄰居張社長寫下兩張合同文書，把所有家產全部寫在上面，以做日後見證。兄弟倆各執一份，灑淚分別。

龍天瑞帶了妻子，來到外省一個名叫上牛村的地方，房東李員外夫妻，為人仗義疏財。雖有許多田產，卻無兒無女，見年方三歲的龍遷移眉清目秀，乖巧聰明，就收為義子。對龍天瑞夫妻也像骨肉兄弟一樣看待。但是不久，龍天瑞夫婦染上疫症，幾天後相繼去世。龍天瑞臨死前掏出一紙合同文，將兒子託付給李員外。

一晃，龍遷移十八歲了，爲使父母屍骨歸鄉，決定回老家安葬，李員外就把合同文書交給了他。

龍遷移直奔老家清遠縣，一路問到龍家門前，只見一位老婦人站在那裏。那老婦人正是伯母苟氏，她一心想獨佔家財，就騙取了龍遷移的合同文書，卻翻臉不認侄子，反抄起一根木棒，打得龍遷移頭破血流。鄰居張社長聞聲出來，問龍遷移：「那合同文書既被她騙走，你可記得上面寫的什麼嗎？」龍遷移一字不差地背了一遍。張社長說：「我是你的岳父張社長。」當下他寫了狀詞，帶著龍遷移來到縣衙告狀。

紀曉嵐接了狀詞，便傳令拘龍天祥夫婦到公堂，責問龍天祥：「你是一家之主，爲何只聽老婆的話不認親侄子？」

龍天祥回答：「小人侄兒兩歲離家，一別十幾年，實不敢貿然相認，憑合同文書爲證。而今他和我妻一個說有，一個說無，我一時委決不下。」

紀曉嵐又問苟氏，苟氏一口咬定從未見過合同書。紀曉嵐假意憤然對龍遷移說：「他們如此無情無義，打得你頭破血流。大堂上，本官替你作主，你儘管打他們，且消消你這口怨氣！」

龍遷移流淚道：「豈有侄兒打伯父伯母之理？小人爲認親葬父行孝而來，又不是爭奪家產，決不能做爲了出氣而責打長輩的事。」

紀曉嵐自有幾分明白，對龍天祥夫婦說：「本官明白這小子果然是個騙子，情理難容，改日定將嚴刑審問。」令龍天祥夫婦先回去，而將龍遷移押至獄中。

第二天，紀曉嵐一面讓衙役四處張揚：「龍遷移得了破傷風，活不了幾天了。」一面派差役到外省接來李員外，於是眞相大白。

幾天後，紀曉嵐傳來一行人到公堂，李員外所言句句合情合理，苟氏胡攪蠻纏死不認親。於是，紀曉嵐傳令帶龍遷移上堂。不料差人卻來稟報：「龍遷移病重死在獄中。」眾人聽罷大驚，只有苟氏喜形於色。紀曉嵐看在眼裏，吩咐差人即刻驗屍。一會兒，差人回報：「龍遷移因太陽穴被重物擊傷致死，傷口四周有紫痕迹。」

紀曉嵐說：「這下成了人命案。苟氏，這龍遷移是你打死的，如果他是你家親侄，論輩份你大他小，縱然是打傷致死，不過是教訓侄子而誤傷，花些錢贖罪，不致抵命。如果他不是你的親侄，你難道不知道『殺人償命』嗎？你身犯律條，死罪當斬！」即命左右將苟氏拿下，送到死囚牢中。

此時，苟氏嚇得面如土色，急忙承認龍遷移確是龍家的親侄。紀曉嵐問：「既是你家親侄，有何證據？」苟氏只好交出那張騙得的合同書。紀曉嵐看後，差人叫龍遷移上堂。龍遷移接過紀曉嵐拿出的合同文書，連稱「青天」，苟氏方知中計。

紀曉嵐提筆判決此案：表彰龍遷移的孝道和外省李員外的仁義；苟氏本當重罪，准予罰錢贖罪；龍氏家產，判給龍遷移繼承。

照傘驗屍

紀曉嵐奉乾隆聖諭再次到福建龍溪縣訪查疑案時，遇到了一個農婦前來啼哭告狀，說他丈夫數日前上山砍柴，為小事而與鄰家漢子發生爭執，被那漢子毒打一頓，回家不幾日便死去了。目前屍體尚未送殮。請縣老爺為她作主。

紀曉嵐立即傳死者鄰家漢子到堂。那漢了一口否認此事，說那日上山一起砍柴是眞，但從未與之發生爭執，更未動手毆打。紀曉嵐見一時無法了斷此案，便暫將那漢子扣押在後堂。那漢子大聲呼屈，說鄰家婦人誣告，要縣老爺拿出證據來。紀曉嵐道：「本官絕不會冤枉好人，暫且委屈你一下吧，待我調查之後便會放你回去。」說完，帶人前往死者家中驗屍。

到得死者家，只見全家披麻帶孝，啼哭不已，靈堂內淒涼萬分。紀曉嵐立即派人揭開死者身上的白布，解開衣褲進行驗傷。奇怪的是，屍體身居然無一處傷痕。驗屍官用當時通用的驗屍方法，用糟塊、石灰水之類對屍體進行沖洗、敷擁，仍不見毆傷的痕迹。

紀曉嵐想：「難道那農婦果眞是誣告不成？」便將農婦帶回衙門審問。

農婦悲悲切切，說來說去還是狀子上的那幾句話。紀曉嵐對農婦道：「你告鄰家漢子將你丈夫毆打至死，並無證據。本官難以了斷。你去吧，念你喪夫子幼，不追究你誣告之罪。」

農婦號啕大哭而去。

雖然紀曉嵐口頭上這樣說，暗地裏卻仍在認眞查訪驗屍方法。

紀曉嵐一貫重視身體力行，他親自一個又一個地找有經驗的驗屍仵作瞭解情況，以便找出新的驗屍方法。

果然功夫不負有心人，有一位已退休的老書吏被紀曉嵐的一片精誠所感動，他對紀曉嵐說：「我知道一種驗屍傷的辦法，十分有效。有些屍傷由於兇手作案巧妙，確難檢驗。你只需用赤油傘在中午陽光下張開覆照，以水澆屍，傷痕就會立即出現。」

紀曉嵐用此辦法驗屍，那屍體身上果現傷痕累累，確屬被毆打而死。證據到手，紀曉嵐馬上提審死者鄰家漢子，那漢子無法抵賴，只得認罪。

從此以後，紀曉嵐查辦疑案驗屍體傷痕時常用此法。

自燃火災

紀曉嵐身為福建省提督學政，但他聰慧超群，屢破疑案，乾隆皇帝乃特別頒旨，讓紀曉嵐到福建全省的許多州縣去查辦疑案。

不巧，當他外出查案之時，福建總督衙門發生了大火災。那是總督衙門裏一處露堆貨場突然起大火，火勢甚旺，竟將所堆之物全數焚毀，幸虧撲救及時，方未殃及衙門之內的安全。總督衙門失火，總督大怒，下令嚴加追查。總督還把紀曉嵐調回福州總督衙門負責監查此事。這下看守貨物的幾個人都惶恐不安，以為難免一死。

紀曉嵐為獲得第一手資料，察看了著火處的地形，只見此地處於總督府衙內，戒備森嚴，外人進入縱火的可能性不大，內部人作案的話可以直接去燒總督府內堂，何必去燒貨物呢？再者根據調查，這些看守貨物的人平時一貫忠於職守，沒有任何可疑之處。可這火是從哪裡來的呢？他覺得其中必定另有緣故。

紀曉嵐召集看守貨物的幾個人到堂前，詢問了一些問題後道：「根據你們所述，似乎此乃天火嘍？」

眾人答：「小人們實在搞不清，那火確實莫名其妙而起。」

紀曉嵐又問：「那麼，貨物中有什麼東西會自燃呢？」

眾人道：「這很難說，堆放的東西都可能引燃。不過開始燒時似乎聞到了一股焦油味兒。」

紀曉嵐聞言又追問：「那焦油味是什麼東西散發的？」

眾人答：「油幕。」

紀曉嵐點點頭，令眾人退下。他心中暗想，油幕會不會是自燃的禍首呢？於是，又將幕工們召來詢問。

幕工們說：「做幕必須滲入別的藥品。久而久之，藥品潮濕了便要燃燒。」

紀曉嵐恍然大悟，此案原來由此而起。要不細查，草草了事，肯定辦成冤案了。他據此調查寫下奏章，立即把這情況報告給總督大人。

總督看完報告，頓然醒悟，說道：「不久前，一處樹林也著火了，後查出火是從油衣中燃起的，看來此事亦是如此，日後需小心爲好。」

紀曉嵐奉命參照從輕處理的律文，對那些堆放油幕不愼的人作了處理，人們心悅誠服，甘願受罰。

神鐘識盜

紀曉嵐奉聖旨再次到福建省將樂縣查辦疑案時，接到了一件報案。是有戶廖姓人家夜裏遭到偷竊，天明到縣衙報案。紀曉嵐問明案發的前後經過，並帶差役親赴現場查驗，發下權杖，將附近街弄遊手好閒之人和犯有前科的小偷兒等作爲嫌疑犯，拘捕進衙，予以審查。

嫌疑犯們高高矮矮，胖胖瘦瘦，一到大堂，就沸反盈天地鬧開了：有高喊「冤枉」的，有痛哭流涕的，有哀求「紀青天明鑒」的，有你怨我罵的……總之，沒有一個承認自己犯了偷盜罪。

紀曉嵐朝嫌疑犯們掃了一眼，和顏悅色地說道：「盜賊就在你們之中，爲了不冤枉好人，我不得已委屈你們來縣裏走一遭。這兒附近有座廟，廟裏有台大鐘，這臺鐘非常神奇，善於明辨是非，識別好歹。誰做了壞事，一摸鐘它就會發出敲擊聲；沒有做壞事，任你怎麼摸它，也不會發出聲。誰是小偷兒，你們只要到那裏一摸就知。」說著，紀曉嵐揮揮手，讓差役押著嫌疑犯前往寺廟。

到達寺廟，紀曉嵐讓差役在大殿上的香爐裏置好香，自己領著下屬朝大鐘三跪九拜，裝出一副恭而敬之、虔誠求問的樣子。祭祀完畢後，他又叫人用帷幕將大鐘嚴嚴實實地裹護起來，好似一幀碩大的帷帳。

一切安排停當後，紀曉嵐喝道：「好，現在你們依次進入帷幕摸鐘。」一行嫌疑犯不敢怠慢，一個個魚貫而入，又一個個魚貫而出。「好，現在攤開手掌讓我查驗。」紀曉嵐說。嫌疑犯們列著隊，有秩序地從紀曉嵐面前走過去。結果，大部分人的手掌上有墨色，唯獨一個矮胖子手上沒有。紀曉嵐一聲怒喝：「把他抓起來，打入監牢聽審。」

矮胖子大叫道：「您別冤枉好人！剛才根本沒有發出鐘聲，有什麼憑證說明我是盜賊？」

紀曉嵐冷笑道：「你偷了別人的東西，做賊心虛，害怕大鐘發聲，所以沒有去摸它。」

矮胖子又叫道：「我摸了，我摸了。我在幕裏，你在幕外，何以知道我沒有摸？」

紀曉嵐哈哈大知道；「我叫人在鐘上塗了墨。別人摸了，手上有墨，你呢？」

矮胖子看看別人的手，又看看自己的手，明白自己中了圈套。

於是他供認了偷盜廖姓人家的罪行，得到了應有的懲處。

乳醫伸冤

福建省建寧縣有個土豪名叫張甲，他爲人狡詐多心計。當時，其兄病故，留下寡妻及一子，房屋多間，田地若干。張甲見嫂子勤儉治家，日子過得不錯，十分眼紅，欲奪其嫂子家產。於是，他三天兩頭跑到嫂子家，問寒問暖，嫂子甚爲感激。

一天，張甲歎著氣對嫂子說：「你還年輕，拖著個小孩子過日子，倒也不容易。依我之見不如改嫁，也好有個照應。」

嫂子不悅道：「你兄就留下一子，我再苦也要將他養大，絕不改姓。這輩子絕不再動改嫁之念，謝謝叔叔關心了。」

張甲不甘心，四處揚言說哥嫂的兒子不是親生的，非張家骨肉便不能繼承家業。嫂子氣不過，便告到官府。不想張甲偷偷買通官吏，官吏便幫著張甲說話。嫂子多次上告，便均被駁回，還被毒打了一番，說她誣告。最後竟將財產統統判給張甲。

時光一晃十年，張甲嫂子爲爭這份財產一直不斷地告狀。碰巧這時紀曉嵐奉乾隆御旨再次來到建寧縣查辦疑案，張甲嫂子自然把這拖了十年的積案告到了紀曉嵐這裏。紀曉嵐翻閱了歷次審理本案的舊案卷，發現了疑點：案卷中均漏掉了這女人生兒子時請乳醫接生之事，而這正是決定小孩是否親生的關鍵。

紀曉嵐向張甲嫂子瞭解當年乳醫的姓名後，立即傳那乳醫到堂。那乳醫竟記憶不起，便回家翻閱舊記錄，果眞查到此小孩是那女人所生，便立即出具了證明。紀曉嵐將張甲的族親都傳到官署，張甲極力申辯。紀曉嵐取出當年請過乳醫的記載，眾人無話可說。張甲只得服罪。那女人的十年沈冤終於得到昭雪。

不許替罪

福建大田縣有一個名叫鍾子良的大惡霸，家財萬貫，時常惹事生非，居然屢次將人打死，然後買通官吏，逍遙法外。

一日，鍾子良帶著手下闖入城東一個酒館，直奔樓上的雅座。只見雅座上坐著一位青年，那青年正獨自酌酒觀賞窗外景色。鍾子良大怒，上前便是一個耳光，出言不遜要趕青年走。那青年不服，爭執起來。鍾子良一揮手，手下人一擁而上將那青年一頓好揍，不想那青年竟氣絕身亡。

鍾子良見又闖了一樁人命案子，忙溜之大吉。回到家中，打點銀子叫管家送往知州府。

不料此時正好是紀曉嵐奉旨坐堂辦案，他根本不肯受賄。管家忙回家向鍾子良稟報。鍾子良眼珠一轉，便對管家如此這般地交待了一下。

再說那死者親人立即向紀曉嵐告狀。紀曉嵐甚怒，正簽令拘捕鍾子良時，外面有個姓賈的人前來自首，說是他打死了人，與鍾子良無關。

紀曉嵐聽完那賈犯人的坦白後，覺得可疑。可自首者賈某編得天衣無縫，而且那青年死時酒館中的人均膽怯而逃，無證人作證，一時難以斷決。便將自首者賈某暫且收監，待調查清楚再作了結。

過了幾天，紀曉嵐經察訪實情，果眞査清了事實眞相，便將賈囚犯提來訊問。不想那賈囚犯依然咬住原供不鬆口，紀曉嵐搖搖頭，惋惜地說：「你這樣做實在不値得。其實，你上了鍾子良的當了。」

賈囚犯聞言不解，睜大眼很是疑惑。

紀曉嵐道：「鍾子良給了你十萬錢，說要娶你女兒做兒媳婦，還答應把他女兒嫁到你家。有此事嗎？」

賈囚犯一聽，臉上表情立刻大變。

紀曉嵐又道：「現在你替他頂兇殺之罪，可是他又寫了一張假契，把你女兒改成婢女，說那十萬錢就是買她的代價，又把他自己的女兒另嫁了別人。你卻爲他當『替罪羊』送死，何苦呢？」

賈囚犯聽到這裏，頓時大哭，便將實情說出。原來，他家一貧如洗。那天鍾子良找到他家，對他威脅利誘，要他答應幫助頂罪，說入獄後會出錢買通官府贖他出來，並欲與他結爲親家。爲此，他心動了，答應幫忙，還與鍾子良立了契約。不想鍾子良用心險惡，他差點爲此丟命。

紀曉嵐據此立即逮捕了鍾子良，並依法加以嚴懲。頓時，大田縣所屬的三明州州城內百姓人心大快。

識破假僧

紀曉嵐奉旨查辦疑案再次來到福建沙縣時，幾個士兵押來一個僧人，說此僧毆打店小二。紀曉嵐一瞧，此僧面目非善，不似修性之相。厲聲道：「大膽僧人，酗酒食肉違反佛規戒律第幾條？」

僧人略微一怔，隨即現醉狀支吾不清。

紀曉嵐細察僧人表情，心中生疑，又問：「你在哪兒出家？」

僧人答道：「靈通寺。」

紀曉嵐再問：「有何憑證？請速取來。」

僧人忙從身上取出度牒作爲身份的證明交給衙吏。紀曉嵐看了良久，拍案而起，道：「來人，將此僧人押入後牢，明日再審。」

僧人不服，高聲叫屈不絕。

紀曉嵐擺手命衙吏將僧人帶走，隨後在紙上刷刷地寫下幾行字：此是假僧人，且是個殺人犯。

次日清晨，群官聚集聽審。當介紹完此僧人昨日醉酒打人的劣迹後，眾人不解，單憑這些何能斷定是假冒僧人呢？更令人迷惑的是，紀曉嵐又如何推斷此人是殺人犯呢？於是私下議論起來。

紀曉嵐微微一笑道：「本官自有道理，各位看審吧。」說完傳令將那僧人押上。

僧人一進大堂，見此架勢，心中生俱，跪在地上口喚冤枉。

紀曉嵐道：「你先別喊冤，待本官問你幾句話便可結案。昨日念你酒醉不作計較，今再問你，出家人酗酒食肉違反佛門戒律第幾條？」

那僧人頭上冒汗，一時語塞。

紀曉嵐再問：「你出家爲僧幾年了？」

僧人即答：「七年了。」

紀曉嵐笑著追問：「出家七年，爲什麼你額頭上還有束裹頭巾的痕迹？」

僧人驚聳萬分，無法解釋。

紀曉嵐喝道：「該死的強盜，殺死了僧人冒名頂替，還不快快招來！」

僧人在嚴厲的審訊下，終於招供。原來他在前幾日夜晚在路上遇見了一位雲遊僧人，假意結伴，行至荒僻處，將其砸死，剝下僧衣，取了他的戶部戒牒，自行披緇衣剃光頭髮假冒僧人，以靠化齋爲生，不想竟被紀曉嵐識破。

眾人問紀曉嵐何以斷事如此準確。

紀曉嵐說：「眞的假不得，假的眞不得，你只要細心觀察，自然能識破假和尚的破綻！」

細究死因

福建省首府福州某街有甘甲與崔乙兩戶人家，結怨甚深。

一日，甘甲經過崔乙家門，不慎因地上泥濘而滑倒在地，心中怒極，便站在門口指著和尚罵賊禿，以發洩怨氣。崔乙家見狀也跳出大罵，罵著不過癮，竟動起手來。甘甲見崔乙家人多，倉皇逃走。回到家中氣憤得很，一家人商議如何報仇。

甘甲父年老體衰，一直多病，聞兒子被打，加之數年與崔乙家結仇受欺，竟想出了一條令家人吃驚的計策。兒孫聽後，不肯應諾，甘甲父不再作聲。

第二天一早，甘甲父瞞著家人，悄悄來到崔乙家，敲開大門闖了進去，見物就砸，見人就打，崔乙家人不覺大怒，一起動手上去揪老頭兒。老頭兒孤注一擲，拼死反抗。崔乙家人見家中被砸得一塌糊塗，就動起手來揍老頭兒。不想剛一動手，甘甲家老頭兒就倒地氣絕。崔乙家見出了人命，嚇得不知所措。

再說甘甲早晨不見父親蹤影，立即帶著弟兄趕往崔乙家，見父親已死，舉家痛哭不已，揪住崔乙家人前往見官。

此案落到了奉旨查辦疑案怪案的紀曉嵐手中。紀曉嵐聽完訴狀道：「鄰里之間，本應和睦相處，你們竟鬧出了人命，實在不該。」崔乙家人自認倒楣，因爲甘甲父死於他家是事實。

紀曉嵐見崔乙家供認不諱，便將他們押下，待驗傷結果再作了斷。

驗傷官很快遞交上報告。紀曉嵐閱後覺得此案有異。因爲甘甲父親身上傷痕雖有幾處，但不在要害，且屬皮外輕傷，不致造成死亡。他便又傳上甘甲家人，詳細詢問。

甘甲顯得有些驚慌，說話時呑呑吐吐。

紀曉嵐道：「本官手中驗傷報告證明，你父親並非爲傷所死，而是另有原因，快從實講來。」

甘甲只得將眞相道出。原來，昨天在商議報仇之事時，甘甲父親竟提出自己年老多病無用，讓他先服下一種名叫野葛的毒藥草，然後去崔乙家尋仇。待崔乙家動手時，藥性發作，死於他家，便可告其殺人罪。可當時家人均不贊成，沒想到甘甲父親一早卻依然使用了此計。

眞相大白，紀曉嵐立即將崔乙家人釋放，但罰款若干作爲喪葬費。

崔乙家人對紀曉嵐細察甘甲父親死因，爲自家人伸冤昭雪再三拜謝。

智識僞供

紀曉嵐奉聖諭查辦疑案怪案再次來到福建泉州府時，發生了一件官員慘死怪案，泉州府相當於副知府的刺史節僧年。一天，他在宅中大宴賓客，散席不久就連聲喊叫肚子痛，當晚就死了。

紀曉嵐懷疑有人下毒，就下令檢驗屍體。仵作驗屍完畢，呈上驗屍單。紀曉嵐見上面寫道：「死者七竅流血，肌膚紫黑，顯是中毒身亡。」這時節刺史的太太來告發說：刺史的小妾與一個門客有私情，很可能是他倆謀害的。於是紀曉嵐將兩人拘捕起來。

紀曉嵐派了一個官員負責審訊，兩人供認了毒殺節僧年的事實。當追問如何下毒的情節時，小妾又供出是把毒藥下在清蒸甲魚這道菜裏。節刺史是食後中毒身亡的。

案件審結後，紀曉嵐複查案卷，發現其中頗有疑點，問審案吏員說：「清蒸甲魚是第幾道菜？」

吏員答道：「是第四道菜。」

「客人吃沒吃這道菜？」

「都吃了。」

紀曉嵐說：「我看奸人所下的毒藥，吃了之後，毒性便會發作。節刺史豈能於席散後毒發身亡呢？再說，眾多賓客都吃了這菜，怎麼無一中毒的呢？可見犯人所供，其中必有原因。」

吏員諾諾稱是，只得又重審犯人。吏員將紀曉嵐的推斷一說，小妾知道再也瞞不過去，便從實招認，是客人散去後，節僉年刺史返回廳堂用茶，她在茶水中下了毒，這才是作案的眞實情況。原來犯人早已深謀遠慮，故意假造作案情節，準備將來上訴時再行翻供。幸虧紀曉嵐識破僞供，防止了犯人翻供。

智滅神蛇

紀曉嵐奉旨查辦疑案再次來到福建三明府時，碰到一樁稀奇古怪的公案。

原來，該州有一座寺廟。民間盛傳廟裏有一條神蛇，修煉的道行很深，常常顯靈。百姓對牠奉若天神，頂禮膜拜。這個寺廟香火旺盛，佛事興隆。以前到三明做知州的幾任地方官，也亦趨亦奉，逢年過節都親自到寺廟去焚香祈禱一番，跪求蛇神恩賜地方以幸福。

紀曉嵐聽了此事，大不以爲然。屬下的老差役就振振有詞地勸道：「大人，這不是傳說，而眞的。」

紀曉嵐斥責道：「奇談怪論！」

老差役說：「大人！您知道前兩任三明知州的命運嗎？前一個知州到任後輕慢蛇神，沒有去祭祀牠，結果引起特大旱災，幾乎造成顆粒無收，百姓紛紛責備他治理無能。他待不下去，只好請求他調。後一個知州無法，一上任就去廟裏祭蛇神，忽然看見這條蛇蜿蜒爬出廟堂，大吃一驚，回到官邸就生了重病，不治而死。百姓都說，這位知州大人雖然親自去祭祀了，但內裏並不誠心，而是做做樣子的，所以蛇神要懲罰他。」

紀曉嵐笑道：「有這等事，那我倒要親自誠心地邀請蛇神來做客哩。」

說著，紀曉嵐便傳令該廟的和尚把蛇神抬到官府來。老差役連連搖手道：「使不得，使不得。大人如此對待蛇神，一定要遭到不測之災。」

紀曉嵐笑道：「你不必緊張，我自己誠心誠意請牠，來了待牠爲上賓，牠不會發怒。即使降罪，也只我一人承擔，與你們無干。」

不多久，和尚們果然將神蛇抬了送來，只見牠的身子粗得像房柱子一樣，皮膚的顏色黑得像墨炭灰一樣。紀曉嵐叫左右用欄杆將牠圈起來供養。

老差役全身發抖，紀曉嵐拍拍他的肩頭，示意他放鬆神經，便笑著對蛇神說：「都說你道行深得很，那麼我給你三天期限，三天之內，你定要顯示你的神力，任你造災降福。如眞靈驗，那我就把你尊爲天神，日夜率眾向你祭祀跪拜。如果不靈，我就對你不客氣了！」

三天過去了，那條神蛇跟普通蛇類一樣，並沒有顯出神靈的樣子來。紀曉嵐哈哈冷笑道：「哪來的蛇神啊？全都是品行不端的和尚妖言惑眾，騙取百姓的香火錢啊！」當即下令將蛇殺死，拆了那個寺廟，嚴厲地懲治了和尚們的罪過。

老差役這才如夢初醒，說：「都怪我糊塗，不是大人英明，我到死都被惡和尚騙了。」

白鶴之案

紀曉嵐出任福建提督學政時，閩海總督麻奎是滿洲貴族人。麻奎是皇親國戚，有乾隆頒旨御賜的一隻丹頂白鶴。麻奎對此御賜之白鶴喜愛不已。有一天，麻奎的御賜丹頂白鶴不見了。這下驚動了總督府上下。管家帶著四個家奴上街尋找。只見一條狗正在美餐那隻脖子上掛有「御賜」銅牌的丹頂白鶴。眾家奴大驚，上前用繩子將那狗拴住，準備勒死。管家眼珠一轉，忙喝住，他想勒死一隻狗賠償不了總督大人的鶴，非得讓狗的主人抵命不可。於是他將狗的主人連同狗和咬得殘缺不全的鶴，一起交與福州知府處理。

福州知府辦不了這麼重大的案件，便移交給奉旨查辦疑案的紀曉嵐處置。

紀曉嵐一向對總督府的蠻橫霸道深惡痛絕，可又無可奈何。聽完管家的話後，紀曉嵐說：「你先寫一份訴狀吧，沒有訴狀，本官無法定案。」

管家十分惱火，鼻子一哼說：「總督府打官司，從來不寫訴狀！你恐怕不知道。」

「本官斷案從來必須有訴狀！」紀曉嵐的態度亦很強硬。

管家只得寫下一份訴狀，意思是狗的主人故意唆使狗將「御賜」丹頂鶴咬死，這種行爲不僅是輕蔑總督，更是欺君罔上！

紀曉嵐看後，大怒道：「膽大惡狗，竟敢咬死御賜丹頂白鶴，該當何罪？快快交待，你是如何受主人唆使的？」

管家心想，狗怎能聽懂你的話呢？你不審人卻審狗，看你如何結案？

見狗不吭聲，紀曉嵐又道：「膽大惡狗，竟敢抗拒不答。現在總督府管家狀子在手，你休得抵賴。衙役，將這份訴狀讓惡狗看看，問牠上面所列罪行是否確實！」

「大人！」管家再也熬不住了，「你怎麼只管審狗？狗又不懂話，又不識字。」

紀曉嵐問：「那麼依管家之意如何是好？」

管家說：「審狗的主人！」

「你的訴狀不是說人是唆使者嗎？」

「是呀！」

「狗既然聽不懂話，又不識字，人如何唆使它呢？你這不是自相矛盾嗎？」

管家一急，臉一板道：「你別忘了，我是總督府的管家！你必須給我判妥此案！」

「好，你等著。」紀曉嵐提筆批道：

白鶴雖帶御賜牌，
怎奈家犬不識字。
堂堂福州本知府，
不管禽獸爭鬥事。

批完，將訴狀扔給管家。

管家咆哮道：「好你個紀曉嵐，看總督不拔掉你的烏紗帽！」

「放肆！」紀曉嵐一拍驚堂木，「咆哮公堂！衙役們，將他打四十大板！」管家見勢不妙，忙逃之夭夭。

紀曉嵐對狗的主人說道：「沒你的事了。回去之後要把狗拴好，別再惹事。」狗的主人驚魂方定，對紀曉嵐感恩不盡。

總督厤奎一見紀曉嵐在管家訴狀上的批詩，認爲「狗不識字」，實在無可挑剔，於是只好放過此事。

幼女吐真

福建莆田縣有個名叫桑葉黃的叔父貪圖侄兒桑枝軟的財富，便同兒子密謀，利用一次家宴的機會將侄兒桑枝軟灌醉，然後猛力擰折侄兒的頸椎使他喪命。

侄兒桑枝軟喪命後，處理屍體成了一大難題。叔父桑葉黃說：「將他碎屍丟入河中或深埋地底，向外謊稱他出外不歸。」

他兒子桑正科搖手道：「不行，不行。一則縣府破案十分厲害，二則他的財產歸我們所有，左鄰右舍的眼紅者一定會向官府報告我們是圖財害命。」

父親桑葉黃說：「那你說怎麼辦？」

兒子桑正科對父親耳語說道：「如此如此。」

父親拍拍兒子的肩膀，大喜道：「如此甚好，名正言順，一箭雙鵰！」

原來，兒子與媳婦感情變惡已久，一直無法擺脫，兒子想趁機藉「捉姦殺傷」的名義一併將妻子除去。於是，兒子藏利刀闖入臥室，出其不意地將妻子的頭猛地砍下，又折返將被擰折頸椎而死的堂兄弟桑枝軟的頭顱割下。父親桑葉黃和兒子桑正科將兩顆頭顱並作一處，以「殺傷姦夫淫婦」的名義向縣府告發。

剛好此時紀曉嵐奉旨查辦疑案再次來到了莆田縣，便接下了這個案子。

紀曉嵐此時正在二十里之外辦理另一件事情，他回到衙門聽到命案報告已是半夜三更。他在蠟燭的照射下細細審視那兩顆人頭，發現一顆頸項皮肉緊縮，一顆卻不縮，心中明白了七八分。於是盤問桑葉黃與桑正科父子倆：「這兩人是同時殺死的嗎？」

桑家父子倆同時答道：「是的。」

紀曉嵐又問那兒子道：「你同妻子有子女嗎？」

桑正科答道：「生養了一個女兒，只有幾歲。」

紀曉嵐說：「將父子倆暫且拘押在監牢裏，等天亮後再審訊定案。」

桑家父子倆被關進牢裏後，兒子桑正科說：「姦夫淫婦爲世人所深惡痛絕，我們捉姦殺傷，罪名是很小的，只要花費些銀兩，說不定很快就會結案出獄。到那時我家既富有，我又能再娶到一個美麗賢慧、能爲我家生兒子的閨女爲妻。」

且說紀曉嵐打發桑家父子去監牢後，隨即發出另一張傳票，派差役將報案的那個兒子桑正科的女兒帶到縣府。等她一到，紀曉嵐就攜著她的小手走入衙門內院，給她吃棗兒、糖果，和顏悅色地詢問眞實情況，天眞的小女孩便一五一十把看到的經過全部講了出來。

果然不出所料：女人的頭顱是被活活砍斷的，刀口處皮肉緊縮，血漫周邊；男人桑枝軟的頭顱是喪命後割下的，刀口處皮肉不縮，沒有流血，呈白色。

紀曉嵐當即喝令桑葉黃與桑正科父子上堂，經過嚴正的審訊，父子倆不得不招供伏誅了。

十貫大錢

福建仙遊縣有一個以賣肉爲生的嚴不鹹，因做生意虧本，向親戚家借了十貫大錢，回家再作營生。十貫大錢就是用線穿起來的每貫一千文的銅錢。當時十貫大錢不是個小數目，可以買得二十五頭耕牛。晚間，當地賭棍曾發淡去他家偷竊，殺死了嚴不鹹，盜走了十貫大錢。

這事牽扯到嚴不鹹的繼女方成綢和外地客商刑朋舉。他們被仙遊知縣屈打成招，承認同謀殺人，竊錢私奔。

也是方成綢與刑朋舉二人命不當絕，在方成綢與刑朋舉二人將要執行死刑之時，紀曉嵐奉旨查訪疑案再一次來到了仙遊縣。

紀曉嵐再次提審方成綢與刑朋舉二人。二人高呼冤枉。紀曉嵐覺得案情確有不實之處，便向上司請求複查。他來到嚴不鹹家中，在床後尋到一粒骰子。但查訪鄉鄰，都說嚴不鹹並無賭博惡習，當地只有曾發淡是個賭棍，但此人已失蹤好久。

紀曉嵐假扮一個測字先生，幾經周折在一座大山腳下的一座破廟裏尋到了曾發淡。曾發淡做賊心虛正求神靈保佑，見測字先生來到，便取自己名字中的「淡」字求測，以卜凶吉。

紀曉嵐問道：「你是自己問卜，還是代人測字？」

曾發淡掩飾說：「我是代人測字。」

紀曉嵐有意把曾發淡引到偷竊上去。曾發淡更加慌張了，問道：「可有解救之法？」

紀曉嵐躊躇了一會兒問道：「若要解救，你必須將實話告訴我，這字是測別人還是你自己。」

「是我自己，先生救我。」曾發淡哀求地說。

紀曉嵐面露笑容，說道：「如果是你自己偷盜了東西，我便直話直說，當今之計，你只有逃竄爲上策。」

曾發淡哭喪著臉說：「偷來的十貫錢已被我用盡，我已身無分文，如何逃走啊！」

「不妨！」紀曉嵐說：「我僱有小船一隻，正要開離州府，你不妨跟我同行。」

曾發淡大喜過望，便隨同紀曉嵐前往碼頭，果見那裏停有一隻小船。正待上船時，曾發淡突然喊道：「你不是測字先生！」

紀曉嵐以爲情況有變不由大吃一驚，問道：「你說什麼？」

「我是說，你不是測字先生，倒是救命菩薩。」

其實小船正是開往府衙而不是逃離府衙。曾發淡糊里糊塗地被帶到府衙，當即被押進監獄。

次日，紀曉嵐將一干人犯提上大堂審問，曾發淡見威嚴地坐在公案後面的審案州官就是「測字先生」，自知事情敗露。待等鄉鄰等人證和骰子物證出現在他眼前時，見再已無法抵賴，便如實招供了殺人謀財的經過。

曾發淡終於認罪伏誅。

三識盜賊

紀曉嵐奉旨查辦疑案再次來到福建晉江縣時，遇到一個棘手的案子。

那是該縣一家官府丟失了幾件金器，是掌管這些器皿的婢女發現有賊，據她說，她無力阻擋，左手被砍傷，金器被盜。紀曉嵐來到這個官府，將當事人召集在一起。他在察看婢女手傷時，發現傷勢不重，而她卻喊痛不已，站在婢女旁邊的一個書僮，聽到了她的喊痛聲，臉上明顯露出關切的神色。紀曉嵐據此判斷：婢女和書僮是有私情的，她監守自盜，將金器給了書僮，又右手持刀砍傷了左手，她不忍用力，但又不得不裝作傷重的樣子，喊得書僮牽腸掛肚，流露了感情。紀曉嵐經過認眞地審訊，證實了自己的判斷是正確的，這個案件很快就了結了。婢女和書僮受到了應有的懲處。

破完這案件之後，紀曉嵐沒有離開晉江縣。

紀曉嵐喜歡泡茶館，這次他又到茶館喝茶。這家茶館比較高雅，茶具也較精緻。其中有一只陶壺，是茶館的祖傳之寶，價值很高，老闆便以此來招徠茶客，生意很是興隆。紀曉嵐正喝著茶，忽見走進一個闊商人。他身材魁梧，衣著華麗，使用的正是這把名貴陶壺。紀曉嵐隔著桌子對闊商端詳了一會兒，突然厲聲喝道：「有我在此，你休想耍手段，當心我找你！」那闊商羞得滿臉通紅，離開了茶館。老闆便問紀曉嵐，怎麼知道那個茶客耍手段。紀曉嵐說：「一般人喝茶都是單手斟水，他卻雙手捧壺，分明是用手來比量那陶壺的尺寸，好去依樣做一只假的，來換取這只真貨。」老闆聽了不由頻頻頷首稱是。

紀曉嵐繼續在晉江縣查辦疑案，忽然就有個人家地窖失竊，但竊賊沒有留下絲毫痕跡。紀曉嵐接獲此案時，就對他手下差役說：「可能是街上耍猴子的人行竊作案。你可前往盤問，如他不肯說，你就讓他吐口唾沫在手心上。」那差役找到了在廟會上耍猴的人，那人見差役盤問，非常慌張，語無倫次，但並沒承認偷盜之事。差役就依紀曉嵐的吩咐，讓耍猴人吐唾沫在手心上。那人只覺得口枯喉乾，吐不出一點口水，只得承認利用猴子在地窖盜竊的事實。事後紀曉嵐對差役說：「原先，我只覺得這事可能是耍猴人所作的案，所以要你去盤問，他心中有鬼，就必定緊張，當人緊張之時是吐不出口水的。」一番話使差役佩服得五體投地。

聰慧的紀曉嵐就這樣利用日常生活的普通常識破獲了重要的竊案。紀曉嵐在晉江縣短短的幾天連識三起盜賊案，民眾都把他傳神了。

離間審案

紀曉嵐奉旨查辦疑案，他又一次來到福建漳州府，漳州府就在海邊，駐防海防的親兵都是滿州來的清廷精銳部隊。他們權勢很大，不僅在漳州城裏橫行不法，還要到外縣去肆意騷擾。地方官對他們毫無辦法。

一次，有兩個海防軍在漳州搶劫百姓。當地官員沒有辦法處理。剛好紀曉嵐奉旨前來查辦疑案。兩個海防軍說話態度蠻橫，並沒把紀曉嵐放在眼裏。

紀曉嵐見他倆不肯服罪，就分別審理，以期各個擊破。他將名叫沈號壯的海防軍甲留在門外，單把名叫項硬持的海防軍乙叫到堂前反覆審問，聲色很嚴厲，還親自拿起朱筆在紙上記錄口供，儘管項硬持什麼也沒有說，但紀曉嵐還是記滿了一張紙。然後把項硬持押下去，再將沈號壯傳來審問。沈號壯也是依然故我，拒不服罪。

紀曉嵐拿起那張寫滿字的紙對沈號壯說：「你的同夥已全部招認了。他說搶劫的事是你策劃的，是你動手的，也是你同他串通一氣，拒不認罪的。你是主犯，他是從犯，現在他服罪了，你還不服罪，所以按例，應當處死你，他可將功折罪，當堂開釋。」

沈號壯沒想到紀曉嵐是騙他，又看到那張寫滿字的紙，不由又急又氣，他忿忿不平地說：「項硬持完全是一派胡言，雖然我也動了手，但一切都是由他作主的。想不到他倒打一耙，反而誣陷我。」

紀曉嵐同樣沒聽他的話，仍舊自顧自地又寫滿一張紙。那項硬持在轅門外聽到堂上沈號壯和紀曉嵐對話的聲音，雖然聽不清內容，但心已經虛了。

這時，紀曉嵐又把項硬持傳到堂上，讓他倆對質。這一對同夥一反開始時緘默不語的態度，而是搶著訴說對方的罪狀，把如何策動，如何行動，如何分贓，如何對待官衙的所作所為都講了出來，就像兩隻對咬的惡狗一樣。還連帶咬出他倆以前合夥犯罪的事實以及其他駐防軍胡作非為的行徑。

紀曉嵐把這兩個駐防軍所供事實，寫成奏疏，稟報皇帝，建議朝廷整頓駐防軍，嚴肅法紀。朝廷見海防軍鬧得太不像樣子了，就同意了紀曉嵐的要求，不僅對這兩個海防軍按罪論處，而且對所有有過犯罪和騷擾百姓行為的海防軍都作了處理。從此這些海防軍再也不敢胡作非為了。

一語天機

福建南安縣有兩個商人，一個叫錢三，一個叫袁生。他們是一對好朋友，準備合夥外出做生意，同僱了一條船，約定日期要一同出發。到了約定的那天，天剛濛濛亮，袁生來到村外碼頭的小船上，見船夫李潮還在睡覺，即叫醒他問：錢三來了沒有？李潮伸伸懶腰說，還沒來。袁生就進船等待。等啊等啊，太陽都升得老高老高了，還不見錢三的影子。袁生有點不耐煩了，對李潮說：「船家，你到錢三家去一趟，叫他快點來。」

李潮來到錢三家門口，敲門招呼道：「三娘子，三娘子，快開門呀！」

錢妻開門出來問：「什麼事呀？」

李潮問：「三娘子，三官人怎麼還沒上船？袁先生等著他呢。」

錢三妻驚訝地說：「他天沒亮就出門去了，怎麼，還沒上船？」

「是啊，到現在還沒上船，他到哪兒去了呢？」李潮急得直搔後腦勺。過了一會，他又說：「三娘子，你別著急，我們再去找找。」

回到船上，李潮把情況說了一遍，袁生也很納悶。兩人就分頭出去尋找，找了半天，也沒見錢三的蹤影。袁生生怕連累自己，就去縣府報了案。

縣令傳來袁生、李潮和錢妻，一一訊問，均說不知錢三去向。縣令懷疑可能是三娘子與人私通，謀害丈夫，就逼問三娘子。三娘子堅決不承認。案子久久不能落實。後來紀曉嵐奉乾隆御旨查辦疑案來到南安縣。南安縣令就將案子報給紀曉嵐查辦。

紀曉嵐打開案卷反覆閱看審讀，仔細分析。突然，他拍案而起：「這眞是一語道破天機啊！」立即派人提來李潮，讓他把當天情形再說一遍。紀曉嵐聽完之後，厲聲喝道：「李潮，你去錢家敲門，不呼喚錢三，卻連叫三娘子，分明是你早知道錢三不在房內，快把謀殺錢三的事從實招來，免得皮肉受苦！」李潮嚇得渾身哆嗦伏地認罪。

原來，那天一大早，錢三就來到李潮船上。李潮見他帶著很多錢，頓起邪念，正好又是清早，四顧無人，就把錢三扼死後繫上一塊石頭沈下河去，藏起他的錢財後，又假裝睡著，直到袁生上船。紀曉嵐得到口供，連忙命令在停船處打撈，果然撈到一個腐爛的屍體，雖然面目已經認不清了，但從他身上的那一副打扮還能認出是錢三。這個疑案終於水落石出了。

二更審案

福建安溪縣屬泉州府管轄。

縣裏主簿是知縣的得力助手，在一個縣裏是個關鍵人物。

一天，安溪縣主簿韓冰正在衙裏值班，忽然有人趕來飛報，說他的妾被人殺死在客舍臥室之中。韓冰大驚，急忙跑回客舍，只見愛妾屍橫臥室，慘不忍睹。他痛哭流涕跌跌撞撞向上司知縣報案。知縣審不出名堂，便懷疑是韓冰自己所爲，下令拘捕韓冰到庭，嚴加審問。韓冰連喊冤枉，辯解道：「我那日當班，是聽人報告後才回去的，這是眾人所見之事。並且據我所知，我的妾在外面並無對不起我的勾當，平常和我十分恩愛，我爲什麼要殺她呢？」

縣官將韓冰拷問多時，韓冰原供始終不變。這案子便成爲一件大疑案。

紀曉嵐奉聖旨再次來到安溪縣查辦疑案，自然就接手了這宗案子。

不久，街頭出現一張紀曉嵐的告示，說定在某天晚上二更以後審問韓冰的案子。

那天晚上二更，審理如期進行。紀曉嵐審訊了一會兒，突然打住話頭，命令兩旁的差役：「門外有人偷聽，給我抓來！」

差役聞言出動，果眞從門外抓進兩個人。

紀曉嵐喝道：「鬼鬼祟祟偷聽，是何原因？從實招來！」

甲嚇得直哆嗦，指著乙說：「是他拉我陪他到這兒來，不知道什麼原因。」

紀曉嵐問：「他是何人？」

甲答：「客舍的帳房。」

紀曉嵐微微一笑，便放了甲。接著命令差役將帳房乙鎖住，嚴加盤問，帳房乙終於露出馬腳，招供了罪行：原來，乙和客舍老闆娘勾搭成姦，不巧被韓冰的妾撞見，怕事情敗露，驚恐之下便將她殺死滅口。

紀曉嵐馬上把帳房關入死牢，同時將韓冰無罪釋放。

人們深感驚詫，問紀曉嵐竅門何在，罪犯爲何投身上門？紀曉嵐說：「不是與自己有密切關係的事，誰肯深更半夜前來偷聽？」

草藥假傷

紀曉嵐奉旨查辦疑案再次來到福建安溪縣時，剛巧縣衙內出現一樁盜竊案，丟掉了許多值錢的東西。紀曉嵐仔細察看現場，見並未留下多少痕跡，便傳當夜值班的兩名士兵詢問。

那兩個士兵臉上纏著治傷的布，手上及胸前貼著膏藥，一臉痛楚樣回答道：「昨夜巡夜時，見幾個黑影竄牆越簷進入衙門，便追蹤進院，不想遭到圍攻，寡不敵眾，被強盜打昏不省人事，醒來發現強盜已遠去。」

紀曉嵐命士兵取下綳帶及膏藥一看，只見一片黑傷，果然是厲害。便安撫一番，退堂回房。

紀曉嵐在房中踱來踱去，覺得那兩個兵士身上的黑傷很是奇怪。照理，凡被棍棒打傷者，至少會皮破腫脹。可那兩個兵士的傷卻沒有這種症狀，相反行走如常，不似受傷後情狀，難道是假傷？可一時又無充分證據。

心中悶悶不樂，紀曉嵐來到後園散心。見老花匠正在給花草培土澆水，便上前閒聊。過

了一會兒，他見園中土坡上長著幾種奇怪的草，顏色黑黑的，可開的小花卻雪白雪白。這種草他不識，便問老花匠

老花匠道：「這種草叫『千里急』，是藥草。塗在身上會出現受傷的顏色，幾天方退，不過只消用露水擦洗立即便退。」

紀曉嵐一聽，認定那兩兵士所言有假，決定一試眞僞。當時便採了一把「千里急」回堂上，將兩個受傷兵士傳來，叫他們把草藥搗碎，分別塗在另外兩個人的胸部、手腕及臉上。不一會兒，塗的地方果然發黑，與傷痕無異。

那兩個巡夜的兵士知道事已敗露，可仍嘴硬不肯承認。

紀曉嵐笑道：「不承認亦無妨，待會兒我用露水給你們擦一下如何？」

兩個士兵見瞞不下去，只得招認。原來，他倆昨日値班，見衙門內有許多值錢的東西，便偷偷地竊出，然後將「千里急」塗在身上，僞造傷痕，想矇騙紀曉嵐。以爲他初來乍到，不可能熟悉「千里急」的藥性，所以用此草藥塗成假傷來作案，沒想到還是被紀曉嵐識破了。

餓驢找騾

福建永春縣深山老林中住著一個老頭兒。一天，他牽著一頭騾子，馱著錢物出山趕集。走到半路上時，騾子撂蹶子，不肯走了。無論老頭兒怎麼哄怎麼趕都不頂用。正在這節骨眼上，有一位陌生人騎著一頭毛驢來到眼前。瞧老頭兒在吃力地趕騾子，就忙問：「你老這麼急，要上哪兒去？」

老頭兒回答：「別提啦，急著趕到前面縣城去，可這畜牲硬是不聽話！」

陌生人笑道：「啊，正巧，我也要去縣城辦事，咱們一塊兒走吧！」然後，他又關心地對老頭兒說：「你老這麼大歲數，這個騾子性格又暴躁，也眞夠你受的啦！」他搓了搓手，似乎下了很大的決心最後又開口：「你看我這頭驢，馴服聽話，咱們就換著騎吧！」

老人很感激，忙連連點頭。

陌生人笑著跨上老頭兒的騾子，狠抽幾鞭。騾子撒蹄飛奔起來，一時塵土飛揚。老頭兒剛想追趕上去，已經來不及了。一會兒，騾子和陌生人早已跑得蹤影全無。老頭兒連連跺腳，連聲叫上當，就氣喘吁吁趕到縣府告狀。狀告被人騙走了騾子和騾子所馱的錢物。

剛好紀曉嵐奉旨查辦疑案再次來到永春縣，自然就由他接手辦案。

紀曉嵐問明情況後，對老頭兒說：「你別著急，先把驢留在這兒。過四天，你再來。」

等老頭兒走後，紀曉嵐命令手下：把驢拴在一間空屋裏，不餵一口草料！

四天後，老頭兒又來了。紀曉嵐問老頭兒說；「你還記得那人跑去的那條路嗎？」

老頭兒不假思索地答道：「記得！」

紀曉嵐笑了：「這下，你就有好戲看啦！」

紀曉嵐馬上命令兩個衙役牽出驢來，跟著老頭兒走。一會兒，這一行人來到了四天前騾子被拐跑的地方，衙役放開驢繩，任其自去。毛驢餓了四天，饑不可耐，又熟識回家的道，就一溜煙跑去，衙役在後面緊緊跟上。

驢子跑到家裏，衙役也緊隨到達。

眾人一看，老頭兒的騾子正繫在門口呢！

衙役們呼啦擁上，利索地綁縛了那個陌生人，帶他回到縣衙大堂，一經審訊，陌生人只好乖乖地認罪。

松林埋贓

福建德化縣發生了一起盜案，奇怪的是，這家姓商的富戶半夜被洗劫一空，地上卻多了一本名冊。

第二天清晨，商姓富商撿起名冊翻閱，發現上面開列著一大串富家子弟名字，附有關於他們的二十條隱私：飲酒聚會鬧事、合眾賭博、狎妓宿娼等等。

這人家如獲至寶，忙急急匆匆將它送到官府。

剛巧紀曉嵐奉旨查辦疑案再次到了德化縣，自然接辦此案。紀曉嵐按名冊一一拘拿了這批浪蕩青年。青年家長都知道自家孩子的劣跡，也懷疑是他們作的案。眾青年也承認幹了冊中所記的事兒。

一陣嚴刑拷打，這批平素嬌生慣養的青年哪受得了，一個個乖乖認罪。

紀曉嵐追問：「贓物在哪裏里？」

眾青年信口胡說：「黑松林。」

第二天早晨，當衙役趕到座落在郊外的黑松林時，果然挖掘到一批贓物。這批浪蕩青年聽說這消息，一個個嚇得面如土色，仰天痛哭：「命！命啊！看樣子，是老天爺安排的命啊！」

紀曉嵐心裏一沈：「這批浪蕩青年如此眞心痛哭，案件肯定有錯。可線索呢？」左思右想，紀曉嵐忽然想起一個可疑之處：自己手下有個長著大鬍子的馬夫，每當審這個案件時老在場旁聽，這爲了什麼？要試一試眞假！

於是他又反覆審了幾次，發現馬夫仍是每回都在場旁聽。紀曉嵐突然問馬夫：「你爲啥特別關心這起案件？」

馬夫忙解釋：「沒別的，我好奇。」

紀曉嵐突然沈下臉：「左右役吏，給我用刑，讓他講講眞話！」

馬夫忙叩頭，連連求饒：「大人，您打發掉身邊的役吏，我從實講來！」

眾役吏退下後，馬夫顫抖著陳述：「起先，我壓根兒不知道這回事，後來有人找上門，讓我旁聽審訊這個案子時，記牢您跟犯人的話，馬上轉告他們，答應每回酬謝我五十兩銀子。大人，小人罪該萬死。小人願引兵前往賊窩擒拿，立功贖罪！」

紀曉嵐派出數百名精壯士兵悄悄走出官府，他們在馬夫帶領下，一舉破獲賊窩，抓到了那夥強盜。

原來，強盜們爲了嫁禍別人，預先造了一份富家子弟的名冊，並記下了他們的劣跡，轉移官府視線。接著，又賄賂馬夫，作爲內線。當他們得知青年們信口說出「埋贓」地點時，便連夜趕到那裏，埋下一些贓物，讓浪蕩青年們有苦說不出。

沒想到全被紀曉嵐機智地識破了內情，破了這宗疑案。

考察鬼跡

清代有一個時期，各省判處死刑的案犯要由各省總督批簽，然後上報到朝廷刑部核准。

福建總督艾執玉，曾經按例複審了一樁殺人案，此案就發生在總督府所在的福州。艾總督覺得初審此案的官員量刑無誤，便紅筆一批，決定將殺人犯張了性判斬。

當天晚上，艾執玉總督在燈前讀書。忽然聽到中堂外面有哀哀的哭泣聲，好像是從院子裏傳來的。他便掀開門簾，不看猶可，一看嚇了一跳。在似明似暗的月光下，一個滿身血穢的人影跪在石階前不住地朝他磕著響頭。

艾執玉素以膽大著稱，厲聲問道：「你是誰？快如實道來！」

那人影微微抬起頭，哀哀哭道：「總督大人，我是屈死鬼啊！殺我的兇手是李無影，不是張了性！可審官誤判張了性的罪，此案不伸，我在九泉之下也不能安寧啊！」

艾執玉略一沈吟，說：「嗯，知道了。」

鬼忽地立起，飄然離去了。

第二天，艾執玉再次複審案件，被告張了性供詞中說到的被殺者的穿戴形狀，跟他昨晚在庭院見到的屈死鬼完全一樣。於是，艾執玉揮筆將昨天的紅批圈去，發下令牌，派差役將李無影捉拿歸案，並當堂釋放了張了性。

此時，剛好紀曉嵐奉旨查辦疑案來到了福州，他覺得這案子裏邊有鬼名堂，便忍不住問道：「大人，那個鬼是從什麼地方進來的？」

「我看見時，他已跪在臺階下了。」

「他是怎樣離去的呢？」

「他忽地站起，跳過牆頭，就走了。」

紀曉嵐笑道：「總督大人，您也相信世界上果眞有什麼鬼嗎？人們說的鬼，也是只有形影沒有肉體，來無蹤去無跡，只能飄然隱去，怎會跳牆呢？」

於是，紀曉嵐就領著艾執玉在庭院周圍仔細查看：恰巧前幾天下了一場暴雨，從臺階到牆根的院子裏，隱隱約約都顯出踐踏污泥的腳跡。走出庭院大門，牆外地上也有腳跡，一直迤邐著往樹林深處延伸，直到小溪邊才消失。

紀曉嵐說：「很明顯，他不是鬼！」

艾執玉這才有些覺悟了，可一時又想不通。

紀曉嵐又說道：「如果張了性不是兇手，那麼他肯定不會認識那個屈死鬼了，爲什麼他招供的穿戴形狀會同屈死鬼一模一樣呢？這不是說明，就是他透過重金行賄，買通了那個飛檐走壁的強盜了嗎？」

艾執玉恍然大悟，馬上再次複審，終於弄清了眞相。維持原判，重新將張了性投入死牢，將李無影無罪釋放。

眾人傳言，紀曉嵐了不得，連「鬼跡」都察識得一清二楚。

毒夫辨識

紀曉嵐奉旨查辦疑案再次來到福建龍海縣時，正在衙門辦公，突聞告狀聲。只見眾人綁著一位年輕女子入堂，言稱小女子毒殺親夫，請大人作主。而那年輕女子淚流滿面，泣不成聲喊冤枉。

原來該女子姓袁，一月前新嫁給名叫金巧的男人，兩人十分相愛。一個月後新娘回娘家住了一段時間，昨日剛回婆家。今天早上女子起來熬粥，金巧喝了便喊吐痛不止，一會兒便倒於地上斃命。公婆和鄰居都認爲女子在娘家村上有了姦夫，回來謀害親夫，便告到了官府。

紀曉嵐十分重視此案，他帶役吏們趕到現場，見金巧的面容並無中毒的樣子，便命令將金巧所吐出來的東西和鍋裏的粥拿來餵狗，幾個時辰下來，狗活蹦亂跳並沒有死，眾人驚詫。紀曉嵐決定啓開金巧嘴驗毒。役吏拿著銀羹匙，放進死者的喉嚨裏驗毒，然後取出，眾人譁然，都說不是中毒。

紀曉嵐見狀，明白金巧並非死於中毒，又命解開死者衣褲驗傷。只見體膚完好，更無傷痕。再看他的生殖器，卻奇怪地縮於腹中。紀曉嵐心中頓時明白了三分。他隨即將圍觀的人們驅出，將女子喚上，再三盤問金巧死時的情況。

女子支支吾吾紅著臉直哭。紀曉嵐索性直言追問晚上金巧的房事。

女子只得實說：她回娘家數天。昨夜歸來丈夫欣喜萬分，居然一夜與她同房三次，直至凌晨才精疲力盡地休息。早上起來後，金巧直喊口乾，等不及她燒開水便連飲三杯井水，過了一會兒又喝了一碗粥，沒多久就說肚痛腹脹而死。

聽罷女子的敘述，紀曉嵐長長地歎了一口氣，對女子的公婆說：「你兒子並非中毒，只是死於縱欲過度並受冷的侵襲，屬陰淫寒疾！怎麼能怪你媳婦呢？」一席話，說得眾人心悅誠服。那女子跪著連連謝恩。後來，女子竟然爲金巧守節至終。

寫稟救寡

福建龍海縣有個姓馮的農村姑娘，由父母作主，媒妁之言，嫁給了一個有病的男子爲妻。只過了一年，丈夫就病死了。姑娘年輕貌美，耐不住守空房的寂寞，就經常回娘家小住。期間，與娘家的一個姜姓青年鄰居有了感情。但是囿於封建禮教，兩人難以成婚。在封建社會，寡婦再嫁被視爲不守「名節」的行動。加之姑娘夫家的父親和兄弟都竭力反對，所以這事很難辦。

紀曉嵐奉乾隆聖旨去各縣查辦疑案時路過此地，聽說了這件事情。

紀曉嵐自己一生風流倜儻，對女子最爲同情，他主動找到了那個守寡的年輕美貌的馮姓女子，費盡了腦汁，爲她寫了一封稟詞。大意是這樣的：

爲請求保持名節事：小女子十七歲出嫁，十八歲喪夫，年輕守寡，看來是命裏注定了的，本想安穩過日子，了卻一生，再修來世。無奈公公是個光棍漢，小叔子年輕力壯尚未娶妻。小女子覺得在這樣的家庭中很難相處得體，倘若事事順從他們，就可能亂倫，如果稍有違背，就對公公不孝，對小叔不敬，順違兩難，為了保全小女子的名節，故寫此稟詞，請大老爺為小女子做主。

這份稟詞上寫的內容，既有事實，又有紀曉嵐的分析推理。明明是姑娘想再嫁，要衝破封建禮教的「名節」觀念，卻偏偏寫成姑娘要守「名節」，請求官衙加以保護。

縣官看了這份稟詞，覺得姑娘敘述得很合情理，為了保持封建禮教，免得亂倫之事發生，丟了他這個父母官的面子，就批覆姑娘回轉娘家。

姑娘回娘家不久，就和青年鄰居結婚了。她原來的公公和小叔因有縣官的批文，也就不敢干涉她了。

紀曉嵐暗中為年輕寡婦撰寫稟詞，成全了馮姓寡婦與姜姓青年的美滿婚姻。

紀曉嵐智謀（上）

編 著 者／聞 迅
出 版 者／生智文化事業有限公司
發 行 人／林新倫
登 記 證／局版北市業字第677號
地　　址／台北市文山區溪洲街67號地下樓
電　　話／(02)2366-0309 2366-0313
傳　　真／(02)2366-0310
E-mail ／tn605547@ms6.tisnet.net.tw
郵政劃撥／1453497-6
戶　　名／揚智文化事業股份有限公司
印　　刷／鼎易印刷事業股份有限公司
法律顧問／北辰著作權事務所　蕭雄淋律師
I S B N／957-818-214-7
初版一刷／2000年11月
定　　價／新臺幣300元

總 經 銷／揚智文化事業股份有限公司
地　　址／台北市新生南路三段88號5樓之6
電　　話／(02)2366-0309 2366-0313
傳　　真／(02)2366-0310

國家圖書館出版品預行編目資料

紀曉嵐智謀／聞迅編著.--初版.--臺北市
：生智 ,2000〔民89〕
冊： 公分

ISBN 957-818-214-7（上冊：平裝）.
--ISBN 957-818-215-5（下冊：平裝）

856.9 89015322